RED VELVET

Farbenspiel der Liebe

AF189900

S A R A   R I V E R S

RED VELVET
Farbenspiel der Liebe

Für alle Mängelexemplare.
Ihr macht die Welt bunter.

VELVET

»Vel, bist du in deinem Zimmer?« Ich stecke den Bleistift hinter mein Ohr, ziehe meine Kopfhörer heraus und schlage mein Wirtschaftsbuch zu. Haben mich eben noch die Bässe von Volbeat umgeben, herrscht jetzt Stille im Raum.

»Komm rein«, rufe ich und setze mich perplex in den Schneidersitz. Sekunden später betritt mein Vater das Zimmer und schließt die Tür hinter sich, sodass ich aus meinem Kokon, in dem ich mich in den letzten Tagen befunden habe, gerissen werde.

Ryan Michaelsen ist schon immer jemand gewesen, der den ganzen Raum mit seiner Aura erfüllt. Die Art und Weise, wie er sich bewegt.

Seine dunklen braunen Augen, seine leicht grauen Haare, die oben länger als an den Seiten sind. Mein Dad ist perfekt. Der perfekte Vater, der perfekte Rechtsanwalt. Der perfekte beste Freund. Und vermutlich wäre er sogar der perfekte Ehemann für viele Frauen da draußen. Immer, wenn er einen Raum betritt, herrscht Stille. Kein Wunder also, dass er in seinem Job so gut ist und jeden um den Finger wickeln

7

kann. Jeder kuscht, wenn er ihn sieht. Na ja, bis auf mich. Ich stemme mich von meinem Bett hoch und werfe mich in seine Arme, die er fest um mich schließt. Obwohl ich schon achtzehn bin, werde ich in den Armen meines Vaters immer wieder in Sekundenschnelle zu einem kleinen Mädchen.

»Du bist ja doch schon zurück«, murmle ich an seiner Brust und sehe ihn breit grinsend an. »Ich habe dich erst morgen erwartet«, setze ich noch anklagend hinterher.

Sein Duft nach dem teuren Hugo Boss Parfum steigt in meine Nase und verdrängt den Geruch der Duftkerzen, die überall in meinem Zimmer verteilt stehen.

»Überraschung!« Mein Vater gibt mir einen Kuss auf die Stirn und streicht mir eine Strähne aus dem Gesicht. »Ist sie gelungen? Oder hast du mir etwas zu verheimlichen?«

Er sieht sich prüfend in meinem Zimmer um, kann aber nichts finden, immerhin verheimliche ich ihm nie etwas. Er weiß, was in mir vorgeht, weiß, was ich liebe und hasse. Weiß, wann ich lieber für mich sein will und wann ich seine albernen Sprüche am meisten brauche. Das, was einen besten Freund ausmachen sollte, bringt er mit.

»Na ja, ich werde die Hausparty, die ich heute Abend geplant habe, wohl absagen müssen, oder?« Feixend löse ich mich von ihm und setze mich zurück auf mein Bett. Die Matratze ist so weich, dass sie mich wie ein Sog in sich aufnimmt und verschluckt.

Mein Dad war drei Tage lang auf Geschäftsreise in Italien, während ich mich um das Haus kümmern sollte. Jeder normale Teenager hätte die Tage genutzt, um die Sau rauszulassen. Aber ich bin nicht normal.

Ich trinke keinen Alkohol (nicht aus moralischen Gründen, das Zeug schmeckt mir einfach nicht), nehme keine Jungs mit nach Hause und feiere nicht bis tief in die Nacht in einem abgestandenen Club. Kurz gesagt: Ich bin der Traum aller Väter in den Staaten.

»Velvet Michaelsen plant eine Hausparty? In welchem Leben soll das Realität sein?«, zieht er mich auf und setzt sich neben mich. Und er hat recht: Ich hasse Partys.

Ich hasse den Geruch nach Schnaps und Rauch, hasse es, wie sich Menschen benehmen, nur, weil sie jemandem gefallen oder dazugehören wollen. Bis jetzt habe ich nie etwas in meinem Leben vermisst. Nur sie.

»Und was mache ich bloß mit den Stripperinnen? Die habe ich schließlich schon von dem Geld im Tresor bezahlt. Du weißt schon, das, was für mein Studium sein soll«, sage ich gedankenversunken, um nicht weiter den Gedanken an sie nachzuhängen. Mein Vater sieht mich mit erhobenen Brauen an und runzelt die Stirn.

»Das war ein Spaß, Dad!« Ich boxe ihm freundschaftlich gegen den Oberarm und schmiege mich an seine Schulter.

Während alle anderen in meinem Alter so viel Abstand zu ihren Vätern haben wollen, wie es möglich ist, genieße ich die Zeit mit ihm.

Ich genieße es, abends mit ihm auf dem Sofa zu hocken und James Bond zu schauen. Liebe es, wenn er mir von seiner Arbeit erzählt und ich ihm von der Schule berichten kann. Ja, das mit meinem Dad und mir – das ist Freundschaft.

Was vermutlich daran liegt, dass ich ihn noch nie enttäuscht habe. Er weiß, dass ich ein Ziel vor Augen habe und dass ich alles dafür tun werde, es zu erreichen. Ich will in seine Fußstapfen treten, eines Tages. Und dafür nehme ich es gern in Kauf, dass ich meine Wochenenden mit Lernen verbringe, anstatt auf Partys zu gehen.

»Du willst doch nicht, dass dein alter Herr einen Infarkt bekommt, oder?« Seine braunen Augen treffen auf meine grünen, sein Lächeln auf meines.

»Nie«, versichere ich ihm schmallippig. Je länger wir hier sitzen und uns ansehen, desto klarer wird mir, dass etwas nicht stimmt.

Die Art und Weise, wie er mit dem Knie auf und ab wippt und am Saum seines Jacketts spielt, verrät ihn. Ich ziehe mein Knie auf das Bett und mache mich auf das Gespräch gefasst.

»Nun sag schon, was dir auf der Zunge liegt, Dad«, gebe ich ihm den nötigen Anstoß, den er anscheinend braucht. Und wer könnte ihm den besser verpassen als meine Wenigkeit?

Der Stoff seines dunkelblauen Anzuges schimmert im Licht der Sonne, die durch die Jalousien in unseren Rücken fällt. Ich liebe mein Zimmer auf dieser Seite des Hauses, ich muss nur aus dem Fenster schauen, um aufs

Wasser zu sehen. »Bin ich wirklich so leicht zu durchschauen?« Mein Vater sieht mich verletzt an und ringt sich ein Lächeln ab, während er weiterhin mit dem Knie wippt. Ich lange danach und bringe es mit meiner Geste zum Stoppen.

»Das letzte Mal, als du so nervös warst, stand mir eine Predigt über Bienchen und Blümchen bevor, Dad. Bitte sag mir, dass es keinen zweiten Teil davon gibt. Das überlebe ich nicht! Willst du in den Zeitungen lesen, dass ein Mädchen in L.A. vor Scham gestorben ist?« Ich halte kurz den Atem an, aus Angst, er könnte wirklich mit mir über Sex sprechen wollen.

Sein Kopfschütteln beruhigt mich nur bedingt, denn aus unerfindlichen Gründen lässt seine Anspannung nicht nach. Langsam, aber sicher werde auch ich nervös und beginne, am Saum der Decke zu zupfen.

Mit den Fingerspitzen male ich die goldenen Ornamente auf der beigen Seidendecke nach. Diese Farben bestimmen mein Zimmer. Nicht nur die Wände sind beige, auch das Laminat hat eine beige Färbung.

Die Kommoden sind mit goldenen Elementen versehen und die Vorhänge strahlen ebenfalls in warmem Gold. Man könnte meinen, das hier wäre der Sarg von Tutanchamun und nicht das Zimmer einer Achtzehnjährigen in L.A.

»Keine Sorge, ich werde dir keine Predigt halten. Ich -« Mein Dad hält inne, was mich noch nervöser macht. So neben der Spur habe ich ihn noch nie erlebt – und wenn ich ehrlich bin, macht mir sein seltsames Verhalten höllische Angst.

»Nun spuck's schon aus, Dad. Das hier ist ja schlimmer als eine Falle in *Saw*«, murmle ich ungeduldig. Mein Vater greift nach dem Bleistift, der noch immer hinter meinem Ohr klemmt, und dreht ihn in seiner Hand hin und her.

»Es geht um eine Frau«, beginnt er endlich, mich zu erlösen und Klartext zu sprechen. Im ersten Moment scheine ich nicht zu realisieren, was er mir sagen will, doch als die Worte hinabsickern, werde ich hellhörig.

»Eine Frau namens?«, hake ich nach. Mein Vater hatte seit dem Tod meiner Mutter – und somit seit meiner Geburt – keine Frau an seiner Seite.

Er sieht gut aus, natürlich hat er nicht achtzehn Jahre enthaltsam gelebt, aber er hat eben auch nie eine Frau erwähnt.

Wenn er abends eine Verabredung mit heimbrachte und ich sie in der Auffahrt sah, war sie spätestens am nächsten Morgen wieder spurlos verschwunden. Ich bin keiner von ihnen begegnet. Eine Tatsache, die mich nie sonderlich gestört hat. Niemand hat Lust auf peinliches Schweigen am Frühstückstisch.

»Ihr Name ist Vivianna.« Man sieht meinem Dad an, wie viel Überwindung es ihn kostet, mit der Sprache rauszurücken. Dabei sollte er doch wissen, dass er mir alles erzählen kann!

»Also, du hast eine Frau kennengelernt und ihr Name ist Vivianna. Und was genau macht dich jetzt so schrecklich nervös, dass du dich wie ein pubertierender Teenie benimmst?«

Ich greife nach der Hand meines Vaters und versuche, auch den Rest der Wahrheit aus ihm herauszukitzeln. Ein Lächeln umspielt meine Mundwinkel, weil ich meinen Dad auch jetzt noch wie meine Westentasche kenne.

»Du weißt, dass ich meine Verabredungen immer von dir ferngehalten habe, Vel.« Noch immer schreit seine Körperhaltung nach Erlösung. Das hier ist seine ganz persönliche Hölle auf Erden.

»Nun komm auf den Punkt, Dad. Ich muss noch meine Hausaufgaben zu Ende bringen. Das geht nicht, wenn mein völlig verstörter Vater auf meinem Bett sitzt«, albere ich, um die Stimmung aufzulockern.

»Du hast ja recht. Also … Vivianna hat gerade privat sehr viele Probleme. Und deshalb wird sie vorübergehend bei uns einziehen«, lässt er die Bombe endlich platzen.

War ich bis eben noch entspannt, schnürt sich jetzt meine Kehle zusammen. Nicht, weil ich meinem Vater sein Glück nicht gönne, sondern weil er mich gerade mit einer Dampfwalze überrollt.

Mein Leben lang hielt er seine Frauen von mir fern und jetzt? Jetzt soll eine Frau bei uns einziehen, die ich noch nicht einmal gesehen, geschweige denn ihren Namen gehört habe?

»O-O-Okay?« Ich will nicht stottern, will ihm nicht zeigen, dass er mich überrumpelt hat, aber ich kann nicht anders. Sorgenfalten stehen auf seiner Stirn, die ich ihm gern nehmen würde. Also lächle ich meinen Unmut einfach weg.

»Und wann wird *Vivianna* einziehen?« Ich betone ihren Namen, als wäre er heilig. Immerhin muss diese Frau anders sein, wenn mein Dad sie sogar zu uns holt, ohne, dass ich von ihrer Existenz weiß. Ob es ihm tatsächlich ernst ist?

»Da liegt mein Problem«, räuspert er sich. »Normalerweise wäre ich erst morgen heimgekommen, das weißt du. Aber sie musste aus ihrer alten Wohnung ausziehen und wird heute noch anreisen, deshalb musste ich gestern Abend schon das Meeting in Bologna verlassen.«

Seine Stimme vibriert, genau wie mein Herz. Heute schon? Es ist nicht so, dass ich ein Problem damit hätte, es kommt einfach nur so plötzlich! Viel zu plötzlich! Ich fühle mich wie ein überfahrener Vogel!

»Du bist immer für eine Überraschung gut, Dad.« Wieder versuche ich, die elektrisch geladene Luft zwischen uns aufzulockern. Mit Erfolg. Mein Dad zieht mich an sich heran und streicht mir sanft über die Schulter.

»Ich wusste, dass du es verstehen würdest«, flüstert er gegen meine blonden Haare, die ich zu einem Dutt nach oben gebunden habe, damit sie mich beim Lernen nicht stören. »Ich versichere dir, dass du sie lieben wirst. Ihr passt perfekt zueinander.« Verdammt, shippt er uns jetzt sogar schon? Was, wenn ich ihn enttäuschen muss, weil ich sie nicht leiden kann?

»Du weißt, dass mir dein Glück heilig ist, Dad. Und wenn du den Grinch persönlich vor Weihnachten einladen würdest, wäre es okay für mich. Solange ich meine Geschenke trotzdem bekomme.« Ich kuschle mich an seine Schulter und spüre, wie eine tonnenschwere Last von ihm fällt und am Boden zersplittert.

»Du bist mit Abstand das Beste, was mir passieren konnte, weißt du das?« Reinheit liegt in seiner Stimme, die mich mit Wärme erfüllt.

Ich denke nicht daran, dass es eine Lüge sein könnte. Daran, dass er seine große Liebe verloren hat, weil es mich gibt. Dass meine Mutter die Geburt nicht überlebt hat und für mich ihr Leben gelassen hat. Ein Schatten, der immer über mir schwebt, den ich aber in den meisten Situationen verdrängen kann. Nur manchmal schaffe ich es nicht.

»Ich weiß, aber ich lerne ja auch vom Besten.« Ich klaue meinem Vater den Bleistift und ziehe das Buch zurück auf meinen Schoß, um mich weiter durch die Hausaufgaben zu kämpfen.

»Es ist Freitagnachmittag, Vel. Meinst du nicht, dass die Schule für heute warten kann?« Er greift nach meinem Buch, benutzt den Stift als Lesezeichen und schlägt es zu, um es auf meinen Schreibtisch zu schieben.

»Kommt jetzt der Moment, in dem du mir vorschlägst, dass ich zu einer der ultracoolen Schulpartys gehen soll? Nein danke«, weise ich ihn ab und will mir das Buch zurückerobern, als er mich stoppt und mein Handgelenk umfasst, sodass meine Hand zurück in meinen Schoß sinkt.

15

»Nein, eigentlich wollte ich dich fragen, ob du mir helfen kannst, das Essen für heute Abend vorzubereiten. Ich will, dass sie sich wohlfühlt, wenn sie ankommt.« Sein linker Mundwinkel zuckt nervös nach oben. Wieder sieht man ihm an, wie schwer ihm all das fällt.

»Das kommt drauf an, was du deiner Liebsten servieren willst.« Ich stehe auf und zerre meinen Vater mit vom Bett.

Dass ich dabei seinen teuren Anzug zerknittere, interessiert ihn nicht. Er wäre auch in Tausend-Dollar-Schuhen mit mir durch den Matsch gestapft, wenn die kleine Velvet es gewollt hätte.

»Ich hatte an Mariscos gedacht«, sagt er lachend und folgt mir zur Tür. Ich drehe mich ein letztes Mal zu ihm um und zwinkere ihm zu. Ich liebe es, ihn so befreit zu sehen.

Als wäre alles perfekt. Irgendwie. Und wenn diese Frau der Grund für sein Glück ist, dann liebe ich sie schon jetzt. Verdammt, jetzt shippe ich uns sogar persönlich!

»Lass mich das Kochen übernehmen, Dad. Wir wollen *Vivianna* ja nicht direkt wieder vergraulen, oder?« Mit diesen Worten öffne ich die Tür und schiebe meinen Vater aus meinem Zimmer.

»Ich liebe dich, Vel.«

»Du bist auch in Ordnung, Dad«, stichle ich und gehe gemeinsam mit ihm Richtung Küche, um das Festmahl vorzubereiten. Auch wenn ich es äußerlich nie zugeben würde: Innerlich wütet ein Sturm in mir.

Wie wird sie wohl sein? Und was wird sich verändern, wenn sie erst einmal hier wohnt? Fragen über Fragen, die heute Abend beantwortet werden.

VELVET

»Reichst du mir den Weißwein, Dad?« Ich schwenke die Pfanne mit den Muscheln und Garnelen gekonnt hin und her, während mein Vater den Weißwein aus dem Kühlschrank holt und neben mir auf der Arbeitsplatte abstellt.

»Hast du deinen alten Herren schon mal so nervös erlebt?«, fragt er mich und der Unmut in seiner Stimme ist zum Greifen nah. Ich stelle die Pfanne auf die Herdplatte, schraube die Temperatur herunter und lege meine Hände auf seine Schultern.

»Erstens, Dad: Du bist vierzig, keine neunzig. Hör auf, zu reden, als wärst du mit einem Bein schon halb unter der Erde. Zweitens: Nein, ich habe dich tatsächlich noch nie so nervös erlebt, nicht einmal, als du der Meinung warst, mir einen Termin beim Frauenarzt machen zu müssen.«

Ein Lächeln huscht über sein Gesicht, das er sich extra frisch rasiert haben muss. »Aber solange deine Auserwählte keine Allergie gegen Meeresfrüchte hat, solltest du einfach auf die Kochkünste deiner Tochter vertrauen und dich entspannen. Niemand kann meinem

18

Essen widerstehen.« Eine Hand lasse ich auf seiner Schulter, mit der anderen öffne ich den Schrank neben uns und hole ein Weinglas heraus. Danach köpfe ich den Wein, gieße ihm einen Schluck ein und presse ihm das Glas gegen die Brust. »Und jetzt trink, damit du entspannter wirst!«

Während mein Vater das Glas an seine Lippen führt, widme ich mich wieder dem mexikanischen Essen in der Pfanne. Ich bin mir sicher, dass Vivianna das Abendessen lieben wird.

»Wir haben uns beim Essen kennengelernt«, verrät mir mein Vater. Ich träufle Zitronensaft in die Pfanne und rühre alles noch einmal um.

»Beim Essen? Sehr romantisch. Was gab es denn? Pasta wie bei *Susi und Strolch*?« Ich mache einen Kussmund und versuche, meinem Vater die Tochter zu sein, die er jetzt am allermeisten braucht. Mein Dad stellt das Weinglas auf der Anrichte ab, kommt um mich herum, blickt über meine Schulter ins Essen und stibitzt sich eine Garnele.

»Es gab Muscheln«, antwortet er mit vollem Mund. Ich drehe mich um und sehe zu ihm auf. »Muscheln? Und wie genau soll man sich dabei näherkommen?« Irritiert sehe ich meinem Vater dabei zu, wie ihm die passenden Worte fehlen.

»Du solltest dich noch umziehen, Velvet. Abmarsch, in einer Viertelstunde sollte der Besuch da sein«, tadelt er mich, ohne mir weitere Einblicke zu gewähren. Der Besuch? Wohl eher die Änderung von allem. Schließlich wird sie nicht nur zu Besuch bleiben, sie wird hier wohnen.

»Wie du willst. Aber dann sei dir sicher, dass ich dich damit aufziehen werde, bis du mir die ganze Story erzählst.« Zufrieden nicke ich, deute auf das Essen und bitte meinen Vater, ein Auge darauf zu haben. Danach tänzle ich aus der Küche und halte kurz vorher inne. Feixend drehe ich mich noch einmal zu meinem Dad um.

»*Oh, Ryan, willst du mal von meiner Muschel kosten?*«, mime ich Vivianna nach und sehe meinen Dad verspielt an. Diesem entweicht die Farbe prompt aus dem Gesicht.

»Velvet Michaelsen! Hüte deine Zunge!« Er versucht, ernst zu bleiben, aber ich kann sehen, dass seine Mundwinkel zucken und er kurz vor einem Lachanfall steht.

Als Antwort strecke ich ihm die Zunge entgegen und renne anschließend die Treppen zu meinem Zimmer hinauf. Auf den ersten Abend zu dritt in diesem Haus. Seit achtzehn Jahren … In diesem Moment glaube ich, nervöser zu sein als mein Dad.

***

Prüfend blicke ich an mir hinab. Ich habe meine Pyjamahose durch eine schlichte, blaue Jeans ausgetauscht und anstelle meines Schlabbershirts trage ich jetzt eine weiße Bluse. Meine Haare sind dank des Dutts ein wildes Chaos, das ich nur mit Tonnen von

Haarspray wieder in eine annehmbare Form bringen konnte. Da ich mich selten schminke, habe ich keinen Wert daraufgelegt, mehr aus mir zu machen, als ich bin. Schließlich muss mich Vivanna so nehmen, wie ich bin, wenn sie künftig mit uns unter einem Dach wohnen will. Ich kann auch Stunden nach der Beichte meines Dads nicht glauben, dass sich unser Leben jetzt um einhundertachtzig Grad drehen wird.

Vermutlich bringt es auch Vorteile mit sich, eine weitere Frau im Haus zu haben. Aber wenn ich ehrlich bin, liebe ich es, mich um meinen Dad zu kümmern und ihm das Essen zu kochen. Immerhin werde ich bald ausziehen und ich will die Zeit hier in meinem Zuhause noch so lange es geht so intensiv wie möglich nutzen.

»Velvet, bist du fertig?« Mein Vater brüllt das – zugegebenermaßen für uns zwei viel zu große - Haus zusammen. Er war erst Anfang zwanzig, als ich auf die Welt kam.

Die ersten Jahre seines Studiums wohnten wir noch bei meinen Großeltern, und als er später genug Geld aus der Firma mit nach Hause brachte, kaufte er uns diese Villa.

Ich brauchte nie viel, für mich hätte es auch ein Bungalow getan, aber er hatte darauf bestanden, mir das beste Leben zu ermöglichen, zu dem er in der Lage war.

Das Ergebnis? Zweihundertfünfzig Quadratmeter, drei Badezimmer, eine Sauna und einen Indoor-Pool später fühlt man sich wie in einem Museum.

Manchmal muss ich meinen Dad anrufen, um in Erfahrung zu bringen, wo er sich herumtreibt. Ein großes Haus hat seine Vorteile, das will ich nicht abstreiten. Aber es gibt genug Nachteile. Man fühlt sich noch einsamer als ohnehin schon.

»Bin sofort da.« Eilig schiebe ich meine Mähne hinter die Ohren und folge den Rufen meines Vaters aus meinem Zimmer nach unten in den Eingangsbereich.

»Ich glaube, sie ist da. Kannst du die Tür aufmachen? Das Essen brennt sonst an.« Mein Vater steht in der Küche, der Duft nach meinem Essen erfüllt vermutlich die ganze Straße.

Ich straffe die Schultern, gehe zur Eingangstür und atme tief durch. Durch das Milchglas in der Tür kann ich die Lichter ihres Wagens sehen. Türen werden geöffnet und zugeschlagen. Schritte erfüllen den Boden. Moment mal – Türen? Plural?

Sie trägt High Heels, da bin ich mir sicher. *Bitte, lass Vivianna kein Püppchen sein ... Herr im Himmel!* Das Letzte, was wir hier gebrauchen können, ist eine Diva.

Ohne weiter in meinem Gedankenchaos zu versinken, reiße ich die Tür auf. Ich will gerade ein Lächeln aufsetzen und die Freundin meines Vaters zur Begrüßung in den Arm nehmen, als ich unsanft zur Seite gestoßen werde.

»Was zur Hölle -?« Perplex drehe ich mich um, doch alles, was ich sehen kann, ist ein groß gewachsener Kerl, der ins Haus spaziert, als würde es ihm gehören. Er trägt einen grauen Hoodie, sein Kopf ist unter der Kapuze versteckt.

»D-D-Dad?«, rufe ich etwas panisch durch den Raum und kehre der Eingangstür den Rücken zu. »Bist du dir sicher, dass du auf Frauen stehst? Hier ist gerade ein Typ reinspaziert!«

Beinah panisch blicke ich mich um, kann den Mann mit der Kapuze aber nirgends entdecken. Die Antwort meines Vaters geht unter, als plötzlich jemand hinter mir auftaucht.

»Es tut mir leid, Ryan. Aber ich musste den Plan ändern.« Ich drehe mich um und stolpere einige Schritte zurück. Vor mir steht die vermutlich schönste Frau des Landes.

Ihre schwarzen Haare reichen ihr bis zum Bauchnabel, sind seidig glatt und glänzen im Licht des Kronleuchters verführerisch.

Sie hat unfassbar klare, braune Augen und das offenste Lächeln, das ich je gesehen habe. Ihre Wangen haben eine natürliche Färbung und ihr Körper ist der Inbegriff von Weiblichkeit. Kein Wunder, dass sie die Schwäche meines sonst so starken Vaters ist. Selbst ich werde schwach bei ihr.

»Du musst Velvet sein, ich habe mich so auf dich gefreut.« Mit diesen Worten nimmt mich die Schönheit in den Arm. Dank ihrer hohen Schuhe ist sie einen halben Kopf größer als ich, sonst befinden wir uns auf einer Augenhöhe.

»Und du musst Vivianna sein?« Meine Frage hat sich längst erübrigt, doch ich bekomme keine andere heraus. Immer noch muss ich an den Kapuzenträger denken, der sich irgendwo in unserem Haus befindet! Doch ich komme nicht dazu, meinen Gedanken freien Lauf zu lassen. »Da bist du ja endlich.« Mein Vater kommt mit dem Handtuch über seiner Schulter auf uns zu und reißt Vivianna an sich. Nachdem sie sich einen innigen Kuss gegeben haben, lehnt sie ihren Kopf an seine Brust.

»Es tut mir leid, dass ich nicht vorher Bescheid sagen konnte, aber …« Ihr Blick huscht panisch zu mir und wieder zurück zu meinem Vater. »Ich konnte *ihn* nicht in Phoenix lassen.« Ihre warme Stimme wird leise, als würde sie nicht wollen, dass ich mitbekomme, was sie sagt. Dabei bin ich diejenige, die es brennend interessiert, wen zur Hölle sie meint.

Ihre Augen schimmern und plötzlich bekommt das Bild, das ich von ihr habe, die ersten Risse. Sie sieht unglücklich aus. Als wäre sie bereits durch die Hölle gegangen. Erst jetzt fallen mir die tiefen Schatten unter ihren Augen auf, die auf den ersten Blick so zufrieden wirkten.

»Er ist hier genauso willkommen wie du, hab ich recht, Velvet?« Mein Vater klopft mir auf die Schulter und geht zurück in die Küche.

»Wer denn bitte?« Meine Stimme schnellt in die Höhe, weil keiner auf die Idee kommt, mit der Sprache herauszurücken und mir zu erklären, was zum Teufel hier vor sich geht. »Hunter? Wo zum Teufel steckt dieser Bengel schon wieder?« Vivianna zieht sich ihre Schuhe aus, schiebt sie zur Seite und steuert das Wohnzimmer an, als wäre sie schon zum hundertsten Mal über unseren Marmorboden stolziert. Wie oft sie wohl schon heimlich über Nacht hier war?

Ich nutze die Zeit, um meinen Vater zur Rede zu stellen. Vor ihm baue ich mich auf und deute auf die immer noch offen stehende Eingangstür.

»Wer zum Teufel ist Hunter, Dad?« Ich will nicht vorwurfsvoll klingen und doch kann ich den bitteren Geschmack auf meiner Zunge nicht loswerden. Der Typ hatte nicht mal den Anstand, mich zu begrüßen! Geschweige denn, sein Gesicht zu zeigen!

»Hunter ist Viviannas Sohn.« Er sagt es so, als wäre es keine große Sache. *Gott, das hier ist der Riese unter den Sachen!*

»Und was passiert jetzt? Zieht er auch bei uns ein?« Hysterie lag mir nie gut, aber in diesem Moment überfordert mich alles.

»Ich werde nachher die Einzelheiten mit ihr klären. Was erwartest du denn von mir, Vel? Dass ich ihn rausschmeiße? Wir werden eine Lösung finden, vertrau mir.« Mein Vater nimmt die Pfanne vom Herd und kommt auf mich zu. Er legt seine Hände an meine Wangen und lehnt seine Stirn an meine.

»Sie braucht mich jetzt. Und wenn er mich auch braucht, werde ich da sein. Der Junge braucht noch ein paar Manieren, aber das kriegen wir schon hin«, versichert er mir und lässt anschließend von mir ab. Wieso zum Himmel hat er ihren Sohn mit keinem Wort erwähnt? Ein wenig Vorbereitung hätte mir sicher nicht geschadet.

»Würdest du schauen, wo er ist, und ihm sagen, dass wir jetzt essen? Vielleicht ist er im Garten.« Und dann schaltet mein Vater auf Durchzug. Man sieht es an der

Art und Weise, wie er dichtmacht und sich wieder dem Essen widmet, das er jetzt auf die Teller füllt.

Wütend stapfe ich aus der Küche, durchquere den Wohnbereich und steuere die Terrasse an. Es dauert keine fünf Minuten, bis ich den Eindringling gefunden habe. Von Vivianna hingegen fehlt jede Spur, vermutlich sucht sie ihn im Haus.

Er steht am Geländer der Terrasse und starrt ins Nichts. Der Rauch, der ihn umgibt, verrät, dass er pafft. Na super. Geht es eigentlich noch ätzender?

Als würde es nicht reichen, dass er anscheinend keine Stimmbänder hat, nein. Zukünftig wird er auch noch seine Kippen überall liegen lassen. Noch immer trägt er die Kapuze, sodass ich nicht erkennen kann, welche Farbe seine Haare haben.

»Wir haben uns noch nicht vorgestellt«, falle ich mit der Tür ins Haus und bleibe mit einem gesunden Sicherheitsabstand hinter ihm stehen. Er regt sich nicht, starrt einfach weiter in den Garten und ignoriert mich, als wäre ich gar nicht da. Wie schon am Eingang behandelt er mich wie Luft.

»Ich bin Velvet.« Mein zweiter Versuch scheint ihn aus seinem Winterschlaf zu ziehen, denn er zuckt lediglich mit den Schultern.

»Kein Name, den ich mir merken müsste, ich bin ohnehin bald weg hier.« Seine Stimme ist dunkel, klar, und doch so undurchsichtig, dass sie mir einen Schauer über den Rücken jagt. Fast bin ich gewillt, zu verdrängen, dass er mich gerade gegen die Wand hat rennen lassen. Aber nur fast.

»Und wieso bist du dann überhaupt hier?« Ich klinge spitz, aber noch lange nicht spitz genug für dieses Arschloch erster Klasse.

»Weil ich gezwungen wurde. Wieso bist du hier?« Bei seiner letzten Frage dreht er sich in meine Richtung, sodass ich sein Profil sehen kann. Es ist markant, ein leichter Bartschatten lässt ihn mindestens zwei Jahre älter als mich wirken. Er nimmt einen tiefen Zug seiner Kippe und verpestet damit die klare Abendluft. *Nicht ausrasten, Velvet. Alles wird gut.* Dieser Kerl wird ganz sicher nicht unter meinem Dach wohnen, das darf einfach nicht sein!

»Ich wohne hier.« Meine Stimme verrät mich: Der Typ bringt mich zum Rasen! Was bildet er sich eigentlich ein? Das hier ist mein Zuhause!

»Ich hätte es wissen müssen, als ich dich gesehen habe. Du passt in dieses Barbiehaus«, speit er aus, wobei weiterer Rauch seine Lunge verlässt. Versteinert stehe ich hinter ihm und bin kurz vor der Detonation.

»Du hast mich nicht mal angesehen, woher willst du wissen, was zu mir passt und was nicht?« Giftig schnellt meine Stimme in die Höhe und ich verschränke die Arme provokant vor der Brust.

Er sieht mich immer noch nicht an, stattdessen starrt er wieder in den Garten vor uns, der durch die zahlreichen Solarleuchten eher einer Landebahn auf dem Flugplatz gleicht.

»Ich habe genug gesehen. Ich weiß, dass du grüne Augen hast. Dass du eine langweilige Jeans trägst, die deinen Arsch versteckt, und eine Bluse, die deine Titten verdeckt, weil du Angst hast, man könnte dich als Schlampe abstempeln, wenn du Ausschnitt zeigst. Du hast blondes Haar, schulterlang und total zerzaust, als wärst du kurz vor unserer Ankunft noch in deinem Prinzessinnenbett gefickt worden. Dann deine manikürten Fingernägel? Und ganz abgesehen von deinem aufgesetzten Lächeln. Glaub mir, Velvet -«

Er dreht sich in meine Richtung, sodass ich sein Gesicht das erste Mal unter der Kapuze hervorblitzen sehe. »Ich habe dich gesehen. Ich kenne meinen Feind besser als mich selbst.«

Er schmeißt den Kippenstummel auf den Boden und tritt ihn mit seinem Stiefel aus. Danach kommt er auf mich zu und reißt sich die Kapuze vom Kopf.

Zum Vorschein kommen dieselben dunklen Haare wie die seiner Mutter. An den Seiten sind sie kurz, oben etwas länger gehalten. Seine braunen Augen blicken mich gefährlich an, seine Lippen sind zu einem überheblichen Lächeln verzogen.

Doch all das interessiert mich nicht. Das, was meine Aufmerksamkeit wie ein Magnet an sich zieht, ist etwas anderes. Schwarze Linien, die er unter seiner Haut trägt. Direkt über seinem rechten Auge. Ich kann dank der anbrechenden Dunkelheit nicht genau erkennen, was das Tattoo darstellen soll, weiß aber, dass es mich schlucken lässt.

»Ist das Püppchen jetzt schon sprachlos? Schade, ich dachte, wir könnten mehr Spaß zusammen haben.« Schulterzuckend will er mich hier stehen lassen, aber in letzter Sekunde stelle ich mich ihm in den Weg. So einfach kann ich nicht aufgeben.

»Ich bin nicht dein Feind.« Eigentlich will ich ihm die übelsten Beleidigungen an den Kopf werfen, aber ich bin wie paralysiert. Diese Augen machen mich sprachlos. Diese Intensität, mit der er mich ansieht, wirkt wie eine Droge auf mich, die alles an mir lähmt.

»Merk dir eins, *Sugar.*« Hunter tritt noch näher an mich heran, sodass uns nur noch einige Zentimeter voneinander trennen. Sein Duft nach kaltem Qualm und herbem Männerparfum hüllt mich ein und vernebelt meine Sinne. Seine braunen Augen fahren über mein Gesicht, hinab zu meinen Lippen, an denen er einen Moment zu lang verharrt. »*Jeder ist mein Feind.*«

Und mit diesen knurrenden Worten lässt er mich hier stehen und verschwindet im Inneren des Hauses. Ein Haus, das ich in den nächsten Wochen mit ihm teilen muss. Ein Haus, das mir, so sehr ich es auch liebe, jetzt Angst macht.

Tränen brennen in meinen Augen, die er auf seine Kappe nehmen muss, dabei ist er längst weg. Ich habe keine Ahnung, wie lange ich hier draußen stehe und ins Leere starre, doch als mein Vater mich schließlich ungeduldig zum Essen ruft, verkrampft sich alles in mir.

Jeder ist mein Feind.

Er fordert mich heraus, *ich halte dagegen.*

Er beleidigt mich, *ich werde ihn verfluchen wie nie etwas zuvor.* Ja, Hunter, ich werde dir zeigen, dass man mich nicht als Feind haben will.

Er sitzt mir direkt gegenüber. Seine Augen liegen auf mir. Keine Regung liegt auf seinen Zügen, nur manchmal, wenn ich etwas sage, sehe ich ihm an, dass er von mir genervt ist. Dass er mich aus unerfindlichen Gründen zu hassen scheint, ohne mich zu kennen.

Ich hasse alles an ihm. Die Art und Weise, wie er das Besteck hält. Wie er die Gabel zu seinem Mund führt. Vor allem aber hasse ich, dass bei diesem Idioten alles gut aussieht.

Er sitzt einfach nur da und doch könnte man meinen, er posiert gerade für ein Modemagazin. Oder für eine verschissene Besteck- oder Küchenwerbung.

Ich hasse, wie er seine Augenbrauen hebt, wenn er genervt von mir ist. Hasse, dass seine dunklen Augen mehr mit mir machen, als sie sollten.

»Das Essen ist genial, Ryan. Genau das, was wir nach der langen Fahrt brauchten.« Vivianna ist die Einzige, die mich davon abhält, ihrem Sohn am Tisch ordentlich die Meinung zu geigen.

Denn sie, egal, wie sehr ich mich dagegen sträube, mag ich wirklich gern. Sie bringt frischen Wind in unser Haus und ich liebe es, wie sie meinen Dad zum Strahlen bringt. Viel zu lange hat er sich nur noch in seine Arbeit in der Kanzlei gestürzt und das Wesentliche aus den Augen verloren. »Das Kompliment geht auf Velvets Kappe, sie hat das Essen gemacht«, sagt mein Vater beinah platzend vor Stolz. Ich zucke mit den Schultern und kaue auf meiner Garnele herum, als wäre sie ein

Kaugummi. »Nicht der Rede wert.« Und das ist es wirklich nicht. Da ich ohne Mutter aufgewachsen bin und mein Vater der schlechteste Koch der Nation ist, habe ich früh die Verantwortung in der Küche übernommen.

»Ich habe selten so gute Meeresfrüchte gegessen. Was meinst du, Hunt? Schmeckt es dir?« Vivianna, die neben ihrem Sohn sitzt, stupst ihn mit dem Ellbogen an und grinst wie ein Honigkuchenpferd. Jedenfalls, bis sie sieht, dass Hunter keine Miene verzieht.

»Fast zu gut, um wahr zu sein«, antwortet er gehässig und wirft mir einen bitteren Blick zu, der mir durch Mark und Bein geht. Urplötzlich vergeht mir auch der restliche Appetit, Vivianna und mein Vater scheinen nicht einmal den Sarkasmus in seiner Stimme wahrzunehmen. Ich sehe ihn noch einmal genau an.

Unter seinem Hoodie lugt ein weißes Shirt hervor, das nur erahnen lässt, wie gut er darunter gebaut ist. Mein Blick wandert über seine Brust, vorbei an seinem Kehlkopf und letztendlich treffe ich auf seine stechenden Teufelsaugen, die mich mustern.

Fuck, er hat mich beim Starren erwischt und verzieht keine Miene dabei. Ich hingegen lasse mir meine Scham nicht anmerken und setze dem Ganzen die Krone auf, indem ich unbehelligt weiterstarre. Dem werde ich sicher nicht die Genugtuung geben und die Lider senken.

Mein Blick wandert zu seinem Tattoo, das ich jetzt dank des Lichts im Essebereich endlich entziffern kann. *Hope* steht in fast unleserlicher Schrift auf seiner Haut geschrieben. Wer zur Hölle lässt sich denn im Gesicht tätowieren? Kaum auszumalen, wie schmerzhaft das gewesen sein muss.

»Tja, dann kannst du dich ja glücklich schätzen, dass die beste Köchin des Landes ab jetzt direkt im Zimmer neben dir wohnt«, witzelt mein Dad und lässt mich erstarren. Das ist nicht sein Ernst! Das Haus hat gefühlte hundert Gästezimmer und er will ihm ausgerechnet das Zimmer neben meinem geben? Anscheinend muss mein Dad mir zu einhundert Prozent vertrauen, wenn er keine Angst hat, ich könnte Hunters Bad-Boy-Image verfallen.

Gerade, als ich protestieren will, fällt Hunter mir ins Wort und treibt mich noch weiter auf die Palme. Kann dieser schreckliche Abend nicht einfach enden?

»Ich bin der glücklichste Kerl des Landes«, spottet er und steht auf, ohne ein weiteres Wort zu verlieren. Da er die Treppen ansteuert, weiß ich, dass er sich verziehen will. Besser so für ihn, bevor ich wirklich explodiere. Meine Wut würde gerade das ganze Land in Schutt und Asche legen, wenn ich hochgehe!

»Vel, würdest du ihm das Zimmer zeigen?« Ich will meinem Vater sagen, dass er selbst gehen soll, aber ich will Vivianna nicht enttäuschen, also nicke ich, schmeiße meine Serviette auf den Teller und stehe widerwillig auf. Der Hunger ist mir ohnehin vergangen, seit ich ihm gegenübersaß.

Auf der Treppe hole ich ihn ein, dränge mich an ihm vorbei und versperre ihm oben angekommen den Weg. Hunter denkt dabei nicht einmal daran, zu stoppen, stattdessen hat er mich Sekunden später mit Leichtigkeit zur Seite geschoben, als wäre ich eine Figur auf einem Schachbrett.

»Was zur Hölle ist dein Problem, hm?« Man soll mir nicht anhören, dass ich gekränkt bin, aber man sieht dem Triumph in seinem Blick an, dass er gewonnen hat. Er liebt es, mich zu kränken. Und dabei kennt er mich nicht einmal!

»Ich wüsste nicht, was es dich angeht, *Sugar*.« Wieder versperre ich ihm den Weg, dieses Mal versucht er nicht einmal, an mir vorbeizukommen. Stattdessen bleibt er einfach vor mir stehen und wartet ab, was ich zu sagen habe.

»Erstens: Das hier ist mein Haus. Meins, hast du verstanden? Du hast nicht das Recht, hier anzutanzen und den Macker zu spielen. Zweitens: Nenn mich nie wieder Sugar! Und drittens: Mich willst du nicht als Feind haben!« Ich rede mich in Rage, obwohl ich mir sicher bin, dass mein Vater unser Gespräch hören kann, weil ich so laut bin.

»Soweit ich weiß, gehört das Haus dem Kerl, der meine Mutter fickt. Und nicht dir. Außerdem nenne ich dich so, wie ich es für richtig halte. Und drittens: Tu nicht so, als wärst du der Teufel, wenn du in Wirklichkeit der Engel auf Erden bist.« Anscheinend hat er keine Lust mehr, mich weiterhin mit seinen abstrusen Worten zu nerven, denn er lässt mich einfach auf dem Flur stehen.

»Die zweite Tür links«, rufe ich ihm schmallippig hinterher, damit ich meine Pflicht getan habe und mich einfach wieder verziehen kann.

»Danke, *Nachbarin.*« Ich höre, dass er die Tür öffnet, sie aber nicht verschließt. Derweil bleibe ich mit geschlossenen Augen und zusammengepressten Lippen auf dem Flur stehen, als hätten mich seine Worte versteinert.

»Ach, und noch etwas, Sugar: Man sollte sich nie mit dem wahren Teufel anlegen.« Sekunden später fällt die Tür ins Schloss.

Das Nächste, was ich höre, ist *Black Rose* von Volbeat. Ehrlich? Kann der Kerl nicht wenigstens einen schlechten Musikgeschmack haben?

Genervt von allem und jedem stapfe ich in mein Zimmer, schalte auf YouTube einen Popsong an, um ihn zu ärgern, und drehe die Lautstärke auf. In diesem Moment ist mir sogar die Meinung meines Vaters egal. Ich will ihm zeigen, dass ich den längeren Atem habe. Ich muss es ihm nur noch beweisen!

***

Eine halbe Stunde, nachdem wir uns immer noch ein Lautstärkenduell abliefern, klopft es an meiner Zimmertür. Ich drehe die Musik widerwillig leiser und bitte meinen Vater herein.

Dieser sieht mich mitleidig an und setzt sich neben mir aufs Bett. Das letzte Mal, als er so neben mir saß, hat er mir den Anfang vom Ende verkündet. Vor wenigen Stunden wusste ich aber auch noch nicht, dass Vivianna ihren Sohn mitbringen würde. Und dass dieser mir die Pest an den Hals wünschen wird, ohne mich zu kennen.

»Hey, ist alles gut bei dir?« Er streicht über meinen Rücken und nimmt mich väterlich in den Arm. Und auch wenn mir gerade eher zum Schreien zumute ist, lasse ich ihn gewähren. Immerhin scheint er wirklich nicht gewusst zu haben, dass Vivianna ihre Teufelsbrut mitbringt.

»Muss ja«, murmle ich als Antwort und werfe mich rücklings aufs Bett. Mein Vater tätschelt mein Knie und knufft mir in die Rippen.

»Hey, ich weiß, dass er nicht leicht ist. Aber das wird sich schon einrenken.« Will er mir gerade echt weismachen, dass sich alle Probleme in Luft auflösen werden?

»Schick ihn ins Gartenhaus zum Schlafen, dann glaube ich dir vielleicht.« Meine Worte bringen Dad zum Lachen, also entspanne ich mich.

»Im Ernst, Dad. Was ist das für ein Typ? Ich habe kein Problem damit, dass sie hier sind, auch wenn ich zugeben muss, dass du mich überrumpelt hast. Aber ich habe ein Problem damit, dass Satan persönlich neben mir wohnt und mich schikaniert.« Seufzend setze ich mich wieder auf und lehne mich an seine Schulter.

»Er hatte es in den letzten Wochen nicht leicht, Vel. Gib ihm ein bisschen Zeit, mit der Situation warm zu werden. Das brauchen wir alle. Du hast ein großes Herz, beweis ihm, dass er auch eins haben kann.« Wieso um Himmels willen findet mein Dad immer diese beschwichtigenden Worte, die ich gerade nicht gebrauchen kann?

»Und noch etwas«, räuspert er sich und sieht mich flehend an. »Vivianna macht sich Sorgen um ihn. Er war nicht nur einmal auf der falschen Bahn. Würdest du ein Auge auf ihn werfen, wenn ihr zusammen im Haus seid?« Ich lache lieblos auf, das hier ist doch wohl ein schlechter Scherz, oder?

»Und wie stellst du dir das vor? Ich glaube nicht, dass Hunter einen weiblichen Babysitter braucht. Er braucht jemanden, der ihm in den Arsch tritt!« Bevor ich mich hineinsteigern kann, stoppe ich mich. Mein Vater verzieht seine Mundwinkel nach unten. Allein dafür hasse ich diesen Vollidioten!

»Schau einfach, dass er keinen Unsinn baut. Ich glaube, Vivianna kann nachts besser schlafen, wenn er sich nirgendwo herumtreibt und wieder mit dem Gesetz kollidiert. Du bist die Vernünftige von euch beiden, ich zähle auf dich, Schatz.« Mein Dad gibt mir einen Kuss auf die Stirn und klopft sich anschließend auf die Oberschenkel.

»Ich gehe dann wieder zu Vivianna und räume den Tisch ab. Du kannst uns gern noch Gesellschaft leisten, wenn du möchtest. Sie mag dich wirklich gern, Vel.« Seine Worte nehmen die Kälte aus mir, die Hunter vorhin in mir gestreut hat, und ersetzen sie durch Wärme. »Ich mag sie auch gern. Sie ist wundervoll«, bestärke ich meinen Dad, gebe ihm einen Kuss auf die Wange und deute auf meine Bücher. »Aber ich glaube, ich verbringe den Abend ganz langweilig über meinen Büchern.«

»So ein braves Kind. Ich hab dich lieb.«

»Ich dich auch, Dad.« Ehe er meine Antwort hören kann, hat er das Zimmer bereits verlassen. Eilig krame ich meine Kopfhörer hervor und übertöne seine Musik mit meiner, auch wenn sie von der selben Band stammt.

Es ist, als würde er allem einen faden Beigeschmack verleihen. Nur, dass er seine Musik so laut hört, dass sich die Lieder miteinander vermischen.

Willkommen in der Hölle, Velvet.

Er hat das Fegefeuer hinaufbeschworen.

Und das wird er bekommen.

Versprochen, Hunter.

HUNTER

Ich hasse sie. Und das kann ich bereits nach wenigen Stunden in diesem Gefängnis sagen. Ich hatte es geahnt, als meine Mom mich gegen meinen Willen herbrachte, aber ich hatte gehofft, dass ich irgendwie klarkommen würde. Dass ich es einfach schaffen würde, alles und jeden zu ignorieren. Aber wie soll ich sie ignorieren, wenn sie direkt neben mir pennt?

Fakt ist: Ich komme nicht damit klar. Damit, dass sie das Zimmer neben mir hat. Dass sie versucht, nett zu mir zu sein, obwohl sie mir am liebsten den Arsch aufreißen würde.

Ich habe es in ihren Augen gesehen: Sie wollte mich tot sehen. Sie wollte ihre manikürten Fingernägel in meine Augen bohren und mich einfach kaltmachen. Nur fehlt ihr der Mut dazu, ihre Wünsche in Taten umzuwandeln.

Tja, sollte ich ihr sagen, dass mich niemand kleinkriegt? Wenn nicht einmal er es geschafft hat, wird sie sich an mir ihre hübsch gebleichten Zähne ausbeißen. Etwas, das sie früh genug lernen wird.

Ich liege auf dem ätzend sterilen Gästebett und starre an die Wand, versuche, zu verdrängen, wie scheiße die letzten vierundzwanzig Stunden für mich gelaufen sind.

Fuck, dieses Bett ist breiter als mein Zimmer in Phoenix! Und auch wenn es sicher einige Vorzüge mit sich bringt, hier zu sein, will ich lieber unter einer Brücke pennen.

Ich bin nur hier, weil ich es meiner Mom versprochen habe. Weil ich das Gefühl habe, auf sie aufpassen zu müssen. Und das kann ich nur, wenn ich in L.A bei ihr bin.

Dabei gibt es eintausend Orte, an denen ich lieber wäre. Eintausend andere Menschen, die ich lieber um mich haben würde. Wäre sie nicht hier, würde ich diese Stadt nie wieder betreten.

Ich drehe die Musik noch lauter, um damit meine Gedanken zu übertönen, aber selbst das Geschrei von Slipknot bringt dem Chaos in meinem Kopf keine Ruhe, dabei hilft mir Musik sonst immer aus der Scheiße.

Es dauert nicht lange, bis es an der Wand links neben mir hämmert. Ich nerve sie. *Gut so.* Denn ihre Stille nervt mich genauso sehr wie sie meine Lautstärke. Wenn ich ihr auf die Eier gehe, wird sie schnell aufhören, mit mir zu reden. Dann ist die Zeit hier nicht mehr ganz so ätzend.

Ihr Klopfen verstummt schon nach wenigen Sekunden. Ich hätte der Kleinen mehr Durchhaltevermögen zugetraut, aber so kann man sich täuschen. Vermutlich will sie keinen Ärger mit ihrem Daddy bekommen und benimmt sich deshalb wie eine verdammte Klosterschülerin.

Ich will gerade den nächsten Song anspielen, als die Tür zu meinem Zimmer aufgerissen wird. Der scheinheiligste Engel auf Erden stürmt herein, rennt zu meiner mobilen Lautsprecherbox und stellt sie aus.

»Spinnst du?« Ich stemme mich hoch, baue mich vor ihr auf und entreiße ihr den Lautsprecher. Danach stelle ich die Musik wieder lauter, jedoch nur so laut, dass ich sie noch verstehen kann. Ich will wissen, was sie mir zu sagen hat.

»Ich will lernen! Könntest du nicht wenigstens ein bisschen leiser deinem erbärmlichen Leben in Phoenix hinterhertrauern?« Ihre zugegebenermaßen hübschen, grünen Augen verziehen sich zu Schlitzen, ihr Mund bildet eine harte Linie, sodass ihre Lippen vor Wut zittern.

»Wer zur Hölle lernt an einem Freitagabend? Hast du keine Freunde?« Ich weiß, dass ich gemein bin. Aber es juckt mich nicht, was sie von mir hält. Genau genommen, will ich sogar, dass sie mich hasst, so wie ich sie hasse.

»Aber nein, antworte nicht. Lass mich raten: Du gehörst zu diesen braven Töchtern, die keinen Alkohol trinken und nicht vögeln, weil sie ihren Daddy nicht enttäuschen wollen. Großes Kino, Schwesterherz.«

»Ich bin nicht deine Schwester!« Das ist alles, was ihr dazu einfällt? Mein Gott, kann die Kleine auch mal aus ihrer Haut fahren und mich anschreien? Man sieht ihr an, dass sie ihre wahren Gedanken und Gefühle herunterschluckt und das kotzt mich an.

Ich gehe einen Schritt auf sie zu, sodass sie automatisch zurückweicht, bis sie mit dem Rücken gegen die Wand stößt. Man sieht ihr an, dass sie sich in die Ecke gedrängt fühlt, aber sie gibt ihr Bestes, sich nicht zu verraten.

»Unsere Eltern steigen zusammen in die Kiste. Mit viel Glück heiraten sie in wenigen Monaten.« Ich nähere mich ihrem Ohr und spüre, dass ihr Atem stockt, weil wir uns so nah sind. Wusste ich es doch. Ich lasse sie nicht so kalt, wie sie es vorgibt.

»*Und dann bin ich dein Stiefbruder.*« Ich flüstere ihr diese absurden Worte ins Ohr und spüre, dass sie direkt an meinem Körper erzittert.

»Was, Velvet? Macht es dich an, dass du auf einen Kerl scharf bist, der bald dein Bruder sein könnte?«, treibe ich mein Spiel auf die Spitze.

Sie muss nicht einmal antworten, ich kann anhand ihrer Körpersprache ablesen, was sie sagen will. Sie schüttelt den Kopf, aber ihr bebender Brustkorb schreit mich bejahend an. Vermutlich wurde die Kleine wirklich noch nie gevögelt und es ist das erste Mal, dass einer in ihrer Gegenwart kein Blatt vor den Mund nimmt.

»Du hast eine ziemlich verschobene Realität, kann das sein?« Sie legt ihre Hände auf meine Brust und versucht, mich wegzuschieben, aber ich halte ihren Avancen mit Leichtigkeit stand.

»Spiel dir ruhig etwas vor, Barbie. Meinst du, ich habe nicht gesehen, dass dein Atem gestockt hat, als ich die Kapuze abgenommen habe? Du hast dir gewünscht, dass ich dich zur Begrüßung an mich reiße. Entweder bist du untervögelt oder einfach nur einsam, such es dir aus. Mir sind beide Erklärungen recht«, sage ich dunkel und stütze meine Hand an der Wand in ihrem Rücken ab.

Nur wenige Zentimeter trennen uns und ich sehe, dass sie gerade das erste Mal in ihrem Leben so etwas wie Spannung zwischen sich und einem Kerl spürt. Dabei ist die Kleine nicht einmal von schlechten Eltern. Sie ist sogar ziemlich heiß. Nur nicht ansatzweise so heiß, dass ich mich an ihr verbrennen könnte.

»Wenn es nach mir ginge, hättest du in Phoenix verrotten können.« Ich will ihr gratulieren, weil sie langsam aber sicher aus ihrer Haut fährt, aber ich beiße mir auf die Zunge.

»Du weißt nicht, wie es in der Gosse ist, Sugar.« Und sie weiß es wirklich nicht. Wenn ich mir dieses Prollhaus ansehe, sagt mir das alles. Sie hatte immer alles. Dieses verfickte Haus hat sogar eine Sauna. Andere können froh sein, wenn sie ein funktionierendes Klo oder ein Bett unterm Arsch haben.

»Aber ich warne dich: Wenn du nicht aufpasst, wirst du schneller dort landen, als dir lieb ist.« Mit dieser Drohung lasse ich von ihr ab und gehe zurück zu meinem Bett. Sie steht derweil versteinert an meiner Tür, Tränen brennen in ihren Augen. Gut so.

Ich will, dass sie spürt, was ich spüre, wenn ich sie sehe, auch wenn sie eigentlich nichts für meine Situation kann. Eigentlich …

»Du bist so ein … so ein -« Sie kann ihren Satz nicht beenden, was mir zeigt, was für eine Art Mensch sie wirklich ist. Eine Scheißart. Und schon schätze ich sie noch weniger wert als ohnehin schon.

»Was? Hat das brave Töchterchen nie gelernt, wie man ordentlich flucht?« Auch wenn ich mich gerade erst von ihr gelöst habe, gehe ich wieder zu ihr zurück und stelle mich vor sie. Durchdringend sehe ich sie an, wobei mein Blick unauffällig über ihre Titten schweift, die unter der Bluse eingesperrt sind.

»Los, beleidige mich«, befehle ich ihr. Ja, ich stehe drauf, wenn Frauen sich nichts sagen lassen. Aber das Exemplar vor mir scheint in jeglicher Hinsicht zu prüde zu sein. Dabei steckt genau in denen so viel verschenktes Potenzial. Schade um ihre Pussy.

»Was? Widerstrebt es deinem Kodex? Los, Velvet, beleidige mich«, knurre ich und komme ihr noch ein Stück näher, als sie es ertragen kann. Sie wendet den Blick ab.

»Du bist erbärmlich, weißt du das?« Und mit diesen Worten hat sie mich von sich gestoßen und hat das Zimmer verlassen.

»Das müssen wir noch mal üben, Sweetheart. Wenn ich mit dir fertig bin, kannst du das Wort Wichser in zwanzig Sprachen stöhnen.« Sekunden später höre ich ihre Tür zuknallen. Sie hat mich gehört, da bin ich mir sicher. *1:0 für mich, Sugar.*

***

Zehn Minuten später erschlagen mich meine Gedanken. Fuck, wie soll ich das hier überstehen? Ich hasse L.A. Ich hasse die Leute, ich hasse das Wetter, einfach alles.

Während ich auf dem Bett liege und versuche, zu verdrängen, dass mein Leben gerade einem verdammten Scherbenhaufen gleicht, haben meine Beine eine andere Idee.

Ich stemme mich hoch, verlasse das Zimmer und sehe mich in dieser Villa um. Wie zum Teufel kann man sich hier wohlfühlen? Alles kotzt mich an. Der marmorierte Boden, die braven Tapeten und die teuren Gemälde. Für den Preis eines hässlichen Bildes hätten wir in Phoenix Wochen überleben können und hier dient es lediglich als Deko.

Am liebsten würde ich jedes einzelne herunterreißen und dem Kerl vor die Füße schmeißen, der meine Mom mit seinen schmalzigen Haaren um den Finger gewickelt hat. Dennoch gehe ich brav an den Rahmen vorbei, ohne sie anzurühren.

Weil ich meine Mom nicht enttäuschen will. Weil ich weiß, dass dieser Typ mir in gewisser Hinsicht den Arsch gerettet hat. Dass ich ohne ihn jetzt ganz woanders wäre. An einem Ort, der bei Weitem dunkler wäre. Nur, dass niemand kapiert, dass ich die Dunkelheit liebe. Im Licht wirkt alles plastisch, unecht. Und für mich unendlich hässlich.

Mit den Händen in den Hosentaschen gehe ich den Flur entlang, zahlreiche Zimmer befinden sich auf beiden Seiten, aber meine Aufmerksamkeit gilt nur einer, und die befindet sich am Ende des Gangs. Durch das Milchglas kann ich sehen, dass dahinter Licht dämmert.

Es ist mir egal, wem der Raum gehört und dass ich jemandes Privatsphäre zerstören könnte. Hat sich jemals jemand um meine geschert? Nicht, seit ich denken kann. Ich konnte froh sein, wenn ich in meinem Zimmer eine Frau ficken konnte, ohne dabei gestört oder angeschrien zu werden.

Vor dem Milchglas bleibe ich stehen und spähe hindurch, kann aber nicht viel erkennen. Lediglich einen Brei aus Blau und Gelb.

Entschlossen greife ich nach der Türklinke und drücke sie langsam nach unten. Als ich sehe, was sich in der geräumigen Halle befindet, muss ich schlucken. Fuck, die haben sogar einen Pool in ihrem Haus? Andere haben nicht mal warmes Wasser!

Aber der sicher zehn Meter lange, beleuchtete Pool ist nicht das, was mich schlucken lässt. Sondern das, was sich im Wasser befindet.

Ich lehne mich gegen den Türrahmen und sehe ihr dabei zu, wie sie ihre Bahnen unter Wasser zieht. Ich kann nicht viel erkennen, aber ich sehe, dass sie einen weißen Bikini trägt. Das einzige Licht im Raum stammt vom Pool und den Spots, die um ihn herum in die Fliesen eingelassen sind und an die Decke leuchten.

Doch meine Augen liegen auf ihr. Velvet. Allein beim gedanklichen Aussprechen dieses Namens wird mir übel. Wieder muss ich daran denken, wie entsetzt sie an der Tür stand und mich anstarrte.

Mit ihren perfekt gesträhnten Haaren und dieser verdammt makellosen Haut. Ich stehe auf Frauen mit Ecken und Kanten. Sugar hat weder das eine noch das andere, sie ist einfach … da. Einfach und langweilig.

Nichts Besonderes. Insgeheim hatte ich gehofft, dass sie mir gefallen könnte, als mir meine Mom verkündete, dass ich sie nach L.A begleiten soll, wenn ich nicht in der Gosse landen will.

Jetzt weiß ich, dass alle Hoffnungen umsonst waren und sie wirklich so stinknormal ist, wie ich es befürchtet hatte. Meine Hände stecken wieder in den Taschen, während ich darauf warte, dass sie Sekunden später endlich auftaucht.

Nach Luft schnappend kommt sie hoch und streicht sich ihre langen, blonden Haare zurück. Sie steht mit dem Rücken zu mir da, sodass ich ihr Gesicht nicht sehen kann. Vermutlich besser so. Wenn ich ihr in die Augen sehe, sehe ich bloß wieder ihre Fassade.

Ich hasse Fassadenmenschen. Leute, denen man ihren Charakter nicht ansieht, weil ihnen der Rest wichtiger ist. Weil es sie nur interessiert, was andere von ihnen denken. Sugar gehört definitiv in diese Kategorie.

Ein Blick in ihr aufgesetztes Lächeln am Eingang hat genügt, um zu erkennen, dass sie keine von uns ist. Dass sie auf mich hinabblicken wird, sobald man ihr die

Möglichkeit dazu gibt. *Um auf mich hinabzublicken, brauchst du ein Hochhaus, Baby.*

Wie versteinert stehe ich an der Tür und sehe ihr dabei zu, wie sie über die Treppe das Wasser verlässt. Tropfen perlen auf ihrem Rücken ab, ihre nassen Haare reichen ihr in diesem Zustand bis zum Ansatz ihres Bikinis.

Und zu meinem Erschrecken gefällt mir, was ich sehe. Ihre Taille ist schmal, aber nicht zu dürr. Ihre Hüften haben genau die richtigen Proportionen und auch ihr Arsch ist nicht von schlechten Eltern.

Velvet geht zu einer Bank vor sich, schnappt sich das darauf liegende Handtuch und beginnt, sich die Haare damit zu trocknen. Währenddessen gaffe ich ihr auf den Hintern, weil das alles ist, was ich im Moment von ihr ertragen kann.

Wenn sie wüsste, dass ich hier stehe und sie beobachte, würde sie sich sicher nicht so viel Zeit lassen, sondern gleich zu ihrem Daddy rennen und mich als Spanner abstempeln.

Und ja, vielleicht bin ich genau das: ein perverser Spanner. Aber was soll ich in diesem Palast auch anderes tun? Die Scheißgemälde anglotzen und darauf warten, dass ich endlich woanders hinkann?

Wenn ich ehrlich bin, gefällt mir die Rückansicht meiner Nachbarin dann doch besser. Der Kontrast ihrer braungebrannten Haut zu ihrem weißen Slip sollte dafür sorgen, dass ich zumindest den Ansatz einer Latte bekomme, aber als ich an mir hinabblicke, entdecke ich nichts. Sie ist schön. Vermutlich würden manche für eine Frau wie sie töten. Ich hingegen würde lieber einen vollgepissten Boden schrubben, anstatt meine Finger an einem Püppchen ihres Kalibers zu verbrennen. Ich bin mir sicher, dass die Kleine nicht enthaltsam lebt, glaube aber, dass sie außer dem Seestern nichts beherrscht.

Weil sie viel zu prüde ist, um sich im Bett wirklich gehen zu lassen. Dabei sollte ihr dringend jemand zeigen, was Lust wirklich bedeutet, vielleicht würde sie dann den Stock aus ihrem Arsch ziehen. Vielleicht traue ich ihr aber zu viel zu.

Velvet trocknet mittlerweile ihre Beine ab, wobei sie sich nach vorn beugt und mir unwissender Weise ihren Arsch entgegenstreckt.

Und obwohl ich gern selbst eine Bahn schwimmen würde, um meine Gedanken loszuwerden, stoße ich mich Sekunden später von der Tür ab, verlasse den Raum und mache mich auf den Weg zu meinem Zimmer, um die Autoschlüssel zu holen.

Ich muss weg hier. Sofort. Bevor ich doch auf die Idee komme, ihr zu zeigen, dass der Seestern für Anfänger ist. Ich bin das Hochhaus. Und ich darf ihr keine Leiter geben …

VELVET

Es tat gut, meine verbrannten Gedanken abzukühlen. Wie lange ich schon nicht mehr im Pool war? Es ist sicher Wochen her. Dabei hatte ich ganz vergessen, wie befreiend es sein kann. Das Wasser nimmt einem die Gedanken, alles, was zählt, ist die Nässe, die einen in eine andere Welt zieht.

Und das war alles, was ich wollte, als ich sein Zimmer verlassen habe: in einer anderen Welt sein. Einer, in der es ihn nicht gibt. In der mein Dad keine Frau hier angeschleppt hat, die bei der Erziehung ihres Sohnes versagt hat. Ich mache Vivianna keine Vorwürfe, dafür habe ich sie schon zu sehr ins Herz geschlossen.

Ihm hingegen mache ich Vorwürfe. Und ich würde, wenn ich mich nicht beherrschen könnte, schon längst die Bombe platzen lassen und ihm den Arsch aufreißen.

Aber ich habe meinem Dad etwas versprochen, und daran werde ich mich, wohl oder übel, halten. Weil ich ihn nie enttäuscht habe. Und das soll sich nicht ändern, weil er mich auf die Palme bringt.

Gerade als ich meine Beine abtrockne, höre ich Schritte hinter mir, gefolgt von dem leisen Schließen einer Tür. Panisch drehe ich mich um und halte mir das Handtuch vor den Körper, doch da ist niemand, der die Schritte verursacht haben könnte.

Der Raum ist leer, ich bin allein. Erleichtert atme ich aus, dusche mich schnell in der dafür vorgesehenen Ecke ab, wickle das Handtuch um meine Brust, schnappe mir mein Handy von der Bank und schalte anschließend das Licht im Poolraum aus, bevor ich ihn mit mulmigem Gefühl in der Magengegend verlasse.

Auch im Flur herrscht die Stille der anbrechenden Nacht, sodass ich mir sicher bin, mich nur verhört zu haben. Allein der Gedanke daran, dass mich jemand gesehen haben könnte, jagt mir einen Schauer über den Rücken.

Eilig gehe ich über den Flur zu meinem Zimmer und husche hinein, damit mich niemand sehen kann, falls sich doch jemand hier herumtreibt. Diesem Spinner nebenan würde ich alles zutrauen.

In meinem Zimmer lasse ich das Handtuch auf den Boden fallen, schäle mich aus dem Bikini und gehe nackt zu meinem Kleiderschrank herüber, um mir die erstbesten Sachen anzuziehen. Am Ende trage ich eine Shorts und ein trägerloses Top, das aufgrund meiner nassen Haare sofort durchweicht.

Danach lege ich das Handy auf meinem Bett ab, gehe zu meiner Fensterbank herüber und setze mich auf sie. Ich liebe es, am Abend zum Meer zu blicken und alles zu vergessen.

Auch wenn ich sie nicht sehen kann, bilde ich mir ein, wie die Wellen gegen den Strand peitschen. Beinah kann ich das Salz in der Luft riechen. Das ist nur ein Grund, wieso ich mein Leben hier liebe und es gegen nichts in der Welt eintauschen würde.

Gerade als ich die Lider schließen und den schrecklichen Tag hinter mir lassen will, wird eine Tür im Hof geöffnet. Ich rapple mich auf und spähe hinaus.

Da unsere Auffahrt beleuchtet ist, kann ich ihren Wagen sehen. Es ist ein älteres Modell, vermutlich ein Mustang. Ordentlich gepflegt. Die Laternen spiegeln sich im roten Lack wider.

Ich gehe auf die Knie und suche nach dem Verursacher des Geräusches, und als ich schließlich Hunter sehe, der auf der Fahrerseite einsteigt, schlucke ich.

Es ist Freitagnacht. Natürlich wird ein Kerl wie er nicht brav in seinem Bett liegen, schließlich ist nicht jeder wie ich. Und schon gar nicht er! Aber er kennt hier schließlich nichts und niemanden. Wo also will er hin?

Er holt sich sicher nur neue Kippen, Velvet. Entspann dich!, ermahne ich mich innerlich, werde aber das üble Gefühl nicht los, dass er ganz woanders hinwill. Es sollte mir egal sein, wie er seinen Abend verbringt, aber dann denke ich wieder an die Worte meines Dads. Er hat mich gebeten, dafür zu sorgen, dass Hunter keinen Scheiß baut. Und ich Vollidiotin habe mich auch noch breitschlagen lassen. Eine ganze Weile sitzt Hunter hinter dem Steuer und tippt auf seinem Handy herum, während ich ihn von meiner Plattform aus beobachte. Mir bleiben nur zwei Möglichkeiten: Entweder ich gehe ins Bett und tue so, als hätte ich nichts gesehen, oder ich gehe nach unten und halte ihn von was auch immer ab.

Da mich mein schlechtes Gewissen ohnehin um den Schlaf bringen würde und ich Dad versprochen habe, ein Auge auf Hunter zu haben, entscheide ich mich für Option zwei. Kaum eine Minute später finde ich mich auf unserem Hof wieder und bleibe so stehen, dass er mich nicht sehen kann. Ehe ich michs versehe, hat er den Motor gestartet. *Fuck, er will tatsächlich noch wegfahren …*

Als sich seine Räder in Bewegung setzen, handle ich viel zu überstürzt. Meine Beine tragen mich schnell zurück ins Haus, um den Autoschlüssel meines Vaters zu holen. Danach renne ich zu seinem Audi, starte den Motor und folge ihm. Bin ich eigentlich völlig bescheuert? Das hier hat mein Dad sicher nicht gemeint, als er mich bat, auf ihn aufzupassen … oder?

***

Wenn ich meinem Dad erzähle, dass ich seinem neuen Stiefsohn mitten in der Nacht durch die Straßen L.A.s folge, würde er mich vermutlich für verrückt halten. Und das, obwohl er schuld an allem ist!

Ich erkenne kein Muster, kann nicht sagen, was Hunters Ziel sein soll. Wir haben bereits drei Tankstellen hinter uns gelassen, also kann es ihm nicht um Zigaretten gehen. Und doch bleibe ich ihm dicht auf den Fersen und biege mit genug Sicherheitsabstand dort ab, wo er langfährt.

Mittlerweile sind wir seit gut fünfzehn Minuten unterwegs und langsam, aber sicher vergeht mir die Lust an diesem Katz- und Mausspiel. Wenn er nicht gleich anhält, drehe ich um und fahre zurück nach Hause.

Ich lege mich ins Bett und vergesse einfach, dass ich überhaupt auf die Idee kam, ihm zu folgen. Wie albern ist das eigentlich? Ich bin nicht für ihn verantwortlich, schließlich kenne ich ihn kaum und er ist weiß Gott alt genug, um zu entscheiden, wie er sein Wochenende verbringt.

Ich schalte das Radio an, um die betäubende Stille zu übertönen und summe Avril Lavignes *My Happy Ending* mit. Nachdem das Lied zu Ende ist, wird es spannend. Hunter biegt in eine abgelegene Straße ein, und je weiter wir uns von der Zivilisation entfernen, desto lauter wird die Musik.

Und zwar nicht die aus dem Radio! Lichter erhellen ein altes Backsteingebäude am Ende des Ganges, vereinzelte Laserstrahlen erreichen den Himmel. Dieser Drecksack führt mich doch geradewegs auf eine Party … Und dabei hatte ich mir geschworen, meine Freitagabende nie auf diese Art zu verbringen.

Als Hunter schließlich seinen Wagen am Rand parkt und aussteigt, handle ich schnell, indem ich hinter ihm parke und ebenfalls aussteige. Meine Turnschuhe schaben auf dem Schotterweg, ich schließe leise die Tür und sperre den Wagen ab. Sollte mein Dad am nächsten Morgen Kratzer im Lack vorfinden, darf ich das Haus wochenlang nicht mehr verlassen, da bin ich mir sicher. Dennoch gehe ich das Risiko ein und laufe los.

Uns trennen vielleicht fünfzig Schritte voneinander, als ich ihm Richtung Party folge. Volbeat erfüllt die Nacht und ich kann nicht verhindern, dass mein Körper kribbelt, weil ich am liebsten zu meiner Lieblingsband tanzen würde. *Das hier ist nichts für dich, Velvet.* Ich kann genauso gut in meinem Zimmer tanzen! Und das sogar, ohne Angst haben zu müssen, dass mich jemand betäubt und mit sich nimmt.

Dennoch folge ich ihm ins Getümmel und finde mich einige Schritte später zwischen halb nackten, verschwitzten Menschen wieder.

Frauen tragen so knappe Kleider, dass man ihre Pobacken sehen kann, Kerle glotzen ihren Nachbarinnen auf die Titten. Es wird angestoßen, es wird getanzt. Und vor allem wird gekifft.

Der Duft schlägt mir entgegen wie eine Nebelbank, sodass ich kurz wie berauscht stehen bleibe. Ist Hunter deshalb hier? Um sich zuzudröhnen und danach noch mit dem Auto seiner Mom zu fahren?

Weil ich bereits nach wenigen Sekunden auf der Party genug gesehen habe, folge ich ihm jetzt schneller. Es dauert nicht lange, bis ich die Partymenge durchquert habe und hinter ihm den Eingang des Gebäudes erreiche. Ich kenne es nicht, bin mir aber sicher, dass das hier mal eine Schule war. Der Hof schreit förmlich danach. Die Blumenkübel wurden zu

Getränkehaltern umfunktioniert und die alten Schulbänke dienen jetzt als zusätzliche Tanzfläche.

Die Türen stehen offen und so folge ich Hunter ins Innere des Hauses, in dem die Party weitergeht. Wieso zur Hölle weiß er genau, wohin er muss? Es ist, als würde er sich hier auskennen wie in seinem Zuhause!

Hunter geht eine Treppe nach oben hinauf und ich bleibe ihm dicht auf den Fersen. Frauen, festgekrallt an den Händen ihrer Freunde, kommen uns dabei entgegen.

Ihren zerzausten Haaren und den siegessicheren Blicken der Kerle nach zu urteilen, finden dort oben ganz andere Sachen als unten statt. Und doch lasse ich mich nicht davon abhalten, weiterzugehen.

Als wir die oberste Etage erreichen und ich mich darauf vorbereite, ihn anzusprechen, dreht er sich plötzlich um und drückt mich gegen die kalte Wand. Meine Haare sind immer noch nass vom Pool und ein Schauer jagt über meinen Rücken. Seine Hand liegt an meiner Taille, die andere liegt auf der Wand.

»Na, wie lange wolltest du mich noch verfolgen, *Sugar*?« Seine Augen sehen mich so bedrohlich an, dass ich am ganzen Körper zittere. Das Lederarmband, das er trägt, kitzelt meinen Bauch, der unter dem Top hervorlugt.

»Du wusstest es?«, ist alles, was ich über meine Lippen bringe. Ich würde ihm gern sagen, dass er mich loslassen soll, aber ich bin unfähig, es wirklich auszusprechen.

»Denkst du, ich habe dich nicht an deinem Fenster gesehen? Muss ja wahnsinnig interessant sein, mich zu beobachten.« Ein neuer Schauer jagt über meinen Rücken beim Gedanken daran, dass er mich die ganze Zeit gesehen hat.

»Ich habe meinem Vater versprochen, dich davon abzuhalten, Scheiße zu bauen. Sorry, falls du dir mehr erhofft hattest.« Ich kontere gerne, nur habe ich es bis jetzt bei ihm noch nicht geschafft. Doch damit muss Schluss sein! Das hier ist meine Stadt, mein Zuhause! Eines, das er anscheinend besser kennt als ich.

»Was denkst du? Würde er wollen, dass du mich davon abhältst, seine süße Tochter zu ficken? Auf einer Party, auf der alle high sind? Sag mir, Velvet.« Er kommt mir wieder so nah wie in seinem Zimmer, sodass ich förmlich erstarre. Ich bin am ganzen Körper gelähmt, als würde mir seine Stimme ein Mittel direkt in die Venen jagen.

»Würdest _du_ mich davon abhalten?« Sein Atem kitzelt meinen Hals, sodass ich den Blick von ihm abwende. Er darf nicht sehen, dass er mir viel zu nah ist. Dass ich seine Nähe nicht ertragen kann und will.

»Alter, nehmt euch ein Zimmer! Dafür sind sie schließlich da«, murmelt plötzlich ein Typ, der gerade aus einer Tür neben uns herauskommt und seine Freundin hinter sich herzieht. Ehe ich protestieren kann, hat Hunter schon gehandelt.

»Er hat recht, lass uns ein Zimmer nehmen.« Sekunden später befinden wir uns bereits in einem heruntergekommenen Raum, in dem es nach Schimmel und Dreck stinkt. Eine alte Pritsche steht auf der linken Seite, zwei große Türen führen auf einen Balkon.

»Ich bin nicht hier, um mit dir zu schlafen«, halte ich gegen und verschränke die Arme vor der Brust. »Dafür gibt es genug andere Frauen hier.«

Hunter steht unbeeindruckt vor mir, und obwohl es dunkel ist, kann ich etwas in seinen Augen aufblitzen sehen. Entweder er lacht mich aus oder ich habe seinen Kampfgeist geweckt, indem ich sein Ego verletzt habe.

»Ich würde nie mit dir *schlafen*, Cherry. Ich würde ganz andere Sachen mit dir machen.« Seine Stimme klingt dunkel und so entschlossen, dass mir die Spucke wegbleibt. Dabei will ich ihm so gern genau diese ins Gesicht schleudern!

»Ich habe keinen Bock mehr auf deine Spielchen, ich rufe jetzt deine Mom an.« Entschlossen zücke ich mein Handy, wähle die Nummer meines Dads und halte es mir ans Ohr. Doch Hunter scheint unbeeindruckt zu bleiben. Stattdessen schüttelt er nur den Kopf, kommt auf mich zu und nimmt mir das Handy mit Leichtigkeit weg.

»Du solltest dringend -« Und wieder trifft mich sein Atem, »dringend den Stock aus deinem Arsch ziehen.« Hunter steckt mein Handy in seine Hosentasche und umgreift mein Handgelenk.

Sekunden später stehen wir vor den Türen, die zum Balkon führen. Hunter steht direkt hinter mir, ich kann seinen Atem auf meiner Schulter spüren, seine Hände liegen an meinen Oberarmen.

»Sieh dir die zwei an. Die haben Spaß. Kennst du das Wort, Sugar?« Mein Blick fällt nach draußen und augenblicklich will ich mich aus seinem Griff befreien, bin aber zu schwach. Sein Griff verstärkt sich, sodass ich wimmernd dem Geschehen draußen zusehe.

»Sieh. Hin.« Er befiehlt es nicht nur, nein, er ergötzt sich auch noch an meiner Demütigung. Auf dem Balkon stehen zwei Leute. Wobei stehen das falsche Wort ist. Und sie benehmen sich eher wie Raubtiere.

Die Frau lehnt am Geländer, ihre Finger krallen sich in den nackten Rücken des Kerls, der sie nimmt. Hier auf dem Balkon. Hier, wo es von unten jeder sehen und hören kann. Splitterfasernackt stehen sie auf dem Balkon und treiben es miteinander.

»Na, gefällt es dir, ihnen zuzusehen?« Seine Stimme, die sonst vor Abneigung mir gegenüber trieft, ist plötzlich ganz anders. Beinahe interessiert.

Ich presse die Lippen zusammen, ignoriere, dass ich seine Latte in meinem Rücken spüre und atme tief durch. *Nicht aufgeben, Velvet. Du zeigst ihm jetzt, dass er dich nicht kleinkriegt!*

»Ich habe schon Besseres gesehen«, antworte ich also unbeeindruckt. Dabei widert es mich an, fremden Menschen beim Sex zuzusehen. Wobei das, was sie dort treiben, nicht mehr als Sex gilt.

Sie benehmen sich wirklich wie Tiere! Haut schlägt an Haut, Nägel bohren sich ins Fleisch, Namen werden gestöhnt, Schweiß perlt an ihnen ab und glitzert durch die Beleuchtung vom Hof.

»Was? Willst du mir ernsthaft weismachen, dass du dir Pornos ansiehst, Sugar? Weiß dein Dad davon?« Hohn liegt wieder in seiner Stimme, der mich innerlich brodeln lässt.

»Es geht dich einen Scheiß an, was ich sehe und was nicht.« Gerade als ich den Blick von den beiden Nackten auf dem Balkon abwenden will, drückt Hunter mich dichter gegen die Scheibe, sodass ich mich nicht rühren kann und letztendlich wieder an dem nackten Arsch des Kerls hängen bleibe.

»Sieh hin. Siehst du, wie ihre Beine zittern? Wie sie sich an ihm festkrallt? Sie kommt gleich, Velvet. Na, macht dich das an? Zu sehen, wie sie kommt, weil er in ihr ist?« Ich spüre Tränen in meine Augen steigen, weil mich in diesem Moment nur eines durchzieht: Demütigung. Hass. Abscheu. Ja, gerade verabscheue ich ihn noch mehr als vor wenigen Stunden noch.

»Es widert mich an«, spucke ich aus. Durch das Licht kann ich die Spiegelung in der Glasscheibe sehen. Hunter steht immer noch direkt hinter mir, sein Kopf lehnt an meinem. Gemeinsam stehen wir hier und sehen den beiden dabei zu, wie sie miteinander schlafen.

»Es widert dich nur an, weil du dir wünschst, dass du an ihrer Stelle wärst. Weil du es satthast, das brave Töchterchen zu sein. Hör auf, allen etwas vorzumachen.« Er klingt angepisst und zur selben Zeit so aufrichtig, dass es mich erschaudern lässt. Was will dieser Kerl eigentlich von mir?

Ehe ich mich abwenden kann, zieht der Kerl seinen Schwanz aus ihr heraus und spritzt ihr auf den Bauch. Angewidert schaffe ich es endlich, ihm zu entkommen und stürme zur Tür.

»Du bist krank, Hunter. Ich habe meinem Dad versprochen, ein Auge auf dich zu haben, aber das ist mir scheißegal! Ich will mit so jemandem nichts zu tun haben!«

Hunter bleibt derweil am Balkon stehen, dreht sich aber zu mir um. Mit dem Rücken lehnt er an der Glasscheibe und gafft mich an. Meine Knie schlottern und mein Herz schlägt schneller als je zuvor in meiner Brust.

»Entspann dich, Velvet. Wenn du mit mir als Bruder klarkommen willst, musst du dich lockermachen. Sonst werden die nächsten Wochen zu deiner persönlichen Hölle. Und ich gebe einen guten Satan ab, glaube mir«, warnt er mich mit spitzem Lachen.

»Du. Bist. Nicht. Mein. Verfickter. Bruder!« Ich kann nicht mehr an mich halten und knalle ihm diese Worte beinah schreiend ins Gesicht. Doch wenn ich dachte, dass ich ihn mir so vom Hals schaffen würde, habe ich mich geschnitten.

»Da kann ja doch jemand fluchen.« Und mit diesem Satz ist er wieder bei mir, ohne dass ich es realisieren oder Abstand aufbauen kann. »Das ist heiß«, setzt er noch rau hinterher. Bevor ich antworten kann, wird der Balkon geöffnet und die Tiere durchqueren lachend den Raum. Immerhin haben sie sich wieder angezogen! Angeekelt mache ich den beiden Platz und sehe Hunter starr an. »Ich fahre jetzt nach Hause. Mach einfach, was du willst. Mir ist es egal. Und wenn du in der Gosse landest, dann wünsche ich dir viel Spaß da unten.« Ich greife nach der Türklinke und öffne sie.

»Und wie willst du nach Hause kommen, wenn ich den hier habe?« Abrupt drehe ich mich um. Hunter strahlt übers ganze Gesicht und hält meinen Autoschlüssel in die Höhe.

Da er mein Handy hat, kann ich nicht mal jemanden anrufen. Und ich weiß, dass er mir meine Sachen nicht freiwillig zurückgeben wird. Er muss ihn mir abgenommen haben, als er am Balkon hinter mir stand, anders kann ich es mir nicht erklären.

Hunter drängt sich an mir vorbei und bleibt nur kurz neben mir stehen. »Schachmatt, Sugar. Wenn du nach Hause willst, solltest du dir jemanden suchen, der dir ein Taxi ruft.«

Weil ich wie erstarrt bin, checke ich nicht, dass er Sekunden später bereits in der Menschenmenge unten verschwunden ist.

Panisch stehe ich am Geländer, versuche, ihn in der Menge zu finden, entdecke ihn aber nicht mehr. »Das bedeutet Krieg«, zische ich und stürze mich Augenblicke später in die Party.

HUNTER

Sie kann fluchen! Die Kleine hat tatsächlich das Wort verfickt in ihren braven Mund genommen. Und ich sollte mich davon nicht beeindrucken lassen, kann aber nicht verhindern, dass ich stolz auf mich bin. Ja, verdammt, ich habe es geschafft, dieses kleine Biest zu versauen. Wenn auch nur für einen Augenblick.

Ich sitze an der Bar und beobachte die Frauen auf den Bänken, wie sie ihre perfekten Körper bewegen, wie sie ihre Haare zurückwerfen und Ausschau nach dem Fick des Abends halten.

Der Ständer in meiner Hose ist immer noch präsent. Ich müsste nur zu der kleinen Rothaarigen gehen und sie gegen meinen Schritt pressen, um sie rumzukriegen.

Aber ein verkorkster Teil in mir sieht lieber Velvet zu. Nachdem ich sie oben habe stehen lassen, ist sie wie ein aufgescheuchtes Huhn nach unten gerannt. Sie sucht mich, aber ich werde mich nicht finden lassen.

Wenn sie wüsste, dass ich der Meister im Versteckspiel bin, würde sie es einfach aufgeben. Aber sie weiß es nicht, deshalb wird sie es selbst herausfinden müssen, während ich die Show genieße. Und ich konnte nicht verhindern, dass es mich angemacht hat, mit ihr den beiden auf dem Balkon zuzusehen.

Zu sehen, wie ihre Atmung flacher und schneller wurde. Dabei hatte ich ihren Arsch an meinem Schritt. Fuck, ja, ich bin schließlich auch nur ein Mann. Und Velvet ist nicht die schlechteste Partie.

»Moment Mal. HUNTER?« Ich wende den Blick von Velvet ab, die sich panisch durch die Massen kämpft, und sehe Lu ins Gesicht. Sie strahlt über das ganze Gesicht und wirft sich in meine Arme, sodass ich beinahe vom Hocker falle.

»Was zur Hölle machst du hier, ohne mir Bescheid zu sagen?« Sie boxt mir gegen die Schulter und winkt ihre Freunde zu sich.

Wenn ich ehrlich bin, freue ich mich sogar, die alten Vollidioten wiederzusehen. Auch wenn ich sonst alles an L.A. hasse, seit … ich weiß, wieso sich mein Leben hier in die Hölle verwandelt hat.

Phoenix war genauso beschissen, aber immerhin hatte ich so Abstand von diesem Ort. Abstand zu Leuten, die mich an Dinge erinnerten, die ich vergessen wollte.

»Bin seit heute wieder hier«, verkünde ich etwas genervter, als ich es beabsichtige. Marc, den ich schon als Grundschüler kannte, kommt auf mich zu und nimmt mich brüderlich in die Arme. Ich klopfe ihm auf den Rücken und falle zurück auf meinen Barhocker.

»Ist das dein Ernst, Hunt? Du? Zurück in L.A?« Lu schmiegt sich an meine Seite und sieht zu mir auf. Sie war schon damals die kleine Schwester für mich, die ich nie hatte. Ich hatte immer das Gefühl, sie beschützen zu müssen, dabei konnte sie immer bestens allein auf sich aufpassen. Und an der Art und Weise, wie Marc sie ansieht, weiß ich, dass er in meine Fußstapfen getreten ist.

»Ich weiß noch nicht, wie lange ich bleiben kann, aber meine Mom ist heute zu ihrem Lover gezogen«, erkläre ich schmallippig.

Mein Herz schlägt im Takt des Beats, als ich einen Blick zurück an die Stelle werfe, an der Velvet bis eben stand. Die Betonung liegt in der Vergangenheitsform, denn die Nervensäge ist verschwunden.

Und dabei wollte sie doch ein verkorkster Teil in mir im Auge behalten. Die Göre weiß doch nicht mal, wie man Party buchstabiert, und jetzt ist sie allein auf einer der übelsten Sorte von allen. Mist, habe ich echt ein schlechtes Gewissen?

Ich will mich gerade von meinen alten Freunden verabschieden, als jemand Neues zu uns stößt. Thunder. Allein beim Anblick seiner Visage wird mir übel.

Wir hatten privat nie wirkliche Differenzen, aber auf der Straße war er immer mein größter Feind. Er nickt mir stumm zu und mein Blick wandert zu der kleinen Blauhaarigen, die sich an seine Seite schmiegt und mich mit großen Augen ansieht.

»Hunt, Thunder kennst du ja. Und das hier«, Lu zieht die Kleine an sich, »ist Blue.« Ich nicke ihr zu und kassiere ein freundliches Lächeln ihrerseits.

Eines muss ich Thunder lassen: Sein Frauengeschmack hat sich in meiner Abwesenheit deutlich verbessert. Die Kleine ist heiß und ganz anders als seine alten Errungenschaften.

Doch als ich ihr in die Augen sehe, sehe ich plötzlich ganz andere vor mir. Grüne Augen, die gerade vermutlich tränengefüllt sind, weil sie nicht weiß, wie sie heimkommen soll. Ob sie Angst hat? Angst ist so ein mächtiges Gefühl. Mehr als einmal bin ich durch sie über mich hinausgewachsen.

»Ich würde ja gern in Erinnerungen schwelgen, aber ihr müsst mich mal kurz entschuldigen.« Ich gebe Lu einen Kuss auf den Scheitel und schlage mit Marc ein, bevor ich mich in die Menge stürze, um sie zu suchen.

Irgendwo muss das Biest ja sein … Und ich würde es mir nicht verzeihen, wenn ihr ernsthaft etwas passieren sollte. Nicht ihretwillen … sondern meiner Mom wegen. Außerdem würde ihr Vater schneller dafür sorgen, dass ich kein Sonnenlicht mehr sehen kann, als mir lieb ist.

Also halte ich nach Velvet Ausschau. Und mit jeder Sekunde, in der ich sie nicht finde, fühle ich mich beschissener.

Fuck, Hunter. Du hast dir geschworen, ihr keine Leiter zu geben. Und jetzt? Jetzt hat sie meine verdammten Eier in der Hand. Ich habe ihr keine Leiter gegeben, nein, dafür gleich einen verdammten Aufzug.

VELVET

Tränen brennen in meinen Augen, als ich mich durch die zugedröhnte Menge kämpfe. Die Hälfte der Partygänger scheint mich dabei nicht einmal zu bemerken, weil sie high sind.

»Entschuldige«, murmle ich und tippe einem Kerl, der noch bei klarem Verstand zu sein scheint, auf die Schulter. Er dreht sich um und blickt grinsend auf mich hinab.

»Wie kann ich dir helfen?«, fragt er mich und zwinkert mir zu. Er sieht nicht gefährlich aus, und doch werde ich das alberne Gefühl in meiner Brust nicht los, dass er nicht sauber ist. Ich habe schon zwei Leute nach einem Handy gefragt, aber beide waren so breit, dass sie nicht mal geschnallt haben, was ich von ihnen will.

»Hast du mal ein Handy für mich? Ich muss mir ein Taxi rufen.« Ich klinge verzweifelter, als ich will, aber im Grunde genommen bin ich am Arsch. Auf keinen Fall kann ich hierbleiben, bis Hunter sein Spiel endlich beendet. In diesem Moment ist mir sogar egal, dass er es gewinnen würde. Scheiß auf den Sieg! Ich will einfach in mein Bett und den Abend vergessen.

»Ich habe was ganz anderes für dich, Süße.« Der Kerl mit den aschblonden Haaren zieht mich an sich und küsst meine Stirn. Schnell schubse ich ihn von mir weg und stolpere rückwärts. »Fass mich nicht an!« Meine Stimme geht an die Decke, während der Kerl seine Abfuhr mit Leichtigkeit wegsteckt.

»Freak«, sagt er lediglich und widmet sich stattdessen der Blondine hinter ihm, die seine Avancen zu gern annimmt. Während mir die Galle hochkommt.

Wütend drehe ich mich um und will gerade den Ausgang anpeilen, als ich gegen etwas Hartes pralle. Zuerst spüre ich nur das leise Schlagen eines Herzens unter meinen Händen, dann erfüllt mich ein Duft, den ich an diesem Abend mehr verfluche als alles andere.

»Hunter«, knurre ich und gehe einige Schritte zurück. Er steht mitten in der Menge tanzender Menschen vor mir. Als wäre alles um uns herum vorgespult und wir angehalten worden. Sein Blick durchbohrt den Kerl hinter mir mit voller Wucht, und erst nach einer kleinen Ewigkeit antwortet er auf meinen fragenden Gesichtsausdruck.

»Suchst du das?« Er zückt mein Handy und hält es mir hin, aber als ich danach greifen will, schüttelt er den Kopf und nimmt es wieder an sich.

»Du Vollidiot, ich hätte vergewaltigt werden können!«, donnere ich ihm entgegen und denke gar nicht daran, woanders als direkt in seine Augen zu sehen. Noch immer stehen wir einfach nur in der Menschenmenge. Hunter greift nach meiner Hand und zerrt mich an den Rand der Tanzfläche, wo er abrupt stehen bleibt.

»Ich hatte dich die ganze Zeit im Auge, Cookie«, sagt er leichtfertig, dabei glaube ich ihm kein Wort. »Ich bin nichts zu essen, Hunter. Merk dir das endlich!« Meine Nerven können einiges ab, aber das hier geht eindeutig zu weit.

»Bist du dir da sicher?« Ein verschmitztes Grinsen huscht über sein Gesicht. Wieso zur Hölle grinst er mich an, als würde er mit mir flirten, wenn er mich doch wie die Pest hasst? Was hat sich verändert? An meinen Gefühlen zu ihm hat sich bis jetzt nichts geändert. Er hat sie eher verschlimmert. Das rede ich mir jedenfalls brav ein.

»Gib mir einfach meine Sachen zurück und such dir eine andere Marionette«, raune ich, deutlich angepisst. Doch alles, was ich bekomme, ist eine Abfuhr.

»Unter einer Bedingung.« Seine Augen blicken in meine, die Menschen hinter mir tanzen immer noch, als wären sie in einer anderen Welt als wir.

»Und welche? Ich werde dich nicht anfassen«, sage ich beinahe hysterisch. Dabei sagt mir sein Blick, dass er das gar nicht verlangt. Er will etwas anderes. Die Frage ist nur, welches Szenario schlimmer ist.

»Tanz für mich«, sagt er plötzlich und ich reiße die Augen auf. Habe ich mich gerade verhört? Hunter geht noch einen Schritt zurück und lehnt sich gegen die Wand. In der Hand hält er meinen Autoschlüssel, mein Handy steckt noch in seiner Tasche.

»Vergiss es! Da laufe ich lieber nach Hause und suche mir ein Taxi!«, protestiere ich mit verschränkten Armen vor der Brust.

»Du willst alleine in diesem Aufzug zur Hauptstraße? Wenn du Glück hast, wird der Typ auf der Tanzfläche dein geringstes Übel gewesen sein. Nun komm schon, Sugar. So schwer kann es wohl kaum sein. Tanz. Für. Mich. Und wenn nicht für mich, mach es für dich.«

Klingen seine Worte sonst immer wie eine Ohrfeige, wirkt er jetzt fast zahm auf mich. Man sieht ihm an, dass er sich das hier wirklich wünscht. Ich frage mich nur, wieso.

Das aktuelle Lied verstummt und wird durch ein neues ersetzt. Als ich *You're Not Alone* von Big Time Rush in einer Remix-Version erkenne, weiß ich, dass es keinen anderen Weg hier raus gibt. Denn er hat recht: Ich werde ganz sicher nicht alleine zur Hauptstraße gehen, da kann ich gleich mein Todesurteil unterschreiben.

Also atme ich tief durch.

Ein.

Aus.

Tiefer ein.

Tiefer aus.

Letztendlich springe ich über meinen Schatten, schließe die Augen und bewege meine Hüften so, wie ich es tun würde, wenn ich allein in meinem Zimmer wäre. Ich versuche, die hundert Menschen um mich herum auszublenden.

69

Versuche, zu vergessen, dass ich mich gerade demütigen lasse, nur, weil ich unaufmerksam war. Weil ich ihn schon nach wenigen Stunden zu nah an mich herangelassen habe.

Ich höre der Musik zu, lasse mich im Beat fallen und tanze. Weil ich es liebe, zu tanzen, auch wenn die Umstände sonst ganz andere sind. Meine Beine bewegen sich so leichtfüßig, als hätte ich mein Leben lang getanzt. Als hätte ich immer nur auf diesen Tag gewartet. Der Moment, in dem ich loslasse.

Obwohl ich nichts getrunken habe, fühle ich mich betrunken.

Obwohl ich nichts geraucht habe, fühle ich mich high.

Obwohl … ich Hunter hasse, fühlt es sich gut an, von ihm beobachtet zu werden. Die Minuten und Strophen verstreichen viel zu schnell, viel zu leicht. Als das Lied vorbei ist, muss ich mich zwingen, aufzuhören, anstatt weiterzutanzen. Langsam schlage ich die Lider auf und sehe ihn an.

Hunter hat sich nicht von der Stelle gerührt, er steht immer noch an der Wand, einen Meter vor mir, und mustert mich. Seine Züge wirken das erste Mal weich. Seine Augen das erste Mal ehrlich.

Und auch wenn ich nichts von ihm und seinen Methoden halte, würde ich ihn gerade gern in den Arm nehmen und ihm danken. Selten habe ich mich so frei gefühlt wie in den letzten drei Minuten.

»Bekomme ich jetzt meine Sachen zurück?«, frage ich ihn so leise, dass er mich dank der Musik nicht hören kann. Also löse ich mich von der Stelle und gehe auf ihn zu, bis ich direkt vor ihm stehe.

»War es so schlimm?«, fragt er mich ehrlich und gerade heraus. Meine Knie schlottern wieder und mein Puls jagt in die Höhe, obwohl ich mir geschworen hatte, nicht mehr so intensiv auf ihn zu reagieren. Er merkt es, schließlich ist er nicht blind.

»Nein«, antworte ich ihm atemlos. Wo zur Hölle ist mein Atem hin? Und wieso hat er meine Selbstbeherrschung mitgenommen? Alles in mir verkrampft sich, als Hunter mein Handy aus seiner Tasche zieht und mir in die Hand drückt. Als sich unsere Fingerkuppen dabei berühren, durchzuckt mich ein Stromschlag.

»Dafür, dass du die erste Lektion bestanden hast«, setzt er hinterher und geht anschließend Richtung Ausgang. Einen Moment bleibe ich noch perplex stehen, bis ich schnalle, was er gesagt hat.

»Was für eine Lektion?« Ich renne ihm hinterher, bis ich neben ihm bin und mir Mühe geben muss, Schritt zu halten. Für jeden Schritt, den er macht, muss ich zwei machen.

»Wieso gibst du mir nicht meinen Autoschlüssel zurück? Das war der Deal!«, blaffe ich ihn nun an. Doch Hunter denkt nicht daran, mir zu antworten. Stattdessen geht er weiter durch die Menge und steuert am Ende die Autos auf dem Parkplatz an.

»Hunter, jetzt bleib stehen!« Langsam, aber sicher verliere ich nicht nur die Fassung, sondern auch die Geduld. Ich renne noch schneller, bis ich endlich wieder neben ihm stehe. Wir erreichen den zugegebenermaßen schönen Mustang und er öffnet die Beifahrertür. Danach deutet er mit dem Kopf ins Innere des Wagens. »Ich fahre dich.« Es ist keine Frage, sondern ein Beschluss. Ein Beweis dafür, was für ein Arschloch er ist. Hatte ich das tatsächlich für einige Sekunden vergessen? Wie konnte das passieren?

»Wie bitte?« Ich klinge wie eine hysterische Hyäne.

»Du fährst bei mir mit. Und jetzt komm, sonst musst du dir ein Taxi rufen und dann war alles umsonst.« Ich stemme die Hände in die Hüften und starre ihn mit offenem Mund an.

»Das Auto gehört meinem Dad! Er wird mich köpfen, wenn sein Wagen über Nacht hierbleibt!« Allein beim Gedanken an seine Reaktion wird mir schlecht. Hunter lässt den Wagen offen und kommt auf mich zu. Vor mir bleibt er stehen.

»Lektion eins: Mach dir einmal in deinem Leben keinen Kopf über Konsequenzen, Velvet. Hast du eine Ahnung, wie viel besser dein Leben sein kann, wenn du Risiken eingehst?« Wieder blickt er mich so intensiv an, dass mir schlecht wird. Schwindelig. Heiß. Alles in allem ist das ein gefährlicher Cocktail, den ich exe.

»Wieso tust du mir das an?« Ich will nicht schmollen, kann aber nicht verhindern, dass ich es tue. Dass ich wünschte, er würde mir einfach die Schlüssel geben und mich mein Leben leben lassen.

»Wenn ich ehrlich sein soll -« Er hält inne, sein Duft vernebelt wieder meine Sinne, sodass ich kaum klar denken kann. »Ich weiß es nicht. Aber mein Entschluss steht fest: Steig in meinen Wagen ein oder ruf dir ein Taxi. Such es dir aus, Sugar.«

Und da ist er wieder: Der überhebliche Unterton in seiner zugegebenermaßen schönen Stimme. Mit dieser Stimme hat er sicher schon mehr als eine Frau um den Verstand gebracht. Ich wollte nicht auf seiner Liste enden. Ich will kein Punkt sein, den man abhakt.

Hunter lässt mich hier stehen, steigt auf der Fahrerseite ein und startet den Motor. Weil er mir damit meine Misere noch einmal vor Augen führt, bleibt mir keine andere Wahl, als auf seinen Deal einzugehen.

Ich renne zur offenen Tür, steige ein und schnalle mich an. Und auch wenn ich es nie zugeben würde: Es gefällt mir viel zu gut, das erste Mal nicht an die Konsequenzen zu denken, die zu Hause auf mich warten.

»Ich wusste, dass du Potenzial hast.« Das sind die letzten und einzigen Worte aus seinem Mund, bevor er losfährt und die Party mitsamt des Wagens meines Vaters hinter sich lässt.

***

Seit einer Viertelstunde fahren wir schon und noch hat niemand von uns die Stille unterbrochen. Mir liegen so viele Dinge auf der Zunge, die ich nicht über mich bringe.

Ich will wissen, wieso er mich hasst und doch dafür sorgt, dass ich heil nach Hause komme. Wieso er L.A. zu hassen scheint und doch auf eine Party hier geht.

Wieso er sich hier so gut auskennt und was sie aus Phoenix vertrieben hat. Wieso er mich tanzen sehen wollte und was er sich dabei dachte, mich in dieses Zimmer im oberen Stockwerk zu zerren.

Ich will wissen, was ihn derart kalt hat werden lassen und wieso er mir die Pest an den Hals wünscht, wenn er mich im nächsten Moment ansieht, als würde ich ihm leidtun. Und vor allem: Wieso tue ich ihm leid?

Ich habe alles, was ich brauche, um glücklich zu sein. Ich habe gute Noten, ein tolles Verhältnis zu meinem Dad und habe gute Chancen, in seine beruflichen Fußstapfen zu treten und Rechtsanwältin zu werden, wenn ich mich reinhänge. Ich habe ein tolles Haus und die wenigen Freunde, die ich habe, sind Gold wert. Mir fehlt es an nichts.

Und doch erwische ich mich hier in seinem Wagen dabei, wie ich mein Leben infrage stelle. Dieser kleine Teufel auf meiner Schulter, der mir sagt, dass das nicht alles ist. Dass mir etwas Entscheidendes fehlt, das ich nur nicht sehe. Weil ich es nicht wahrhaben will.

Das Radio ist so leise, dass ich seinen Atem hören kann und nur schwer dem Drang widerstehe, ihn anzusehen. Denn egal wie sehr ich mir einrede, dass ich ihn abstoßend finde: Er ist heiß. Seine dunklen Haare laden zum Hineingreifen ein, seine Lippen zum Küssen.

Ich bin mir sicher, dass er ein begnadeter Küsser ist. Weil er eben auch schon eine Millionen Mädchen geküsst hat. Und allein das sollte mir zeigen, dass er gefährlich für ein Mädchen wie mich ist.

Er ist erst seit wenigen Stunden ein Teil meines Lebens und schon hinterfrage ich Dinge, die für mich immer selbstverständlich waren. Wieso zum Teufel gebe ich ihm diese Macht über mich? Die kühle Nacht rauscht an uns vorbei, während ich mich im Sitz fallen lasse und beinah enttäuscht feststelle, dass wir da sind, als wir die Auffahrt erreichen. Im Haus ist alles dunkel, immerhin ist es laut Radiouhr schon weit nach Mitternacht.

Hunter stellt den Wagen ab und steigt wortlos aus. Sobald ich ebenfalls das Auto geschlossen habe, verriegelt er den Mustang und geht, ohne auf mich zu warten, zurück ins Haus. Wie eine Last trotte ich ihm hinterher. Bevor er in seinem Zimmer verschwinden kann, ohne mich noch einmal anzusehen, halte ich ihn auf. »Hunter, warte«, flüstere ich, damit unsere Eltern uns nicht hören. Er bleibt an der Tür stehen und sieht mich in der Dunkelheit an, sagt aber nichts.

»Du hast von einer Lektion gesprochen. Wie viele gibt es denn?« Das ist ganz und gar nicht das, was ich sagen wollte! Eigentlich wollte ich ihm sagen, dass dieser Abend eine Ausnahme war. Und doch habe ich mein wirres Herz sprechen lassen.

»Zu viele«, antwortet er knapp. Mein Kopf hämmert, mein Herz schlägt Saltos in meiner Brust. Wieso um Himmels willen gehe ich nicht einfach in mein Zimmer und belasse es dabei?

»Wie sehen die anderen aus?« Meine Stimme vibriert, genau wie meine Knie. Doch wenn ich dachte, dass ich eine Antwort erhalten würde, habe ich mich getäuscht. »Gute Nacht, Sugar.« Er klingt traurig. Wieso zur Hölle klingt er traurig? Bevor ich ihn fragen kann, ist er in seinem Zimmer verschwunden und ich gebe mich geschlagen. Als ich einige Minuten später ebenfalls im Bett liege, schlafe ich innerhalb von Sekunden ein und träume.

Von braunen Augen, wummernden Bässen und nackter Haut. Ich sehe mich auf einem Balkon stehen. Sehe, wie er mich an sich reißt. Und ich merke, dass ich in einen Krieg gezogen bin, den ich nicht gewinnen kann.

VELVET

»Velvet, mach die Tür auf!« Begleitet wird das Rufen nach meinem Namen von einem stetigen Hämmern, das mich müde die Augen aufschlagen lässt. Im ersten Moment glaube ich, verschlafen zu haben und zu spät zur Schule zu kommen, doch dann erinnere ich mich daran, dass gestern Freitag war.

Seit wann haben wir samstags Unterricht? Richtig: Gar nicht. Also drehe ich mich noch einmal um und mache es mir auf dem Kopfkissen bequem.

»Velvet, ich meine es ernst!«

»Dad, es ist Wochenende! Lass mich schlafen!« Seit wann ist mein Vater so penetrant? Sind das die ersten Auswirkungen, die unsere neuen Mitbewohner mit sich bringen? Legt er jetzt besonders viel Wert darauf, dass die Familie zusammen am Frühstückstisch sitzt? Ich scheiß auf die neue Familie!

»Velvet, wenn du nicht sofort deine Tür aufmachst und mir sagst, wo mein Wagen ist, dann wird das Konsequenzen haben!« Lag ich bis eben noch seelenruhig im Bett, stehe ich jetzt schneller, als ich bis drei zählen kann. Fuck, fuck, fuck. Das alles ist wirklich passiert? Bis eben dachte ich, ich hatte einfach nur einen sehr realen und dreckigen Traum. Doch je lauter das Klopfen meines Vaters wird, desto klarer wird mir, was ich letzte Nacht verzapft habe.

»Bin sofort da«, quieke ich, renne zur Tür und schließe sie auf. Sofort stürmt mein Vater aufgebracht ins Zimmer. Ich habe ihn selten – wenn nicht sogar noch nie – so aufgebracht erlebt wie in diesem Moment. Ist es das, was Hunter erreichen wollte? Dass wir uns streiten?

»Wo. Ist. Es?« Mein Vater stiefelt zum Fenster, zieht die Rollläden hoch und blickt auf die Einfahrt, in der gestern noch sein Wagen stand. Bis ich damit weggefahren bin und nicht mehr wiederkam.

»Setz dich erstmal hin, Dad. Dann erkläre ich es dir, okay?« Man hört meiner zitternden Stimme an, dass ich Todesangst habe, obwohl ich weiß, dass mein Dad harmlos ist. Aber ich habe schließlich auch noch nie sein Auto ohne Erlaubnis geklaut.

»Ich habe keine Zeit zum Hinsetzen, Velvet. Ich muss in einer Stunde in der Kanzlei sein!« Erst jetzt wird mir das volle Ausmaß meiner Aktion bewusst und ich möchte im Erdboden versinken. Ich bette das Gesicht in meine Hände und versuche, die Tränen zurückzudrängen.

»Ich kann es dir erklären«, stammle ich, die Müdigkeit in den Knochen und die Scham in allen Gliedern. Mein Vater baut sich vor mir auf und wartet auf meine Erklärung.

»Es war so -«

»Die Zeit rennt, Madame. Wenn ich nicht pünktlich da bin, geht mir ein großer Auftrag flöten.« Der Druck, den er mir macht, verstärkt das Zittern meiner Beine. Wie soll ich ihm am besten erklären, was passiert ist? Soll ich ihm die Wahrheit wirklich erzählen oder mir etwas ausdenken?

»Du hast gesagt, dass ich ein Auge auf ihn haben soll.« Ich deute auf die Wand links von mir, die an sein Zimmer grenzt. Mein Vater runzelt die Stirn.

»Was hat das damit zu tun?« Ungeduld war immer seine Schwäche. »Nun rück schon mit der Sprache raus!« Ich blicke zu Boden, hole tief Luft und entscheide mich für den richtigen Weg: für die Wahrheit.

»Ich habe ihn gestern Abend wegfahren sehen und bin ihm gefolgt, weil du mich darum gebeten hast«, antworte ich schärfer, als ich es sollte, immerhin kann ich seine Wut verstehen.

»Das habe ich nie verlangt! Ich wollte nie, dass du meinen Wagen unerlaubt nimmst und alleine damit fährst! Kaum auszumalen, was hätte passieren können!« Mein Dad kann kaum an sich halten und ich spüre, dass ich in der Klemme stecke. Wow, der Termin muss wirklich wichtig sein.

»Wie auch immer, ich habe es so verstanden!« Murmelnd gehe ich zu meinem Bett und setze mich hin. »Er war auf einer Party und ich habe ihm gesagt, dass ich dich anrufe, wenn er nicht sofort mit nach Hause kommt. Aber dann, dann -«

»Dann was, Velvet? Hör zu, wenn du schon ehrlich sein willst, dann sag mir auch die ganze Wahrheit. Ich weiß, dass du kein Mensch bist, der gerne lügt. Und erst recht nicht, wenn dein Vater vor dir steht.«

War ich bis eben noch unschlüssig, was ich ihm erzählen soll, steht mein Entschluss jetzt fest. Hunter hat mich gestern behandelt wie ein Stück Dreck und ich hatte ihm Krieg geschworen. Lieber falle ich ihm in den Rücken, als selbst zu fallen.

»Dann hat er mir mein Handy und den Schlüssel abgenommen und hat ihn mir nicht wiedergegeben. Er hat darauf bestanden, dass ich deinen Wagen da stehen lasse und mit ihm heimfahre.« Jetzt weiß ich wieder, wie gut es tut, die Wahrheit zu sagen. Dachte ich gerade ernsthaft darüber nach, meinen Dad anzulügen? Für einen Jungen, der mich wie Scheiße behandelt und den ich kaum kenne?

»Wieso t-«

»Frag nicht mich, wieso er das getan hat, Dad«, unterbreche ich ihn direkt. »Ich habe keine Ahnung, wieso dieser Mensch die Dinge macht, die er eben macht. Er konnte mich von Anfang an nicht ausstehen und jetzt hat er es sogar schon geschafft, dass wir uns streiten, und -« Plötzlich sucht mich ein Schluchzen heim, das mich völlig unverhofft überkommt.

Die Gesichtszüge meines Vaters weichen auf und Sekunden später liege ich schon in seinen Armen. Von der Wut fehlt jede Spur und ich weiß, dass er sich den Rest für ihn aufheben wird. Und ich sollte mich gut fühlen, weil ich diesen Schachzug gewonnen habe, aber die Genugtuung bleibt aus. »Es tut mir leid, dass ich dachte, du könntest schuld sein. Beim nächsten Mal musst du mir aber direkt Bescheid geben, wenn du nicht willst, dass ich vor Schock sterbe, okay?« Ich nicke als Antwort schwach, während mein Vater die Haare aus meinem Gesicht streicht.

»Und in Zukunft: Bitte mach keine unüberlegten Verfolgungsjagden mehr, okay? Hunter treibt sich gern in Szenen herum, die nicht gut für dich sind. Die für niemanden gut sind. Ich will nicht, dass du seinetwegen in Schwierigkeiten kommst.« Auch hier nicke ich, ohne zu zögern.

»Abgemacht«, murmle ich und wische mir die Tränen weg.

»Bekommt er jetzt Stress?«, frage ich noch hellhörig. Ob ich das wissen will, weil ich es mir wünsche oder weil ich es verhindern will, weiß ich nicht.

»Das lass meine Sorge sein. Leg dich wieder hin, ich kläre das mit ihm.« Seine Antwort stellt mich alles andere als zufrieden und trotzdem lasse ich es zu, dass mein Dad das Zimmer verlässt und die Sache selbst in die Hand nimmt. Wieso zur Hölle habe ich ein schlechtes Gewissen?

Weil dir der Abend gefallen hat. Nur, dass ich es nie öffentlich zugeben würde. Vor allem nicht in seiner Gegenwart. Ich werde ihm zeigen, dass ich die Dame bin und er nur der Bauer ist.

***

Das schlechte Gewissen plagt mich, seit mein Vater das Zimmer verlassen hat. Sofort danach habe ich mir Kopfhörer aufgesetzt und die Welt ausgestellt, damit ich nicht höre, wie er Hunter damit konfrontiert.

Mist, was ist bloß los mit mir? Ich sollte direkt daneben in der ersten Reihe stehen und meinen Vater anfeuern. Das ist es, was dieser Idiot verdient hätte. Und zur selben Zeit das, was ich nicht übers Herz bringe.

Vielleicht habe ich auch bloß Mitleid mit ihm, weil ich weiß, dass er es nicht leicht im Leben hatte. Jedenfalls, wenn ich meinem Vater in diesem Punkt glauben kann. Und ich glaube ihm alles, was er mir sagt, immerhin hat er mich noch nie angelogen.

Immer wieder blicke ich auf die Uhr, um festzustellen, wie viel Zeit seit dem Verschwinden meines Vaters vergangen ist. Dreißig Minuten. Ob seine Predigt jetzt schon vorbei ist?

Ich ziehe die Kopfhörer aus den Ohren, lasse sie mitsamt Handy auf dem Bett liegen und gehe zur Tür. Draußen blicke ich mich im Flur um, stelle aber fest, dass die Luft rein ist. Doch gerade als ich auf den Flur treten will, höre ich es im Nebenzimmer scheppern.

Mir ist klar, dass das Geräusch aus seinem Zimmer kommt. Und ich kann mir an einer Hand abzählen, wieso es so poltert. Ich fasse meinen Mut zusammen, gehe zu seiner Tür und klopfe an.

»Verpiss dich.« Wow, okay. Perplex bleibe ich stehen, denke aber nicht daran, mich wirklich zu verpissen. Woher weiß er, dass ich vor der Tür stehe und nicht seine Mutter? Hunter hat es gestern auch einen Scheiß interessiert, was ich will. Jetzt ist es mir im Gegenzug egal, was er will.

Ohne auf seinen Befehl einzugehen, öffne ich die Tür und falle beinahe rückwärts aus seinem Zimmer, als ich das Chaos sehe, das er angerichtet hat. Die Kommode an der rechten Wand liegt jetzt auf dem Boden, die Vasen, die darauf standen, sind in tausend Teile zersprungen.

Bilder sind von der Wand gerissen, von denen ich weiß, wie viel sie wert sind. »Sag mal, spinnst du?« Ich stürme weiter ins Zimmer und rette die letzten Bilder, die es zu retten gibt. Dabei hat er den Großteil schon zerstört.

»Hast du eine Ahnung, wie teuer die sind?« Ich presse mir eines meiner Lieblingsbilder gegen die Brust, um es vor ihm zu schützen. Dennoch tritt er Sekunden später an mich heran, entreißt mir das Bild und zerscheppert es neben den anderen auf dem Boden.

»Und jetzt? Was willst du machen? Es deinem Daddy petzen? Das kannst du ja anscheinend am besten.« Er drängt mich noch weiter in die Ecke, wobei ich fast über die umgestürzte Kommode falle. Nur seine Hand rettet mich davor, mit dem Hintern in den Glasscherben zu landen und mich ernsthaft zu verletzen. Er ist derjenige, der mich in die Ecke treibt! *Er stößt dich um und fängt dich auf …* was für ein Spiel spielt er mit mir? Und wieso?

»Weißt du was? Eure Scheißbilder gehen mir am Arsch vorbei. Und wenn ich sie als Klopapier benutzen will, dann mach ich es«, knurrt er mich an. *Nicht klein werden, Velvet. Halte einfach dagegen.*

»Du weißt, dass du dafür angezeigt werden kannst?«, erinnere ich ihn daran, dass er gerade fremdes Eigentum im fünfstelligen Wert beschädigt hat. Wenig beeindruckt zuckt er mit den Schultern.

»Zähl alle meine Straftaten zusammen, dann reicht es dieses Mal vielleicht wirklich für den Knast. Was sollte das, Velvet? Hast du gar nichts aus meiner Lektion gelernt?« Seine Augen tackern mich an der Wand fest, ich stolpere weiter zurück über das Chaos am Boden. Ein beklemmendes Gefühl macht sich in meiner Brust breit, als seine Augen auf meine treffen.

»Was meinst du?« Diese Wut, die in seinem Blick flackert, macht mir Angst. Viel mehr Angst, als ich zulassen sollte. Hätte er mir wehtun wollen, hätte er es schon getan. Oder?

»Du solltest einmal nicht an die Konsequenzen denken, ist das so schwer?« Plötzlich klingt er kraftlos, als würde sich sein Wutausbruch jetzt in seinen Knochen bemerkbar machen und ihn schwächen. Wer zur Hölle hat ihn so kaputt gemacht? Er hat seine Gefühle ja nicht ansatzweise im Griff!

»Ich bin doch in deinen Wagen gestiegen, was zur Hölle willst du noch von mir? Dass ich meinen Vater anlüge?« Ich lache lieblos auf, weil ich kaum glauben kann, was er gerade von mir verlangt.

»Dein Autoschlüssel hat seit dem Tanz in deiner Hosentasche gesteckt, Velvet. Du hast die Entscheidung selbst getroffen, bei mir einzusteigen.

Steh gerade für das, was du tust. Aber anscheinend habe ich zu viel Potenzial in dir gesehen.« Mit diesen Worten lässt Hunter von mir ab und sucht schon nach dem nächsten Gegenstand, den er zerstören kann.

»Der Schlüssel war die ganze Zeit bei mir?«, ist alles, was ich rausbekomme.

»Stell dir vor, Sugar. Und jetzt verpiss dich endlich.« Bevor ich seinem Befehl Folge leisten kann, betritt Vivianna das Zimmer und erstarrt, als sie das Chaos entdeckt, das ihr eigener Sohn angerichtet hat. Ihren Augen sehe ich an, dass er das nicht zum ersten Mal getan hat. Dass er öfter die Kontrolle verliert.

»Hunter, was zur Hölle hast du getan?« Sie schlägt sich die Hand vor den Mund, Tränen brennen in ihren Augen. Danach hockt sie sich hin und sammelt die Scherben auf.

Hunter reagiert nicht, stattdessen stürmt er aus dem Zimmer und ist verschwunden. Weil ich Vivianna nicht allein lassen will, knie ich mich neben sie und helfe ihr, das Chaos zu beseitigen, bevor mein Dad zurückkommt. Dabei will ich im Grunde genommen ihm hinterhergehen. *Wie verkorkst bin ich eigentlich?*

»Es tut mir leid«, schluchzt sie und wischt sich die Tränen sporadisch weg. Doch für jede alte Träne kommen zwei neue hinzu. Ihre Schultern beben und ihr Brustkorb hebt und senkt sich flach.

»Hey, alles wird gut.« Ich nehme sie in die Arme und streiche über ihren Rücken. Ich kenne diese Frau nicht und doch blutet mein Herz, wenn ich sie so sehe, weil ich weiß, dass das Herz meines Vaters auch bluten würde. »Ich weiß nicht, wann er so geworden ist. Nur, dass er Hilfe braucht.« Sie lehnt ihren Kopf an meine Schulter und weint bitterlich. So viele Fragen liegen auf meiner Zunge, die unpassend wären. Es geht mich schließlich nichts an, was in ihrer Vergangenheit passiert ist. Wenn Dad es mir eines Tages erzählen will, wird er das Gespräch suchen.

»So, wie ich ihn kennengelernt habe, nimmt er keine Hilfe an«, mutmaße ich und treffe genau ins Schwarze.

»Früher war er ganz anders. Früher war er ein guter Junge. Ich hätte … ich hätte ihn unmöglich in Phoenix lassen können. Aber noch weniger kann ich Ryan und dir das hier antun.« Vivianna deutet hilflos auf den Scherbenhaufen vor uns. Ich tätschle ihren Arm und hebe ihr Kinn an, damit sie mich ansieht.

»Wenn wir hier schnell aufräumen, wird Dad es gar nicht merken. Er kennt nicht alle Bilder«, mache ich ihr und auch mir Mut.

Keine Ahnung, ob das stimmt. Aber das Lächeln, das sie mir Sekunden später zuwirft, ist jede Lüge wert. Wie kann mir diese Frau schon nach wenigen Stunden so ans Herz gewachsen sein?

»Danke, Velvet. Du bist ein unheimlich tolles Mädchen. Ryan hat das Beste aus eurem Dilemma gemacht.« Sie gibt mir einen Kuss auf die Wange, während ich dank ihrer Worte aufhorche.

»Unserem Dilemma?« Ich weiß nicht, was sie meint, brenne aber darauf, es zu erfahren. Doch Vivianna hat nicht vor, mir zu antworten.

Stattdessen räumen wir in Windeseile das Chaos zusammen, schmeißen die Glasscherben weg, stemmen die Kommode wieder auf und stellen neue Vasen an die alten Plätze.

Als wir zehn Minuten später fertig sind, verabschiedet sich Vivianna ins Schlafzimmer, weil sie müde ist. Und sie sieht auch müde und erschöpft aus. So, als wäre sie müde von allem.

Ich kenne mich mit Depressionen nicht aus, aber wenn ich sie sehe, zieht sich meine Brust unangenehm zusammen, weil hinter den Schatten unter ihren Augen mehr stecken muss. Ob mein Dad wusste, auf was er sich eingelassen hat, als er ihr anbot, hier einzuziehen?

Nachdem ich einen letzten prüfenden Blick in sein Zimmer geworfen habe, gehe ich zurück in meines. Am Fenster bleibe ich stehen, suche den Mustang in der Auffahrt, entdecke ihn aber nicht. Vermutlich hat er das Weite gesucht und gibt sich jetzt irgendwo die Kante.

Hätte ich ihn doch bloß nicht verraten. Dann wäre er nie ausgerastet und Vivianna hätte nicht weinen müssen. Ich fühle mich schuldig und einfach nur … erniedrigt.

Plötzlich fallen mir wieder seine Worte ein. Ich renne zu der Hose, die ich gestern anhatte, und finde in der Hosentasche tatsächlich den Ersatzschlüssel von Dads Auto. *Was zur Hölle hat er damit bezweckt?*

Ich sollte nicht an die Konsequenzen denken. Jetzt zahle ich den Preis dafür, dass ich nicht auf meinen Verstand gehört habe.

Nachdem ich den Autoschlüssel zurück ans Schlüsselbrett gehangen habe, werfe ich mich aufs Bett und scrolle durch mein Handy.

Als ich meine Freundin schließlich anrufen will, um mich abzulenken, bleibe ich an einem Namen in meinem Telefonbuch hängen, der vorher noch nicht dort gestanden hat.

»Hunter«, lese ich seinen Namen leise vor. Mein Daumen verweilt zitternd über der Nummer, die er gestern, als er mein Handy hatte, eingespeichert haben muss.

Wieso speichert er mir seine Nummer ab? Es ist nicht so, als wären wir Freunde. Und darum gebeten habe ich ihn erst recht nicht. Eigentlich will ich sie gleich wieder löschen, aber im Endeffekt bringe ich es nicht übers Herz.

Stattdessen treffe ich eine Entscheidung, die viel schwerwiegender ist: Ich öffne WhatsApp und schreibe ihm eine Nachricht.

Ich schreibe und lösche. Schreibe und lösche. Weil ich nicht weiß, was ich sagen und wie ich das Gespräch beginnen soll. Am Ende entscheide ich mich für das, was mir am meisten auf dem Herzen liegt.

Es tut mir leid.

Ich bin mir sicher, dass er weiß, von dem die Nachricht stammt. Und genauso sicher bin ich mir, dass er mir nicht antworten wird.

Normalerweise liebe ich es, recht zu behalten. Nicht aber an diesem Tag. Nein, dieser Tag ist nicht normal. Und so hoffe ich, stundenlang, dass er antwortet. Aber das Handy bleibt stumm.

HUNTER

Es tut mir leid.

Ich stehe vor meinem Wagen und starre auf mein Handy, lese ihre Nachricht wieder und wieder. Es tut ihr leid. Als würde das irgendwas bedeuten.

Ryan hat mir die Standpauke meines Lebens gehalten, weil sie ihren hübschen Mund nicht halten konnte. Und ich sollte vor ihm auf dem Boden knien, damit er mich nicht hinter Gitter bringt. Aber. Ich. Knie. Nie. Vor niemandem. Höchstens, wenn ich meinen Kopf zwischen die Schenkel einer Frau schiebe. Das sind aber Ausnahmefälle.

»Hunt?« Marc reißt mich aus meinen Gedanken. Ohne ihr zu antworten, stecke ich das Handy in meine Jeans und nicke stumm. »Bin so weit.« Murmelnd gehe ich zur Fahrertür meines Mustangs und steige ein.

Es ist sicher schon zwei Jahre her, dass ich das letzte Mal an einem Rennen teilgenommen habe, umso nervöser macht es mich jetzt, endlich wieder den Kick zu spüren.

Tief luftholend starte ich den Motor und sehe Marc dabei zu, wie er neben mir in seinen Wagen einsteigt. Zwei weitere Kerle, die neu hier sein müssen, stehen links von meiner Schönheit.

Die süße Blondine in der Mitte der Rennstrecke zwinkert mir zu, was ich mit einem diabolischen Grinsen kommentiere. Sie trägt unsittlich kurze Hosen und ein bauchfreies Top, das gerade so ihre Nippel verdeckt. Durch den dünnen Stoff kann ich sehen, dass sie steif sind.

Ein letztes Mal blicke ich zu den Karren meiner Kontrahenten, bevor die Schnecke das Rennen mit ihrer Fahne eröffnet und ich Gas gebe.

Schon nach den ersten Metern weiß ich, dass ich das hier vermisst habe. Dass ich es vermisst habe, Benzin in den Venen zu spüren. Jedenfalls, wenn es ums Geld geht.

Da ich hier keinen Job habe, muss ich meine Kohle schließlich anders verdienen, und wo könnte ich das besser als auf dem Asphalt?

Da Thunder laut Lus Aussagen keine Rennen mehr fährt, sehe ich in den anderen keine ernsthafte Konkurrenz und bleibe entspannt, als sich Marc meinem Heck nähert.

Das Tempo presst mich in den Ledersitz und ein Kribbeln durchzuckt meinen Fuß, mit dem ich aufs Gaspedal drücke. Währenddessen kann ich mir ein Lachen nicht verkneifen, als ich einen Blick in den Rückspiegel werfe und die Schlusslichter kaum noch sehen kann. Das hier wird ein Kopf-an-Kopf-Rennen zwischen mir und Marc. Und auch wenn wir Freunde sind, seit ich denken kann, werde ich einen Scheiß tun, ihn gewinnen zu lassen. Immerhin hat er einen Job und verdient seine Kohle auf legalem Weg. Ich habe nichts und brauche dringend Asche, wenn ich mir eine eigene Bude leisten will.

Die Rennstrecke führt direkt am Wasser entlang, Palmen säumen den Weg und die Kurven haben es in sich. Man merkt, dass ich seit Langem nicht mehr gefahren bin, und so schafft Marc es fast, mich kurz vor dem Ziel noch zu packen. Aber eben nur fast.

Am Ende bin ich es, der zuerst die Ziellinie überquert und den Applaus kassiert. Neben fünftausend Dollar. Zufrieden halte ich hinter dem Ziel an, sacke die Kohle ein und warte auf die Verlierer.

Marc ist der Erste und Einzige, der nach dem Rennen zu mir kommt und mir auf die Schulter klopft. »Glückwunsch, Alter, ich dachte, du wärst eingerostet in Phoenix. Hab mich wohl getäuscht.« Er kratzt sich am Kopf und Sekunden später sind auch Lu, Thunder und Blue bei mir. Thunder nickt nur schwach, Blue grinst mich an.

»Nicht schlimm, Baby. Ich finde dich trotzdem noch attraktiv«, beschwichtigt Lu Marc und knufft mir in die Seite. »Glückwunsch zum Sieg, Hunt. Wollen wir noch was trinken? Immerhin bist du uns so einige Erklärungen schuldig!« Normalerweise würde ich sofort abblocken, aber ich weiß ohnehin nicht, wo ich sonst hinsoll. Zurück in dieses verkackte Puppenhaus? Nein danke. Da stelle ich mich lieber dem Kreuzverhör von Lu. »Lass uns gehen«, antworte ich knapp, nehme sie in den Arm und gemeinsam gehen wir zu unseren Wagen, um die nächstgelegene Bar anzusteuern. Mir ist alles egal. Hauptsache, ich denke an etwas anderes als an ihre grünen Augen …

***

»Also, *Hunter James Smith.*« Ich verdrehe die Augen, weil ich es hasse, bei meinem vollen Namen angesprochen zu werden. Wenn ich ehrlich bin, kocht alles in mir, wenn ich meinen Zweitnamen höre. Von meinem Nachnamen ganz zu schweigen. Einfach nur Hunter. Das ist der einzige Name, mit dem ich klarkomme und mit dem ich mich identifizieren kann. Irgendwie.

»Nun bring es endlich hinter dich, du Nervensäge.« Ich mache es mir auf der Sitzbank in der Beachbar bequem und nehme einen Schluck meiner Coke. Vermutlich bin ich der Einzige am Tisch, der nicht viel davon hält, besoffen Auto zu fahren.

Marc schlingt seine Arme um Lu, Blue und Thunder knutschen auf der Bank gegenüber von mir und sind in ihrer rosaroten Welt verschwunden. Er steckt ihr seine Zunge in den Hals und bringt sie ständig zum Kichern. *Alter, waren Verliebte schon immer so ätzend?*

»Du bist also zurück in L.A.«, beginnt Lu und dreht sich in meine Richtung. Marc sieht mich interessiert an. »Und hast es nicht für nötig gehalten, vorher Bescheid zu geben.«

Man sieht ihm an, dass er gekränkt ist. Dabei bin ich niemandem Rechenschaft schuldig! Es ist mein Leben. Mein Leben, meine Regeln, meine Entscheidungen.

»Ich wollte nicht zurückkommen. Aber meine Mom bestand darauf, dass ich sie begleite. Ich muss ein Auge auf diesen Kerl haben.«

Das ist zwar nur die halbe Wahrheit, aber die einzige, die ich ihnen erzählen will. Den wahren Grund für meine Rückkehr werde ich nie jemandem erzählen. Wenn es nach mir geht, nehme ich ihn mit ins Grab.

»Und du wohnst jetzt bei ihrem neuen Lover?« Lu zieht die Stirn kraus und ich kann verstehen, wieso. Ich hasse es, wenn ich nicht allein über mein Leben entscheiden kann. So war es schon, als ich noch fünfzehn war und so wird es bleiben, bis ich fünfzig bin.

»Vorübergehend, ja. Bis ich was Eigenes in der Nähe gefunden habe«, sage ich, als wäre das hier keine große Sache. Dabei grault es mich schon beim Gedanken an dieses Haus. Noch mehr grault es mich, wenn ich an die Menschen denke, die in ihm wohnen.

»Gefällt es dir denn bei ihrem Lover?« Lu war schon immer die Neugier in Person, aber in den letzten Jahren scheint ihre Neugier ein neues Level erreicht zu haben.

»Soll ich ehrlich sein? Ich weiß nicht, was ich mehr hassen soll: ihren Indoor-Pool, die Sauna oder doch seine nervige Tochter.«

»Wow, klingt ja, als hättest du echt die Arschkarte gezogen«, lacht Thunder, der sich endlich von seiner Auserwählten gelöst hat und mich frech angrinst.

»Oh, er hat eine Tochter? Ist sie in unserem Alter?«
Lu spricht das an, was ich am liebsten rückgängig
machen würde. Wieso habe ich sie überhaupt erwähnt?

»Das Küken ist achtzehn«, verneine ich ihre Frage.
Von meiner Mom weiß ich, dass sie drei Jahre jünger
als ich ist. Vermutlich ist sie deshalb noch so naiv und
prüde. Doch wenn ich daran denke, wie ich in ihrem
Alter war … Vergessen wir das lieber wieder.

»Wie heißt sie denn? Vielleicht kenne ich sie ja«, fällt
plötzlich Blue ins Gespräch ein. Ich sehe ihr tief in die
blauen Augen und stelle mir vor, ich hätte sie zuerst
getroffen.

Wie es wohl ist, diese kleine Schönheit zum Schreien
zu bringen? Eines muss ich Thunder lassen: Er hat echt
Glück mit der Kleinen. Vermutlich ist sie die
Versauteste am Tisch.

»Velvet«, antworte ich nur, weil ich, wenn ich ehrlich
bin, vergessen habe, wie sie mit Nachnamen heißt. Blue
grinst und Lu reißt ihre Augen auf.

»Velvet Michaelsen?«, fragen beide im Chor, wobei
Blue freundlich und Lu entsetzt klingt. Ich krame in
meinem Gedächtnis und erinnere mich daran, den
Namen schon einmal aus dem Mund meiner Mom
gehört zu haben.

»Kann sein«, ist alles, was ich als Antwort gebe,
obwohl ich mir sicher bin, dass wir dieselbe meinen. Bis
jetzt bin ich auch noch niemandem mit diesem seltenen
Namen begegnet. »Wow, die ist echt nervig und prüde.«
Es ist Lu, die mir aus der Seele spricht. Und dann wäre
da trotzdem ein Teil in mir, der ihr gern sagen würde,

dass sie falschliegt. Dass ich gestern Nacht einen Teil in ihr gesehen habe, der ausbrechen will. Nur, dass ich nicht mehr derjenige sein werde, der ihr dabei hilft.

»Eigentlich ist sie ganz nett«, widerspricht Blue. Fuck, wieso müssen sie auch noch alle kennen? Reicht es nicht, dass ich neben ihr im Zimmer pennen und sie ab jetzt jeden Tag sehen und ertragen muss?

»Nett ist nur eine Umschreibung für prüde«, sage ich gedehnt und exe meine Coke. In den nächsten Minuten herrscht Schweigen am Tisch, das erst gebrochen wird, als sich ein neues Gesicht zu uns gesellt.

Erst auf den zweiten Blick erkenne ich die hübsche Blondine vom Rennen wieder. Vielleicht endet der Abend ja doch besser, als ich dachte …

***

»Müssen wir nicht leise sein?«, fragt Zoe beschwipst, als wir mitten in der Nacht das Haus betreten. Ich ziehe sie entschlossen Richtung Treppe und anschließend zu meinem Zimmer.

»Scheiß drauf«, antworte ich schulterzuckend. Es kann ruhig jeder mitkriegen, dass ich zurück bin. Ich stoße die Tür auf und erwarte immer noch das Chaos, das ich vorhin hier hinterlassen habe, doch es sieht aus wie vorher. Nur eben mit weniger hässlichen Bildern an der Wand und neuen Vasen auf dem Schrank.

»Gut, ich kann nämlich nicht leise sein«, kichert sie und wirft sich bereitwillig auf mein Bett. Ihr Shirt ist so weit nach oben gerutscht, dass ich ihre Titten sehen kann. Entschlossen gehe ich aufs Bett zu, ziehe mir im Gehen das Shirt aus und schleudere es auf die wieder aufgestellte Kommode. Ob *sie* meiner Mom wohl geholfen hat?

Ob sie vielleicht noch wach ist und alles hören kann? Ich will, dass sie es hört. Wieso auch immer. Ich will, dass sie jedes einzelne Stöhnen hören kann und sich wünscht, sie wäre es, die ich ficke.

Zwei Schritte später knie ich über Zoe und nehme ihren Nippel in meinen Mund, um an ihm zu saugen. »Gott, Hunter. Du machst mich verrückt.« Dass sie besoffen ist, interessiert mich wenig, solange ich noch bei klarem Verstand bin. Ich halte nicht viel davon, besoffen jemanden abzuschleppen, andersrum hingegen …

Meine Hände wandern über ihre schmale Taille, bis ich ihre Shorts erreiche, mit einer Hand öffne und nach unten ziehe. Zum Vorschein kommt ein transparenter, schwarzer Slip, den ich ihr ebenfalls ausziehe, bis sie nackt vor mir liegt.

Ohne sie anzuheizen, immerhin brennt sie bereits wie Feuer, dringe ich mit dem Daumen in sie ein. Keuchend nimmt sie mich auf, greift nach meiner Hand und schiebt sie noch dichter gegen ihre feuchte Pussy.

»Oh Gott«, winselt sie und drückt ihren Rücken durch. Sie ist wirklich hübsch, vielleicht etwas zu plastisch, aber hübsch. Und doch nichts im Vergleich zu dem Mädchen, das gerade im Nebenzimmer liegt und alles mit anhören muss.

Ja, ich bin mir ziemlich sicher, dass sie alles hören kann. Selbst wenn sie geschlafen haben sollte, ist sie spätestens jetzt wach, Zoes Stöhnen erfüllt das ganze Haus.

»Wirst du mit mir schlafen?«, fragt die Blondine hoffnungsvoll und schafft es gerade so, ihre Augen offen zu halten.

»Was denkst du?« Meine Frage sollte Antwort genug sein und doch setzt sie dem ganzen noch die Krone auf, indem sie mir *ein Fick mich* zuflüstert.

Ich fackle nicht lange, hebe sie vom Bett hoch, trage sie zur Kommode und platziere ihren Arsch auf dem Holz. Dabei schiebe ich die neuen Vasen nach unten, sodass sie wieder am Boden zerspringen.

Danach öffne ich meine Jeans, befreie meinen Ständer, ziehe mir einen Schutz über und dringe hart in sie ein. Ich ficke sie, *sie krallt sich in mir fest*. Ich knurre, *sie stöhnt*. Und all das an der Wand, die an ihr Zimmer grenzt.

Das Holz der Kommode schlägt mit jedem Stoß gegen die Wand und erschüttert sie. Ich will, dass sie alles mit anhört. Ich will, dass sie von mir träumt.

Ich presse der Blondine meinen Mund auf ihren und umspiele ihre Zunge mit meiner, ficke sie und ihre süßen Lippen. In zweierlei Hinsicht.

»Gott, Hunter, du bist so groß«, raunt sie und ihre Stimme verliert sich in einem Stöhnen, das mich noch entschlossener macht. Ich ziehe ihren Arsch dichter an meinen Schritt, sodass ich mich bis zum Anschlag in sie schieben kann.

Die Kleine erzittert auf meinem Schwanz, während ich versuche, alle Gedanken an sie loszuwerden. All den Dreck abzuspülen, der sich in den letzten Tagen in meinem Leben eingenistet hat. Der größte Parasit von ihnen hat grüne Augen und blonde Haare. Geniale Titten und einen perfekt geformten Arsch.

Um nicht weiter an die falsche Frau zu denken, automatisiere ich mich. Dringe härter in Zoe ein, genieße ihre Nägel in meinem Fleisch und ihre zuckende Pussy an meinem Schritt.

Es dauert nur wenige Stöße, bis sie mit mir in sich kommt und sich ihr Gang zuckend um mich schließt. Sekunden später folge ich ihr ins Kondom.

Zoe lässt sich gegen die Wand fallen und schließt zufrieden ihre Augen, während ich mich zurückziehe, den Schutz entferne und mich wieder anziehe.

Gemeinsam legen wir uns ins Bett. Zoe kuschelt sich an mich heran, während ich in der Dunkelheit liege und langsam wieder zu Atem komme. Meine Hand wandert automatisch zum Handy in meiner Jeans. Mein Daumen findet ihren Namen mit Leichtigkeit.

Zuletzt online um 02:32

Ein Blick zur Uhr verrät mir, dass es 02:33 ist. *Sie ist wach.* Sie hat alles gehört. Jackpot. Zufrieden tippe ich ihr meine Antwort ein.

Jetzt sind wir quitt, Sugar. Gute Nacht. ;)

VELVET

Auch jetzt, zwei Tage später, habe ich immer noch ihr Stöhnen im Ohr. Angewidert verziehe ich das Gesicht und versuche, das Kopfkino endlich auszuschalten, das mich seit Samstagnacht heimsucht und nicht mehr loslässt.

»Du siehst aus, als hättest du in eine Zitrone gebissen«, stellt Lauren, eine meiner wenigen echten Freundinnen, fest. Sie hockt auf meinem Bett und wälzt sich gedanklich durch unser Biologie-Buch für die bevorstehende letzte Arbeit im Thema Neurophysiologie.

Zu meinem Bedauern sind danach Sommerferien und ich werde viel zu viel Zeit hier verbringen. Viel zu viele Nächte, in denen er Frauen mit nach Hause und im Zimmer nebenan zum Krepieren bringen kann. Denn genau so hat es sich angehört. Als würde er jemanden abschlachten. Das ist es, was ich mir einrede.

»Kann man jemanden so sehr hassen, dass er tot umfällt?«, sinniere ich und starre an die Decke. Wir haben Montagnachmittag und ich bin heilfroh, dass ich ihm bis jetzt noch nicht begegnet bin.

»Was hat er denn jetzt wieder angestellt? Ich dachte, ihr hattet Spaß auf der Party?« Mist, wieso habe ich ihr noch mal von dieser Nacht erzählt? Ah ja, weil sie meine beste Freundin ist. Genau.

Aber wieso stellt eine beste Freundin dann Fragen, auf die ich nicht antworten will? Lauren hat kastanienbraune Haare, die ihr in leichten Wellen über die Schultern fallen. Ihre dazu passend haselnussbraunen Augen runden das Bild ab.

»Spaß ist etwas zu weit hergeholt, meinst du nicht? Er hat mir meine Sachen gestohlen und mich erpresst!« Allein bei der Erinnerung daran brodelt alles in mir. Lediglich die Musik auf der Party hat mir gefallen, das ist aber auch alles!

»Ja, nachdem er mit dir gemeinsam einen Liveporno angesehen hat«, kichert Lauren. Als Antwort schlage ich ihr meinen Bio-Hefter gegen den Kopf. »Ich erzähle dir nie wieder was! Als beste Freundin solltest du ihm mit mir die Pest an den Hals wünschen!«

»Hey, ich kann auch nichts dafür, dass dich der Kerl durcheinanderbringt«, protestiert sie und macht mich damit sprachlos.

»Durcheinander? Er bringt mich höchstens frühzeitig ins Grab.« Ich winkle die Knie an und starre derweil nach draußen in die schneeweißen Wolken, die an meinem Fenster vorbeiziehen.

»Mann, dein Stiefbruder muss echt heiß sein, wenn er Velvet Michaelsen so sehr im Griff hat.« Sag mal, bin ich hier im falschen Film? Sollte sie mir nicht beistehen, anstatt mir in den Rücken zu fallen?

Es wird Zeit, mir eine andere Freundin zu suchen. Vielleicht eine Lesbe, die könnte er wenigstens nicht um den Finger wickeln. Und das hat er bei Lauren geschafft, obwohl sich die beiden noch nicht mal begegnet sind. Verrückte Welt.

»Er ist nicht mein Stiefbruder, verdammt! Wieso sagt das nur jeder?« Knurrend setze ich mich auf und versuche, mich auf die Worte im Biobuch zu konzentrieren, aber sie verschwimmen zu einem undeutlichen Brei aus Schwarz und Weiß. Lediglich die bunten Bildchen sehe ich noch klar.

»Weißt du was?« Lauren schlägt erst ihr Buch und anschließend meines zu, danach ergreift sie meine Hand und zerrt mich hoch. »Du musst den Kopf freibekommen, sonst bringt das Büffeln eh nichts. Komm mit.«

»Was hast du vor?« Ich stelle mich quer, gebe letztendlich aber trotzdem nach und lasse mich von meiner Freundin aus dem Zimmer ziehen. Weil mein Wille einfach viel zu schwach ist, um gegen sie zu bestehen.

»Du brauchst dringend Entspannung, Süße. Und wozu habt ihr sonst eine Sauna im Haus? Hm, richtig, um sie zu benutzen! Und jetzt komm mit!«

***

Lauren hat recht. Ich muss dringend auf andere Gedanken kommen, außerdem liebe ich unsere Sauna, die sich im Keller des Hauses befindet. Vor allem aber in Kombination mit dem Pool, in den ich danach viel zu gern reinspringe.

»Ganz ehrlich? Der Kerl hat deine Nerven verbrannt. Die Lösung liegt also auf der Hand.« Lauren gestikuliert wild, als wir den Saunabereich betreten und uns in der Umkleide ausziehen. Anschließend wickeln wir uns in ein Handtuch ein und lassen unsere Sachen auf der Bank liegen.

»Und wie lautet deine grandiose Lösung?« Es sollte mir egal sein, was für Ratschläge sie für mich hat, aber aus unerfindlichen Gründen will ich wissen, wie sie mir helfen will. Ob sie mir überhaupt helfen kann.

»Der Typ ist vielleicht heiß, wenn ich dir glauben soll, aber es gibt Heißeres. Und das musst du dir vor Augen führen«, sagt sie ganz von sich und ihrer Idee überzeugt. Derweil schüttle ich bloß mit dem Kopf. Das soll der alles rettende Ratschlag sein?

Gerade als wir die Sauna öffnen und betreten wollen, fallen wir einige Schritte zurück, als sie sich wie von allein öffnet. Danach bin ich wie paralysiert.

»Es gibt also was Heißeres, ja?« Nein. Nein. Nein. Das darf nicht sein! Unmöglich kann er hier sein und alles gehört haben. Das überhebliche Grinsen auf seinen Lippen soll als Antwort genügen. Er hat alles mitbekommen.

Lauren krallt sich am Handtuch fest, damit es ihr vor Schock nicht von den Brüsten rutscht und öffnet etwas perplex den Mund. Kein Wunder, bei dem Anblick.

Hunter trägt lediglich ein Handtuch, das sein bestes Stück verdeckt, der Rest ist nackt. Und verschwitzt. Und einfach viel zu perfekt.

Er hat einen stark definierten Oberkörper, ohne dabei übertrieben zu wirken. Seine schwarzen Haare hängen ihm vom Schweiß nass in der Stirn, einzelne Wassertropfen perlen auf seiner Brust ab. Mein Herz poltert in meiner Brust, meine Beine sind am Boden festgewachsen.

»Hupps«, sagt Lauren, als sie endlich aus ihrer Starre erwacht. Ich knirsche mit den Zähnen, und als Hunter noch einen Schritt auf uns zukommt und sich direkt vor meine Freundin stellt, steigt Galle in mir auf.

Bin ich etwa eifersüchtig? Auf Lauren? Weil Hunter sie und nicht mich ansieht? Eines steht fest: Ich muss meinen Verstand oben im Zimmer gelassen haben, wenn das beklemmende Gefühl in meiner Brust Eifersucht sein sollte.

»Ich bin Hunter, und wer bist du?« Sein Mundwinkel wandert nach oben. Sag mal, spinne ich? Mich hat er nicht mal begrüßt und bei ihr packt er den Gentleman aus? Alles in mir kocht vor Wut, vor allem, als ich sehe, dass ihre Augen strahlen.

»L-Lauren«, stammelt sie neben der Spur, der Griff um das Handtuch lockert sich. Ich bin mir sicher, dass sie es einfach fallen lassen würde, wenn ich nicht direkt nebenan stehen würde.

Und sein Blick, mit dem er ihren Körper scannt, spricht ebenfalls Bände: Er würde zu gern sehen, was sich unter dem Handtuch versteckt.

»Ich kotz gleich. Lass mich durch.« Und mit diesen Worten will ich mich an ihm vorbeidrängen, aber er lässt mich nicht durch.

Das erste Mal, seit er aus der Sauna gekommen ist, sieht er auch mich an. Seine Augen glühen vor Belustigung, weil er genau weiß, was in mir vorgeht.

Der Nachteil von der ehrlichen Erziehung meines Dads: Ich kann niemandem etwas vorspielen. Dabei würde ich ihm gerade nur allzu gern etwas vormachen, damit er nicht sieht, was in mir vorgeht.

»Hast du mir etwas zu sagen, *Velvet*?« Er betont meinen Namen so gehässig, dass ich erschaudere. Wieso zum Teufel nennt er mich vor ihr Velvet, wenn er mich sonst bei jeder Gelegenheit Sugar nennt? *Ehrlich, Vel? Das ist deine größte Sorge? Er kann sich seinen Zucker in den Arsch stecken!*

»Dir nicht, da muss ich dich enttäuschen.« Und mit dieser Abfuhr habe ich mich an ihm vorbei gekämpft, wobei meine Haut seine streift.

Ich ignoriere das Kribbeln auf meiner Haut, öffne die Sauna und lasse die Tür hinter mir zuschlagen. Scheiß auf Lauren. Scheiß auf Hunter. Scheiß auf alles!

***

»Hättest du mich nicht vorwarnen können?« Ich hatte kaum drei Sekunden meine Ruhe, da stürmt Lauren völlig aufgelöst in die Sauna und setzt sich neben mich. Den Herzchen in ihren Augen nach zu urteilen, hat es sie erwischt.

Was soll das bitte sein? Liebe auf den ersten Blick? Dass ich nicht lache. Daran habe ich noch nie geglaubt und das werde ich auch nie.

»Wovor? Dass er ein Arschloch ist?« Natürlich weiß ich, was sie meint, aber ich will gar nicht genauer darauf eingehen. Die Hitze in der Sauna verbrennt meine Gedanken ohnehin genug.

»Nein, Velvet. Dass dieser Typ aussieht wie … wie … mein Gott, mir fällt kein Vergleich ein!« Sie fächert sich Luft zu und legt ihren Kopf in den Nacken.

»Jetzt übertreib nicht gleich, Lauren. Er sieht gut aus, aber er ist auch kein Gott.« Ich klinge wieder viel zu spitz, aber ich will meine Zunge nicht zügeln.

»Du bist eine grottige Schauspielerin, weißt du das?«

»Und du eine noch grottigere Freundin, weißt du das?«

»Hey!« Sie boxt mich und sieht mich verkniffen an. »Das hat wehgetan.« Ich verdrehe die Augen und schließe danach die Lider, um abzuschalten.

Dafür bin ich doch hier, oder? Aber etwas an der Spannung, die in der Luft herrscht, verrät mir, dass ich hier nicht entspannen kann.

Weil ich weiß, dass er vor wenigen Minuten halb nackt auf dieser Bank saß und dabei viel zu gut ausgesehen haben muss. Viel zu verführerisch, viel zu …

***

Nachdem ich Lauren verabschiedet habe, mache ich mich zurück auf den Weg in mein Zimmer, um mir neue Klamotten zu besorgen und dann unter die Dusche zu hüpfen.

Noch immer habe ich einen Kloß im Hals, wenn ich an unser Aufeinandertreffen denke. Wieso glaubt er eigentlich, dass er das Recht hat, sich hier so aufzuführen?

Wütend reiße ich meine Zimmertür auf und will gerade vor mich hin fluchen, als ich abrupt stoppe. Auf meinem Bett sitzt Vivianna, ein Taschentuch in ihrer Hand, das sie sanft auseinanderpflückt.

Ich lasse meine alten Sachen auf meinem Sessel liegen, halte das Handtuch dichter an meine Brust und gehe zu ihr herüber. Tränen rinnen über ihr Gesicht, die ich ihr gern nehmen würde. Dafür müsste ich sie aber erst einmal nach der Ursache fragen, und mich beschleicht das Gefühl, dass es etwas mit ihm zu tun hat.

»Es tut mir leid. Ich … ich wollte nur mit jemandem reden und dein Vater ist noch nicht aus der Kanzlei zurück«, schluchzt sie und versucht, sich die Tränen mit den Taschentuchresten wegzuwischen.

Ich setze mich etwas perplex neben sie und greife nach ihrer Hand. »Ich bin ja jetzt da … also, wenn du reden willst.« Ich lächle sie warm an und spüre, wie gut es sich anfühlt, sie lachen zu sehen.

Ich kenne sie erst seit wenigen Tagen und doch fühlt es sich wie eine Ewigkeit an. Vermutlich liegt es daran, dass ich immer ohne eine Mutter aufgewachsen bin.

Und auch wenn ich meinem Dad immer alles erzählen konnte, gab es Momente, in denen ich mir den Rat einer Frau gewünscht hätte. Denn eines steht fest: Es ist die Hölle auf Erden, seinem Dad erzählen zu müssen, dass man seine Tage bekommen hat.

»Was hat er jetzt angestellt, hm?« Ich ziehe mit meinem Daumen Kreise über ihren Handrücken. Sie fragt nicht, woher ich weiß, dass sie seinetwegen weint. Sie nimmt es einfach hin, und das zeigt mir, dass ich recht behalten soll.

»Nichts mehr.« Sie schüttelt den Kopf. Dabei tropft eine Träne auf meinen nackten Arm, die ich schnell wegwische. In dieser Sekunde verabscheue ich diesen Kerl noch mehr als ohnehin schon. Immerhin ist er der Grund für ihre Tränen. Soweit ich weiß, habe ich meinen Dad nie zum Weinen gebracht.

»Aber ich mache mir Sorgen um ihn«, setzt sie gequält hinterher. »Hunter ist zwar schon über zwanzig, aber ich habe immer noch das Gefühl, für ihn verantwortlich zu sein.«

Über zwanzig also … ich wusste schon, als ich ihn das erste Mal gesehen habe, dass er älter sein muss. Nicht, weil er sich so erwachsen verhält, aber etwas in diesen braunen Augen wirkte reifer. Gezeichnet.

»Er bestimmt selbst, was richtig für ihn ist und was nicht.« Das ist vermutlich nicht das, was sie sich von diesem Gespräch erhofft hatte, aber es ist die Wahrheit. Er ist kein Kind mehr. Also muss er auch für sein Verhalten geradestehen.

»Du kennst den alten Hunt nicht, Velvet. Er war immer so … liebenswert. Hilfsbereit. Er war der beste Sohn, den sich eine Mutter wünschen konnte.«

Man sieht ihr an, dass sie gedanklich nicht mehr hier, sondern bei dem früheren Ich ihres Sohnes ist. Wie es wohl gewesen wäre, diesem Hunter zu begegnen? Ich will es nicht, aber ich kann nicht verhindern, dass ich mich in diese Beschreibung von ihm verliebe.

»Was ist dann passiert?« Moment Mal, das hier geht mich eigentlich nichts an! Und doch beiße ich mir nicht auf die Zunge, obwohl ich es sollte.

»Er ist auf die schiefe Bahn geraten. Er ist vielleicht alt genug, aber er ist auch … viel zu stur, um einzusehen, dass er vom rechten Weg abgekommen ist.« Wieder erschüttert sie ein Schluchzen. Ohne nachzudenken, ziehe ich sie an mich.

»Ryan kann wirklich stolz sein, so eine Tochter wie dich zu haben. Wenn ich mir eines wünschen könnte, wäre es das: dass Hunter sich eine Scheibe von dir abschneidet.« Sie sieht mich aus verquollenen Augen an und grinst erschöpft. Wieder fallen mir die Worte meines Vaters ein. Die Bitte, ein Auge auf Hunter zu haben …

Und obwohl ich im Moment so viel Abstand wie nur möglich zu ihm haben will, ändert die Frau neben mir meine Meinung in Sekundenschnelle. Aber kann man jemanden retten, der nicht gerettet werden will?

***

Es ist spät am Abend, als ich auf der Treppe zu unserem Haus sitze und ins Leere starre. Ich weiß nicht, wieso ich hier bin, aber ich bin auch nicht bereit, meinen Platz zu räumen. Nicht einmal, als hinter mir die Tür geöffnet wird und sich jemand an mir vorbeidrängt.

An den Chucks und dem zugegebenermaßen hübschen Hintern in der dunkelblauen Jeans weiß ich, dass es Hunter ist. Es ist bereits elf Uhr, die Sonne verabschiedet sich gerade von uns und der Wind kühlt die Hitze des Tages herunter.

»Wo willst du hin?«, schießt es aus mir heraus. Hunter hält inne, dreht sich zu mir um und kommt auf mich zu. Damit ich zumindest ansatzweise auf einer Augenhöhe mit ihm bin, stehe ich auf und klopfe mir den Dreck der Stufen von der Jeans.

»Was geht es dich an, *Cupcake*? Willst du mich wieder verfolgen?« Dieses überhebliche Grinsen, das mich seit Freitag in meinen Träumen heimsucht, erscheint auf seinem Gesicht und lässt mich die Zähne knirschen.

Kann er nicht einmal nett zu mir sein? Oder ist das seine Definition von nett? Vermutlich haben wir einfach andere Anschauungen von der Welt. Ich lehne mich gegen die beige Natursteinsäule und zucke mit den Schultern.

»Kein Bedarf. Ich will nur wissen, ob ich damit rechnen kann, dass du in ganzen Stücken zurückkommst.« Hunter zieht die Stirn in Falten und kommt noch einen Schritt auf mich zu. Da ich auf der zweiten Stufe stehe, sind wir gleich groß. Sein Blick gleitet flüchtig über mein für meine Verhältnisse etwas zu offenherziges Top. Hält er etwa den Atem an?

»Was meinst du damit?«, will er interessiert wissen. Das erste Mal seit unserem Streit habe ich das Gefühl, dass er mich nicht mit seinen Blicken töten will.

Und ich versuche, zu verdrängen, dass mir diese Seite an ihm viel besser gefällt. Weil ich ihm nicht antworte, zuckt er letztendlich mit den Schultern und steuert seinen Wagen an.

»Du fährst Rennen«, rufe ich ihm plötzlich hinterher. Scheiße, wieso kann ich nicht meinen Mund halten und ihn einfach gehen lassen? Meine Knie zittern, als er ein weiteres Mal stehen bleibt, aber nicht daran denkt, mich anzusehen.

»Woher weißt du das?«, ist alles, was er wissen will. Ich atme tief durch, stoße mich von der Säule ab, hüpfe von der Treppe und gehe zu ihm herüber. Vor ihm bleibe ich schließlich stehen, sodass ich den Weg zwischen ihm und seinem Mustang versperre.

»Deine Mom hat es erwähnt.« Ich tue unbeeindruckt, dabei brennen mir tausend Fragen auf der Zunge. Wieso er sein Leben riskiert und seine Mom Abend für Abend in Angst versetzt, ist nur eine davon.

»Ich fahre. Und, willst du mir jetzt eine Predigt halten, Sugar?« Ich sollte ihm sagen, dass er diese Spitznamen sein lassen soll, aber ein Teil in mir wehrt sich dagegen. Ja, ein verkorkster Teil in mir findet langsam aber sicher Gefallen daran. Was zur Hölle stimmt eigentlich nicht mit mir?

»Die Rennen sind gefährlich«, ist alles, was ich letztendlich herausbringe. Dabei hatte ich mir vorgenommen, ihm keine Standpauke zu halten, immerhin ist es sein Leben, das er aufs Spiel setzt. Ich war nie bei einem Rennen, kenne aber genug Geschichten darüber, um zu wissen, dass ich niemals in so was verwickelt sein möchte.

Schon mehr als ein Mensch musste auf dem Asphalt sein Leben lassen und ich habe weiß Gott Besseres vor, als jetzt schon ins Gras zu beißen und meinem Dad das Herz zu brechen, das ich achtzehn Jahre lang in Ehren hielt.

»Gefährlich?« Hunter lacht lieblos auf. Danach tritt er näher an mich heran. Doch auch wenn mich mein Instinkt nach hinten treibt, bleibe ich stehen. Er duftet nach frisch geduscht … Und ich versuche, dieses Bild von ihm unter dem Wasserstrahl aus meinen Gedanken zu kratzen.

»Fuck, das ist das Leben, Velvet. Das kennst du nicht, oder? Deines besteht woraus? Daraus, Daddys perfekte Prinzessin zu sein? Die Wochenenden in deinem Zimmer mit deinen Büchern zu verbringen?«

Trieft seine Stimme sonst vor Abscheu, klingt er jetzt ganz anders. So, als würde er mir wirklich etwas klarmachen wollen. Aber was? Dass mein Leben langweilig ist? Ja, vielleicht ist es das. Vielleicht hat er recht. Aber immerhin setze ich es nicht für einen Kick aufs Spiel.

»Glaub mir, Kleines: Ich sterbe lieber bei einem Rennen mit einem Lächeln auf den Lippen, als mein Leben an eine verfickte Scheinwelt zu vergeuden.«

Hunter lässt mich stehen, geht zu seinem Wagen herüber und öffnet die Fahrertür. Alles in mir vibriert. Nicht, weil ich seine Worte albern finde, nein. Sondern weil ich das erste Mal in meinem Leben glaube, wirklich etwas verpasst zu haben.

»Welche Lektionen fehlen mir noch?«, rufe ich ihm hinterher. Hunter sieht mich ein letztes Mal intensiv an. Alles kribbelt in mir, weil mir der Blick aus seinen braunen Augen durch Mark und Bein geht.

»Du bist noch nicht so weit.« Und mit dieser Abfuhr steigt Hunter in seinen Mustang, startet den Motor und ist Sekunden später von der Einfahrt verschwunden.

Ein mulmiges Gefühl macht sich in mir breit, als ich sehe, dass seine Rücklichter immer kleiner werden und der Kloß in meinem Hals dafür immer größer wird. Mache ich mir tatsächlich Sorgen um ihn? Oder sehnt sich mein Innerstes nur danach, selbst auszubrechen? Was auch immer das seltsame Gefühl in meiner Brust verursacht ... Eines steht fest: Hunter steht in Zusammenhang damit. Und das macht mir, wenn ich ehrlich bin, mehr Angst, als ich zugeben sollte ...

HUNTER

Einige Tage später

»Was machen wir heute noch?« Zoe liegt nackt auf meinem Bett, das dünne Laken verdeckt lediglich ihre Pussy. Ihre wohlgeformten Brüste hingegen liegen frei, während sie ihren Kopf lasziv auf ihrem Ellbogen ablegt.

Seit ich sie in der Bar getroffen habe, ist sie jeden Abend hier, um mich von meinen Gedanken abzulenken. Sie ist perfekt für mich. Denn sie weiß, dass es hierbei nur um Sex geht, sie weiß, dass ich nichts Festes will und dass es noch heute hier enden kann, bevor wir die dritte Runde einlegen.

»Was willst du denn noch machen?«, stelle ich als Gegenfrage und verschränke die Arme hinter dem Kopf. Der Rest des Lakens verdeckt meinen Schwanz, sonst bin ich nackt.

Zoe fährt mit ihren Fingern über meinen Bauch, hinauf zu meiner Brust. »Ich würde am liebsten hier mit dir bleiben«, flüstert sie mir ins Ohr und sorgt dafür, dass neues Blut in meinen Schwanz strömt und mich hart macht. Bevor ich ihr antworten kann, klopft es an der Tür. Anhand des Klopfens weiß ich sofort, wer da vor meinem Zimmer steht. Ich grinse diabolisch und bitte Velvet hinein. Als sie schließlich die Tür öffnet und mich und Zoe nackt im Bett sieht, stolpert sie gleich wieder zurück.

»Gott, Hunter«, knurrt sie und wendet den Blick ab. Dabei bin ich mir sicher, dass es ihr gefallen hat, zu sehen, dass ich hart bin.

Mein Ständer zeichnet sich nämlich deutlich unter dem Laken ab. Zoe hingegen scheint es nicht zu jucken, dass sie halb nackt gesehen wird, wer weiß, wie viele Menschen in L.A. schon wissen, wie sie unter ihren Klamotten aussieht.

»Was gibt es, Schwesterherz?« Ich ignoriere die Avancen von Zoe, stattdessen sehe ich lieber sie an. *Sieh her* … knurre ich sie gedanklich an, aber sie denkt nicht einmal daran, ihre Augen wieder zu öffnen.

Seit einigen Tagen gehen wir uns weitestgehend aus dem Weg, was heißt, dass wir auch nicht aneinandergeraten konnten. Und wenn ich ehrlich bin, vermisse ich es, sie zur Weißglut zu treiben und zu sehen, wie sie vor Wut rot anläuft.

»Unsere Eltern wollen mit uns reden«, sagt sie verbissen. »Sei in fünf Minuten unten.« Und damit ist sie aus dem Zimmer verschwunden. Die Tür fällt ins Schloss und ich rapple mich widerwillig auf. Zoes Blick wandert zu meiner Erektion und sie leckt sich hungrig über die Lippen. Und auch wenn ich mich gerne in

115

ihrem süßen Mund versenken würde, muss ich sie hier zurücklassen.

»Kommst du gleich wieder?«

»Ich glaube, du solltest erst mal gehen. Keine Ahnung, was die Alten wollen, aber ich bin mir sicher, dass es in einem Krieg endet.« Ich ziehe mir Shorts und Jeans an, bevor ich mir ein neues Shirt aus dem Koffer ziehe, den ich immer noch nicht ausgepackt habe. Da ich ohnehin bald hier weg bin, ist das unnötige Arbeit.

»Gut, dann gehe ich doch lieber. Auf Krieg habe ich keinen Bock.« Zoe steht auf, gibt mir einen innigen Kuss auf den Mund und zieht sich anschließend wieder an.

Genau diese Unkompliziertheit liebe ich an ihr. »Wenn du nachher noch Zeit hast, ruf mich an.« Nachdem sie sich von mir verabschiedet hat, mache ich mich schließlich auf den Weg nach unten, um mich dem Krieg zu stellen.

***

»Also. Was gibt es?« Ich lehne im Türrahmen zum Wohnzimmer, Velvet steht mir direkt gegenüber an der Terrassentür und nimmt dieselbe Pose ein.

Meine Mom sitzt mit Ryan in der Mitte auf der Couch und hält seine Hand. Und auch wenn ich nicht viel von diesem Kerl halte, muss ich zugeben, dass er meiner Mom guttut. Ihre Augen haben schon seit Ewigkeiten nicht mehr so gestrahlt wie in diesem Moment.

»Ryan hat mich heute überrascht«, plappert meine Mom drauflos und lächelt mich an. Fuck, wann sah sie das letzte Mal so glücklich aus? Ich erinnere mich nicht mehr daran.

»Womit?«, frage ich schmallippig. Nur, weil ich ihr das Glück gönne, heißt es nicht, dass ich ihr verzeihe, mich hergeschleppt zu haben. Mein Leben in Phoenix war scheiße, aber bei Weitem besser als das hier.

Ich konnte tun und lassen, was ich wollte, ohne mich an irgendwelche Regeln zu halten. Wenn ich auf der Wohnzimmercouch ficken wollte, habe ich es getan. Ryan würde mich vermutlich sofort vor die Tür setzen. Gar kein schlechter Gedanke …

»Er wird mit mir gemeinsam übers Wochenende wegfahren.« Ryan gibt meiner Mutter einen Kuss auf die Wange und sieht dann Velvet und mich abwechselnd an.

»Und ich will, dass ihr zwei in der Zeit auf das Haus aufpasst, ohne euch die Köpfe einzuschlagen.« *Na, langsam wird es doch interessant.* Ich werfe ihr einen herausfordernden Blick zu, den sie mit zusammengekniffenen Augen erwidert. Ja, sie hat immer noch meine Latte vor Augen, wenn sie mich sieht, da bin ich mir sicher.

»Dad, ich glaube nicht, dass -« Doch sie kommt nicht zum Ausreden, denn meine Mom prescht dazwischen. »Keine Sorge, Hunter wird sich benehmen. Wirst du doch, oder, Hunt?« Sie sieht mich flehend an, als würde sie vor mir mit ihren Blicken auf die Knie fallen. Alles in mir sträubt sich dagegen, sie anzulügen, aber ich will sie nicht enttäuschen, also tue ich das, was ich am besten kann: Ich mache sie glücklich.

»Ich werde der Engel auf Erden sein«, versichere ich Mom und mein Blick wandert wieder zu ihr herüber. Ihr Körper steht unter Strom, ich kann sehen, dass sie sich überall anspannt. Wovor sie wohl Angst hat? Davor, dass ich über sie herfallen könnte, wenn unsere Eltern aus dem Haus sind?

Allein beim Gedanken daran, was wir in diesem Haus alles Unanständiges anstellen könnten, erwacht mein Schwanz erneut zum Leben.

Velvets Augen wandern hinab, und als sie meine Latte sieht, die sich unter meiner Jeans abzeichnet, schluckt sie schwer. Eine Weile stehen wir einfach nur reglos da und sehen uns an. Wobei es ihr schwerfällt, den Blickkontakt zu halten. Ein Wunder, dass unsere Eltern nichts davon checken.

»Hunter, Velvet? Ist dann alles geklärt?« Ryan durchbricht die Stille, die die Luft verpestet. Er steht auf, hilft meiner Mom auf und zieht sie an sich, als würde sie an seine Seite gehören.

Da keiner von uns antwortet, schüttelt Ryan den Kopf und führt meine Mom aus dem Wohnbereich. Bevor sie aus dem Blickfeld verschwinden, dreht er sich noch einmal zu uns um.

»In einer Stunde fahren wir los, ob ihr damit ein Problem habt oder nicht.«

Eine Stunde. Fuck. In einer Stunde werde ich allein mit ihr sein. Velvet presst ihre Lippen zusammen, genau wie ihre Beine. Sie ist geil, da bin ich mir sicher.

118

Ich stoße mich vom Türrahmen ab und lasse sie dabei in keiner Sekunde aus den Augen. Vor ihr bleibe ich stehen, schiebe die Terrassentür auf und zünde mir eine Kippe an. Der Qualm bläst in ihr Gesicht, sodass sie es von mir abwendet, um ihm zu entgehen.

»Na, Sugar. Was meinst du? Bist du bereit für Lektion zwei?« Mein Mundwinkel zuckt nach oben, und als ich im Augenwinkel sehe, dass ihr Atem stockt, weiß ich, dass sie es ist. Dass sie etwas von mir lernen will, obwohl ich glaubte, dass sie unbelehrbar ist.

Ohne auf ihre Antwort zu warten, gehe ich an ihr vorbei in den Garten. Sie will etwas sagen, das spüre ich. Aber sie bleibt stumm. Das erste Mal, seit ich hier bin, wünschte ich mir, sie würde etwas sagen … Seit wann kann Stille so ohrenbetäubend sein?

VELVET

Zwei Tage und zwei Nächte. Achtundvierzig Stunden. Nur er und ich. In einem Haus, in dem man sich aus dem Weg gehen könnte, wenn unsere Zimmer nicht direkt aneinandergrenzen würden.

Als mein Dad mit der Sprache rausrückte, wäre ich am liebsten an die Decke gegangen. Doch dann kam mir wieder in den Sinn, wie sehr ich ihm sein Glück wünsche.

Trotz allem kann ich nicht leugnen, dass ich Angst vor dem Wochenende habe. Dass ich Angst habe, Grenzen zu überschreiten, die ich nicht überschreiten sollte. Hunter weiß genau, wie er mich zur Weißglut treiben kann, genauso gut weiß er auch, wie er mich um den Finger wickeln kann.

Unsere Eltern sind vor einer Stunde losgefahren, um sich bei einem Wellnesswochenende verwöhnen zu lassen, seitdem hocke ich in meinem Zimmer und traue mich nicht, es zu verlassen.

Nicht nur, weil ich keine Lust habe, ihm zu begegnen ... Sondern, weil ich Angst habe, seiner Errungenschaft auf dem Flur in die Arme zu rennen.

120

Noch jetzt habe ich dieses Bild vor Augen: beide, nackt im Bett. Sein Ständer, der sich unter dem Laken abzeichnete und ihre Brüste, die sie an ihn presste. Nein danke. Erst als mein Handy klingelt und ich Laurens Namen auf dem Display sehe, entkomme ich meinen Gedanken.

»Hey, Süße. Was treibst du Schönes?« Sie kaut genüsslich auf ihrem Kaugummi herum und schmatzt mir dabei ins Ohr, sodass ich das Handy kurz von meinem Ohr nehmen muss.

»Du glaubst nicht, was mein Vater abgezogen hat«, falle ich mit der Tür ins Haus, weil ich dringend jemanden zum Reden brauche.

»Er und Vivianna sind übers Wochenende verreist. Rate mal, wen sie hier zusammen zurückgelassen haben?« Ich will nicht verbittert klingen, aber ich ärgere mich über mich selbst. Kann ich nicht einfach ignorieren, dass er da ist?

»Nein!« Lauren hört abrupt auf, zu kauen. »Dich und Hunter? Sie haben dich mit ihm zurückgelassen? Haben sie keine Angst, dass ihr euch an die Gurgel springt?« Lauren trifft den Nagel auf den Kopf. Ich habe keine Angst davor, mit ihm unter einem Dach zu sein, aber ich habe Angst davor, die Kontrolle zu verlieren.

»Anscheinend nicht. Gott, das wird das schlimmste Wochenende seit ich denken kann«, jammere ich und wickle mir eine Strähne um den Finger. Was er wohl gerade macht?

»Kannst du vorbeikommen?« Sie ist meine letzte Hoffnung, doch als sie in die Leitung seufzt, weiß ich, dass ich verloren habe.

»Ich würde gern, aber meine Eltern haben einen Familienabend ausgerufen. Du weißt schon: Diese legendären Spieleabende, bei denen am Ende immer einer bockig das Haus verlässt?« Ich lache unsicher, obwohl mir eher zum Heulen zumute ist.

»Wir haben beide die Arschkarte gezogen, kann das sein?« Laurens Lachen stimmt in meines mit ein, während ich überlege, wie ich die achtundvierzig Stunden am besten totschlagen soll.

»Du siehst das Ganze zu verbissen, Süße. Vielleicht ist dieses Wochenende genau das, was ihr braucht, um euren albernen Krieg aus dem Weg zu schaffen. Ich meine nur, zu mir war er ja auch nett -« Ihre Worte sollten mich nicht zum Nachdenken anregen, aber genau das bewirken sie. Sollte ich wirklich über meinen Schatten springen und ihm eine Chance geben?

Wieder kommen mir seine Worte in den Sinn. Er fragte mich, ob ich bereit für Lektion zwei bin. Ich werde ihm zeigen, dass ich es bin, auch wenn es ein Fehler sein sollte … Ich beende das Gespräch mit Lauren und schreibe ihm stattdessen eine Nachricht.

Wie sieht Lektion zwei aus?

Es dauert keine fünf Minuten, bis ich die Antwort erhalte.

Komm zum Pool.

***

Wieso genau tue ich mir das an? Eine Frage, keine Antwort. Als ich schließlich mit zitternden Knien den Poolraum betrete und das stille Wasser beobachte, bin ich wie in Trance. Ich blicke mich um, kann Hunter aber nirgends entdecken.

Ich tapse barfuß an den Rand des Pools heran, schiebe meinen großen Zeh ins Wasser und schließe die Augen. Ich liebe die Stille, die das Wasser hier mit sich bringt. Ich liebe es, welche Wirkung es auf mich hat. In diesem Moment vergesse ich sogar, wieso ich hier bin.

Zumindest für einen Moment.

»Du bist also bereit für die zweite Lektion.« Hunters Stimme durchzuckt mich wie ein Blitz. Ich erstarre und ziehe meinen Fuß eilig aus dem Wasser zurück. Er muss hinter mir stehen, aber ich habe keine Ahnung, wann er gekommen ist und wie lange ich hier schon stehe. Es könnten Sekunden oder Minuten sein.

»Seit wann stehst du schon da und beobachtest mich?«, frage ich ihn matt. Ich will ihn hassen und ihm sagen, dass er sich aus meinem Leben fernhalten soll, aber ein Teil in mir sträubt sich dagegen, ohne dass ich es unter Kontrolle habe. Und dabei war mir meine Kontrolle immer am wichtigsten von allem.

Leise Schritte nähern sich mir, die mir zeigen, dass er ebenfalls barfuß ist. Hinter mir stoppt er, und obwohl er mich nicht berührt, fühlt es sich genau so an.

»Spielt das eine Rolle?« Seine Stimme, die sonst so kontrolliert klingt, bricht zum Ende hin ab. Ob es ihn genauso durcheinanderbringt wie mich, allein mit mir in diesem riesigen Haus zu sein?

»Für mich schon. Ich will wissen, wenn ich beobachtet werde.« Eigentlich will ich den Kopf schütteln, weil es mir egal ist, wie lange er schon hinter mir steht. Aber der Teil in mir, der die Fassade wahren will, ist stärker als der, der ausbrechen will.

»Was ist, wenn ich dir sage, dass es nicht das erste Mal ist?« Seine Frage lässt mich schlucken. Ich traue mich nicht, mich zu ihm umzudrehen, dabei würde ich zu gern wissen, ob er mich nur auf den Arm nimmt oder die Wahrheit sagt.

»Wann?«, ist alles, was ich erwidere. Noch ein Schritt … dieses Mal bin ich mir sogar ziemlich sicher, dass ich mir die Berührungen nicht nur einbilde.

Seine Hand liegt auf meiner Taille, die andere streicht eine Strähne hinter mein Ohr. Während ich den Atem anhalte und versuche, bei klarem Verstand zu bleiben.

»In meiner ersten Nacht hier«, erklärt er raunend. »Und willst du wissen, was ich gedacht habe, als ich dir zugesehen habe?«

Ich zittere am ganzen Körper wie Espenlaub, und als Hunter mit seinem Daumen tiefer hinabwandert, lege ich stöhnend meinen Kopf in den Nacken. Was tue ich hier? Wieso will mein Verstand, dass ich ihn hasse, während mein Herz nach etwas ganz anderem lechzt? Ich war mir meiner Gefühle immer sicher, bis er in dieses Haus kam wie ein Hurrikan. Ich nicke schwach, weil mich die letzte Kraft längst verlassen hat. Seine Lippen verweilen über meinem Nacken, und ohne dass sie meine Haut streifen, fühlt es sich wie ein Kuss an.

»Dass du mir viel besser gefallen würdest, wenn du nicht versuchen würdest, perfekt zu sein«, flüstert er so dicht an meinem Hals, dass sich an jener Stelle eine alles einnehmende Gänsehaut ausbreitet.

»Wer sagt dir, dass ich nicht perfekt bin?«, frage ich ihn kratzig. Ich spüre, dass er sich hinter mir versteift, und mein Körper schreit förmlich danach, dass er die letzten Millimeter zu meiner Haut überbrückt und mich küsst.

»Du bist zu interessant, um perfekt zu sein. Lektion zwei, Sugar. Du wolltest wissen, welche es ist?« Hunter erhöht den Druck auf meine Taille, sodass ich mich gänzlich in seinen Armen fallen lasse. Die Spannung ist vorüber, dafür schlägt mir das Herz jetzt bis zum Hals.

»Sag es mir.« Ich flehe niemals jemanden an, aber in dieser Sekunde falle ich förmlich vor ihm auf die Knie. Und zu meinem Entsetzen stört es mich nicht einmal, mich vor ihm zu entblößen.

Ehe ich eine Antwort erhalte, hat Hunter mich noch dichter an sich gezogen, seine Arme unter meine Knie gelegt und mich hochgehoben. Sekunden später springt er mit mir auf seinem Arm ins Wasser.

Ich kralle mich an seinem Hals fest, presse die Augen zusammen, um dem Chlor zu entkommen, und tauche keuchend auf. Prustend blicke ich mich um, entdecke Hunter aber nicht.

Erst nach weiteren Sekunden taucht er direkt neben mir auf. Seine Haare hängen ihm in die Stirn, Wasser perlt auf seiner Lippe ab und tropft in den Pool. Während ich versteinert und gänzlich durchnässt dastehe und ihn anstarre.

»Wieso plötzlich so still, Sugar?« Er lacht. Und er lacht das schönste Lachen, das ich je gesehen habe. Es steht in so starkem Kontrast zu dem starren Blick seiner Augen und dem gefährlich wirkenden Tattoo über seinem rechten Augenlid.

»Was zur Hölle soll das für eine Lektion gewesen sein?«, frage ich ihn und versuche, zerknirscht zu wirken, breche aber Sekunden später ebenfalls in Lachen aus. Zu meinem Erstaunen genieße ich das Gefühl der Kleidung, die sich an meine Haut presst.

Hunters Shirt schmiegt sich ebenfalls nass an seine definierte Brust, und als er auf mich zukommt und mich ohne Vorwarnung an sich zieht, ist es um mich geschehen. Ich ignoriere, dass ich ihn erst seit einer Woche kenne und dass ich ihn eigentlich nicht ausstehen kann.

Dass wir uns gegenseitig den Krieg erklärt haben und dass ich vor einer Stunde noch Angst hatte, ich könnte ihm an die Gurgel gehen. Jetzt weiß ich, dass ich vor etwas ganz anderem Angst haben muss …

Hunters Hände liegen an meiner Taille, meine Kleidung schmiegt sich an meine erhitzte Haut. Je näher ich ihm komme, desto stärker zeichnet sich seine Härte unter seiner Jeans ab. Alles an mir vibriert, meine

Haare stellen sich auf und mein Lachen erstirbt, weil er mir den Atem nimmt.

»Das verrate ich dir noch nicht«, ist alles, was er schließlich erwidert. Wir sind uns so nah, als müssten wir einander so nah sein. Als wäre das hier richtig, dabei wissen wir beide, dass es falsch ist.

Dass wir nicht hier sein sollten, nicht zusammen, nicht so intim. Und doch schreien meine Finger danach, sich in sein Haar zu krallen. Meine Lippen schreien nach Erlösung und mein Herz schlägt irrational schnell.

»Und was sollte das Ganze dann?« Dass ich irritiert bin, sieht er mir an, immerhin steht ihm der Schalk ins Gesicht geschrieben. Er weiß genau, wie er eine Frau um den Finger wickeln kann. Und ich kann immer noch nicht fassen, dass ich nichts dagegen unternehme und es einfach zulasse.

Zum ersten Mal in meinem Leben tue ich etwas völlig Kopfloses. Hunter lehnt seine Stirn an meine und das erste Mal, seit er hier ist, habe ich das Gefühl, einem anderen Hunter gegenüberzustehen.

Dem Jungen, von dem Vivianna mir vor wenigen Tagen erzählt hat. Der Version von ihm, in die man sich kampflos verlieben könnte.

Sein Atem vernebelt meine Sinne, als er sich meinem Ohr nähert. Tropfen treffen auf meine Haut, als sein nasses Haar meine Stirn streift. »Ich glaube, wir brauchten beide eine Abkühlung. Immerhin habe ich noch etwas mit dir vor«, sagt er schluckend. Das erste Mal glaube ich, ihn selbst in der Hand zu haben.

»Und was hast du vor?« Ich darf mir nicht wünschen, dass das hier tiefer geht. Doch am liebsten würde ich ihm sagen, dass er hier und jetzt mit mir machen kann, was er will. Auch wenn es mein Untergang sein wird, ihm zu trauen.

Er hat einen Samen in mir gepflanzt, der sich in dieser Sekunde zu einem Monster entwickelt hat. Nur für eine Nacht will ich ein Teenager sein, keine angehende Frau, die nur die Karriere im Kopf hat. Dabei ist es genau das, was mein Dad immer an mir geschätzt hat.

»Es besteht ein Unterschied zwischen dem, was ich tun will, und dem, was ich tun muss.« Keiner von uns denkt daran, vom anderen abzulassen, stattdessen kralle ich mich wie eine Ertrinkende an seinem Shirt fest und versuche, nicht auf die Muskeln zu achten, die bei seinem Anblick in mir zucken.

»Was *willst* du tun?« Meine Stimme zittert, meine Augen flattern. Und ich spüre, dass es ihm innerlich genauso ergeht.

Hunter sieht mir in die Augen, er ist der erste Mann, dem ich begegne, der einem so tief in die Seele blicken kann, ohne dabei wie ein Psychopath zu wirken. Wann genau ist das passiert?

In der letzten Woche hatten wir es geschafft, uns aus dem Weg zu gehen. Und vielleicht liegt genau dort der Schlüssel: Abstand. Und der Abstand hat ihn für mich noch viel anziehender gemacht. Lauren hat recht: Vielleicht muss ich ihm eine Chance geben.

»Willst du das wirklich wissen, Prinzessin?« Klang dieser Name aus seinem Mund bis jetzt immer wie ein Messerstich, ist es jetzt anders. Das erste Mal spuckt er diesen Namen nicht aus, stattdessen flüstert er ihn.

Und doch will ich ihm beweisen, dass ich keine bin, dass ich stärker bin, als er ahnt. Dass ich einen Scheiß auf Perfektionismus gebe. Ich nicke, ohne zu zögern, weil ich endlich wissen will, was er vorhat. Und ob ich die körperlichen Anzeichen alle falsch deute.

»Wenn es hier nicht um etwas viel Wichtigeres gehen würde, würde ich dich jetzt ausziehen«, sagt er mit dunkler Stimme. Seine Hände liegen immer noch an meiner Taille, die jetzt langsam nach unten zu meinem Po wandern. Hunter zieht die Luft zischend ein und schließt einen Moment die Augen. Bis jetzt hatte er genau wie ich alles unter Kontrolle, aber hier mit ihm im Pool, ohne dass jemand anderes im Haus ist und uns stören kann, legen wir sie nieder.

»Sprich weiter«, fordere ich ihn auf. Ich habe nie viel von diesem Gerede gehalten, aber gerade würde es mich umbringen, wenn er seine Gedanken nicht zu Ende führt.

»Würde hier ansetzen.« Er setzt seine Lippen nur flüchtig an meinem Hals ab. Ich schließe die Augen und halte den Atem an. »Und jede Stelle deines Körpers besinnungslos küssen«, fährt er fort, ohne sich von der Stelle zu rühren.

Warmer Atem trifft auf erhitzte Haut, Gefühle fahren Karussell und Gedanken Achterbahn. Am liebsten würde ich ihn anflehen, sich einfach das zu nehmen, was er will. Doch ein Teil in mir hat zu große Angst davor, dass er mich nur hinters Licht führen könnte.

Dass er mich aus der Reserve locken will, um mir mein Schutzschild zu nehmen und mich noch härter zu treffen, wenn ich entblößt vor ihm stehe. Immerhin hatten wir uns Krieg geschworen.

»Und dann würde ich dich ficken, bis du vergisst, dass dieses Leben nicht das ist, was du willst. Du kannst dir etwas vormachen, Prinzessin, aber nicht mir. In deinen Augen brennt ein Feuer, das du nicht freilassen willst. Dabei hast du keine Ahnung, was du verpasst.«

Mit diesen Worten sieht er mich wieder an. Mein Mund steht offen, meine Knie zittern und ich denke nur eines: Küss mich. Berühr mich. Fass mich endlich weiter an … Nimm dir das, was du willst. Aber er tut es nicht. Er bleibt standhaft, was mir zeigt, dass er willensstärker ist als ich.

»Wieso zeigst du mir nicht, was ich verpasse?« Mit letzter Kraft versuche ich, stark zu klingen. Als würde mein Herz ganz normal in meiner Brust schlagen, obwohl es eigentlich explodiert.

»Weil ich dir eine Lektion erteilen muss.« Und mit diesen Worten trägt Hunter mich zum Rand des Pools und hebt mich hoch, sodass ich auf dem Beckenrand sitze.

Meine Kleidung klebt an meiner Haut, meine Haare liegen dicht an meiner Kopfhaut an. Einen Moment sieht er mich noch hungrig an, bevor er sich ebenfalls hochstemmt und ohne mich den Poolraum verlässt.

»Wohin gehst du?« Erschüttert rapple ich mich auf. Hunter zwinkert mir zu, bevor er mir antwortet. »Wir sollten uns umziehen, bevor es weitergeht.«

Und mit diesen Worten ist er in seinem Zimmer verschwunden. Mein Herz macht einen Salto, als ich ihm über den Flur folge und in meines verschwinde, um mich aus den nassen Klamotten zu schälen.

Ich wusste, dass ich die Kontrolle verlieren würde. Nur hatte ich gehofft, dass ich sie nie in die Hände eines Mannes geben würde. Wie ich mich getäuscht habe …

***

Kaum zehn Minuten später sitze ich in seinem Wagen. Meine Haare sind immer noch nass, meine Jeans habe ich gegen ein luftiges, weißes Kleid getauscht. Keiner von uns spricht über das, was gerade beinahe passiert wäre. Geschweige denn darüber, wieso es beinahe passiert wäre. Und wieso es nicht passiert ist.

Kann über Nacht aus Hass Anziehung werden? Doch wenn ich ehrlich bin, war die Anziehung von Beginn an da, auch wenn ich sie versucht habe, zu ignorieren. Manche Dinge sind einfach zu stark, um sie zu verdrängen.

»Wieso diese Lektionen?«, frage ich gedankenversunken und fahre mit den Fingern über das Armaturenbrett des Mustangs. Von Vivianna weiß ich mittlerweile, dass der Wagen ihm gehört. Und ich muss zugeben, dass ich ihn liebe, auch wenn ich nie etwas für Autos übrighatte. Für mich waren sie immer nur

Gebrauchsgegenstände, die mich von A nach B brachten ... »Sagen wir so: ich liebe es, die braven Mädchen zu versauen«, antwortet er schulterzuckend. Ich lehne mich schräg gegen den Sitz und sehe ihn an. Meine Beine liegen angewinkelt auf dem Polster.

»Und wie viele hast du so schon auf die dunkle Seite der Macht gezogen?« Ich verdränge, dass ich eifersüchtig bin, dass ich wünschte, er würde nur spaßen. Aber etwas in seinem Blick sagt mir, dass ich nicht die erste Frau in seinem Leben bin, die er umkrempeln will.

»Ich habe nicht mitgezählt.« Und da ist er: Der Stich, der mir zeigt, dass ich aus mir unerklärlichen Gründen gehofft habe, ich wäre etwas Besonderes.

»Ich weiß gar nicht, wieso ich dir vertraue«, sage ich und starre stattdessen nach vorn auf die unbefahrene Straße. Ich frage nicht, wo wir sind und wohin wir wollen. Stattdessen lasse ich es einfach auf mich zukommen und hoffe ... hoffe, dass ich nicht den Fehler meines Lebens begangen habe, als ich in seinen Wagen stieg, ohne die Dinge zu hinterfragen. Hunter sieht mich einen Moment lang schweigend an, seine Mundwinkel zucken.

Dennoch erreicht das Lächeln seine Augen nicht. Als würde er nie echt lächeln. Als hätte er es vor langer Zeit verlernt. Die Zeit scheint stillzustehen, als er mir antwortet. Und damit einen Part in mir berührt, der so lange unangetastet in mir lag. »Weil du weißt, dass du mehr willst. Und ich kann dir zeigen, dass es nach oben keine Grenzen gibt.«

***

Die Fahrt dauert dreißig weitere Minuten, und als wir letztendlich vor einem großen, eisernen Tor stoppen, wird mir mulmig zumute. Ich verenge die Augen zu Schlitzen, um etwas in der Dunkelheit zu erkennen, aber ich tappe weiter im Dunkeln.

»Wo sind wir hier?« Neugier packt mich, und ohne auf seine Antwort zu warten, steige ich aus. Die Nacht ist deutlich kälter als erwartet und so friere ich am ganzen Körper in dem dünnen Kleid. Aber ich lasse mir nichts anmerken.

»Das wirst du schon noch früh genug erfahren. Und jetzt komm.« Hunter packt meine Hand, als wäre es das Selbstverständlichste, dass wir uns so vertraut berühren. Dabei haben wir uns vor einer Woche wie die Pest gehasst.

Noch immer weiß ich nicht, was sich verändert hat, wieso ich vergesse, dass in meinem Leben kein Platz für einen Mann wie ihn ist. Habe ich etwa schon vergessen, dass er vor wenigen Stunden mit diesem Mädchen in einem Bett lag und mich absichtlich ins Messer laufen ließ?

»Sag mir, Sugar, wie gut kannst du klettern?« Ein herausforderndes Grinsen huscht über sein Gesicht, und als er auf das Tor vor unseren Nasen deutet, schüttle ich den Kopf.

»Vergiss es, ich breche mir die Beine!« Der Zaun ist sicher drei Meter und somit gefühlt doppelt so hoch wie ich.

»Hast du Lektion eins schon vergessen?« Hunter hebt eine Braue nach oben und hält mir seine Hand hin, damit er mir helfen kann, auf die Einkerbung im Tor zu klettern. Ich atme tief durch und schüttle anschließend den Kopf.

1. Scheiß auf die Konsequenzen!

Ich kralle mich in seiner Hand fest, suche mit meiner Fußspitze festen Halt und stemme mich anschließend am Rand des Zaunes hoch, bis ich auf ihm sitze und meine Schenkel gegen das Eisen presse.

»Und jetzt?«, frage ich unsicher, weil ich aufgrund der Dunkelheit nicht sehen kann, was sich auf der anderen Seite befindet.

»Spring einfach.« Ehe ich michs versehe, sitzt Hunter neben mir und springt ab. Seine Chucks kommen knirschend am Boden auf, während ich immer noch damit kämpfe, wenigstens irgendwas zu erkennen.

»Ich traue mich nicht«, jammere ich, auch wenn ich sonst kein Jammerlappen bin. Hunter lacht unterschwellig und dann wiederhole ich Lektion Nummer eins wie ein Mantra.

Denk nicht an die Konsequenzen. Ja, ich könnte mir die Beine brechen. Genauso gut könnte ich auch heil landen und die vermutlich aufregendste Nacht meines bisherigen Lebens haben.

»Spring, Velvet.« Seine Stimme hypnotisiert mich regelrecht, sodass ich die Augen zusammenkneife, mein linkes Bein über den Zaun schwinge und abspringe.

Ehe ich auf dem Boden aufkommen kann, werde ich bereits von Hunter abgefangen. Seine Hände umgreifen meine Hüften, als hätte er mich schon Tausende Male so berührt. Langsam gleite ich nach unten und komme am Boden auf.

»Du kannst mich loslassen«, kichere ich. Verdammt, habe ich gerade ernsthaft GEKICHERT? Seit ich denken kann, hasse ich Mädchen, die sich in Gegenwart eines Typen in ein kicherndes Etwas verwandeln.

Und doch kann ich nicht verhindern, dass ich es bereue, den Mund überhaupt geöffnet zu haben, als Hunter von mir ablässt und mich mit sich in die Ungewissheit zieht.

»Okay, langsam wüsste ich aber schon gern, wo wir hier sind«, sage ich unsicher. Lediglich seine Hand in meinem Rücken beruhigt mich. Er schiebt mich weiter vorwärts, bis er mich schließlich an den Schultern zum Stoppen bringt.

»Ich bin gleich zurück.« Und mit diesen Worten ist er verschwunden und alles, was bleibt, ist sein Duft, der in der Luft hängen bleibt. Ich zittere immer noch, weil das Kleid viel zu spärlich ist, doch als ich höre, dass Hunter etwas hinter mir aufknackt, ist die Kälte vergessen.

»Hunter? Du bist nicht gerade irgendwo eingebrochen, oder?« Ich schlinge die Arme um meine Brust und warte auf eine Antwort, aber außer einem leisen Poltern hinter mir höre ich nichts. Plötzlich kommt mir der Gedanke, ihm blind gefolgt zu sein, unendlich dumm vor. Und doch fühlt es sich befreiend an, einmal nicht an die Konsequenzen zu denken.

»Hunter?«, wiederhole ich zitternd, doch auch beim zweiten Anlauf erhalte ich keine Antwort. Gerade, als sich meine Augen an die Dunkelheit gewöhnen wollen, höre ich, dass er einen Schalter hinter mir umlegt. Es dauert keine zwei Sekunden, bis mich beißendes Licht empfängt und mir direkt ins Gesicht strahlt.

»Was zur Hölle -?« Ich schirme meine Augen vor dem plötzlich auftretenden Licht ab und blinzle die Unklarheit weg. Je länger ich hier stehe, desto nervöser werde ich. Und als ich die warmen goldenen Farben des Riesenrades vor meiner Nase sehe, erstarre ich.

»Willkommen in deinem ganz persönlichen Freizeitpark.« Hunters Stimme dringt nur gedämpft zu mir durch, viel zu versteinert bin ich in meiner Welt gefangen.

Im Augenwinkel kann ich ihn sehen, er geht einfach an mir vorbei, als wäre es das Normalste auf der Welt, dass wir uns mitten in der Nacht in einem Freizeitpark befinden! Allein!

»Hunter, sag mir nicht, dass wir gerade hier eingebrochen sind«, sage ich verunsichert und gehe ihm mit unsicheren Schritten hinterher. Hunter hat sicher zehn Meter Vorsprung, als er sich umdreht und eine ausladende Handbewegung macht.

»Erstens: Der Park befindet sich noch im Aufbau … Im Prinzip testen wir ihn einfach nur. Zweitens: Ich habe meine Kontakte.« Dieses Mal kaufe ich ihm das Grinsen auf dem Gesicht sogar ab, aber ich kann nicht aufhören, wie eine Paranoide hinter mich zu blicken, um zu sehen, ob wir erwischt wurden.

»Und drittens: Denk an die Lektion.« Hunter geht rückwärts vor mir her, als würde er sich hier wie in seinem Zuhause auskennen. Meine Beine tragen mich ihm zitternd näher, obwohl mein Innerstes nach Flucht schreit.

»Wie lautet die Lektion?«, rufe ich ihm unsicher zu. Und doch kann ich nicht leugnen, dass ich den Anblick des Riesenrades in seinem Rücken genieße. Dass ich es liebe, wie die verschiedenen Goldtöne wie in meinem Zimmer miteinander harmonieren. »Du musst Regeln brechen, um frei zu sein.«

***

»Du meintest, dass du Kontakte hast. Wie soll ich das verstehen?« Mittlerweile hat Hunter mich schon durch den halb fertigen Park geführt, der laut seinen Aussagen erst in einem Monat eröffnen soll. Woher er das weiß? Das hat er mir bis jetzt noch nicht verraten.

Wir sitzen in einer Gondel des Riesenrads, und obwohl es nicht im Betrieb ist, fühle ich mich hier wie in einhundert Metern Höhe. Anfangs sind meine Augen immer wieder zum Tor gewandert und ich habe mir mehrere Male eingebildet, Sirenen zu hören.

Jedes Mal umsonst, denn bis jetzt hat uns noch niemand entdeckt. Und ich will mir gar nicht ausmalen, was passiert, wenn uns doch jemand finden sollte. Immerhin sind wir nicht nur unbefugt auf einer Baustelle, sondern auch eingebrochen.

»Das heißt, dass ich einen der Bauleiter kenne«, erklärt er mir und starrt das riesige Konstrukt des Riesenrades an. Unsere Gondel dreht sich sachte, weil es windiger ist als erwartet.

Ich halte mich an der Stange in der Mitte fest und sehe Hunter an. Mein Blick wandert über sein Tattoo, hinab zu seinen Lippen, die ich vorhin viel zu gern auf meinen gespürt hätte.

Ob er mir nachts etwas injiziert hat, das meine Weltanschauung um einhundertachtzig Grad gedreht hat? Anders kann ich mir den Wandel meiner Gefühle und Gedanken nicht vorstellen.

»Du willst mir also erzählen, dass du innerhalb von einer Woche solche Kontakte geknüpft hast?« Ich glaube ihm kein Wort!

Hunter fährt mit seinen Fingern über den Rand der Gondel, dass er dabei hin und wieder meine nackte Schulter berührt, muss Absicht sein. Ich bin mir sicher, dass er mein Zucken bereits beim ersten Mal bemerkt hat.

»Hat dir dein Vater nie etwas über uns erzählt?« Seine Stirn liegt in Falten, seine Augen ruhen auf meinem Gesicht.

»Dafür war keine Zeit, immerhin wusste ich bis zu diesem Tag nicht einmal, dass ihr existiert.« Meine Worte überschlagen sich, weil ich gar nicht glauben kann, dass ich ihn und Vivianna erst seit so kurzer Zeit kennen soll. »Und dann trample ich in euer Haus und benehme mich wie der letzte Vollidiot«, lacht Hunter und ich kann nicht erkennen, ob er es aus Reue tut. Bis jetzt dachte ich, dass dieser Mann keine Reue empfindet.

»Du warst nicht gerade ein Gentleman«, pflichte ich ihm bei und senke den Blick. Er soll nicht sehen, dass es mich verletzt, daran zurückzudenken.

»Aber du lenkst vom Thema ab: Was meintest du? Was hätte mein Vater mir erzählen sollen?«, hake ich neugierig nach und ziehe mein Knie auf die Sitzbank der Gondel. Dass meines dabei gegen seines stößt, will, aber kann ich nicht ignorieren.

»Meine Mom und ich … wir kommen aus L.A. Ich hab mein halbes Leben hier verbracht, bevor wir nach Phoenix gezogen sind.«

Ich will etwas sagen, bin aber zu überrumpelt. Kein Wunder, dass er sich schon am ersten Abend besser hier auskannte als ich! Und ich ging intuitiv davon aus, dass mein Dad Vivianna durch seinen Beruf kennengelernt hat, immerhin kommt er viel durchs Land.

»Das wusste ich nicht«, ist alles, was ich herausbringe. Ich zittere am ganzen Körper, doch dieses Mal liegt es nicht an der Kälte, sondern an der Art, wie er mich ansieht.

Das erste Mal habe ich das Gefühl, hinter seine Mauern blicken zu können. Und mir gefällt seine unbeschwerte Art viel zu gut. So gut sollte sich die Nähe zu einem Fremden nie anfühlen.

139

»Du weißt vieles nicht über mich.« Seine Worte verstärken mein Zittern, und weil ich weiß, dass ich gleich den größten Fehler meines Lebens machen und ihn küssen werde, suche ich nach einer Ablenkung.

Als ich am großen Springbrunnen neben dem Karussell hängen bleibe, aus dem das Wasser wie aus einer Fontäne spritzt, kommt mir eine Idee. Ich brauche dringend eine Abkühlung …

Schnell habe ich die Gondel verlassen und renne dem Brunnen entgegen. Hunter fragt nicht, was ich vorhabe, stattdessen beobachtet er stumm mein Treiben.

Ich streife mir die Sandalen von den Füßen und klettere in den Brunnen. Das kalte Wasser verstärkt zwar meine Gänsehaut, dafür höre ich aber auf, daran zu denken, wie es wäre, ihn zu küssen.

Das Wasser umgibt mich und reicht mir bis zu den Knien, während mich von oben die Strahlen durchnässen. Es ist mir egal, dass ich hiernach vermutlich mit Fieber flachliege.

Ich stehe im Brunnen und tanze … vergesse … Und genieße es, dass er mir dabei zusieht. So sehr wie ich noch nie etwas genossen habe.

HUNTER

Mein Leben lang habe ich Perfektion gehasst. Perfekte Menschen passen nicht in eine kaputte Welt wie diese. Und nein, das hier ist nicht die Nacht, in der mich ein Mädchen vom Gegenteil überzeugen wird.

Das hier ist die Nacht, in der ich das erste Mal das Gefühl habe, etwas richtig gemacht zu haben. Würde sie sonst mitten in der Nacht in einen Freizeitpark einbrechen und unbeschwert in einem Springbrunnen tanzen?

Nein.

Sie glaubt tatsächlich, dass uns hier nichts passieren kann. Dass ich Kontakte habe, die uns retten, wenn wir erwischt werden. Die Wahrheit ist: Sollte uns jemand finden, werden wir die Konsequenzen dafür tragen müssen. Ich mehr als sie, das ist mir klar. Und im selben Moment ist mir noch nie etwas so egal gewesen.

Sie so zu sehen, bewirkt etwas in mir, das ich nicht benennen kann. Ich habe kein Herz, das ist mir klar.

Auch Velvet Michaelsen kann aus einem Typen wie mir keinen verdammten Romantiker machen.

Aber sie kann mich für eine Nacht vergessen lassen.

Ich sitze immer noch in der Gondel des Riesenrades und sehe ihr zu. Ihre Kleidung ist durchnässt, ihre Haare kleben an ihrem Gesicht und ihre Hüften schwingen sinnlich von links nach rechts.

»Was? Willst du jetzt der Spielverderber sein? Der Brecher aller Regeln?«, ruft sie mir zu und winkt mich zu sich. »Komm schon her!« Sie braucht mich nicht bitten, ihr Gesellschaft zu leisten, denn zu diesem Zeitpunkt habe ich die Gondel längst verlassen.

Ich steuere den Brunnen an und automatisiere mich. Es gibt nur eines, was ich jetzt gern tun würde: mit ihr ganz woanders sein und ihre Welt auf meine Art erschüttern.

Was sich seit unserer ersten Begegnung geändert hat? Wenn ich ehrlich bin, weiß ich es nicht. Ob es nur an der Nacht auf der Party liegt?

Es brauchte fünf Sekunden, um sie zu hassen, und nur wenige Stunden, um ihr zu verfallen. Bis sie mich verraten hat … Und doch weiß ich, dass die ganze Sache mit Zoe nur war, um mich daran zu hindern, nachts in ihr Zimmer zu gehen. Jedes Mal, wenn ich Zoe nahm, nahm ich gedanklich sie. Fuck, was zur Hölle stimmt nicht mit mir?

»Hey, du sagst ja gar nichts mehr«, stellt sie lachend fest, als ich den Brunnen schließlich erreiche. Das Wasser perlt auf ihren Wimpern und ihren Lippen ab, als ich einen Entschluss fasse.

Ohne etwas zu erwidern, steige ich in den Brunnen. Dass sich Sekunden später Wasser in meinen Schuhen sammelt, ist mir egal. Ich denke nicht über die Konsequenzen nach, als ich sie an mich ziehe und meine Lippen auf ihre lege.

Wenn ich ehrlich bin, habe ich mich seit dem ersten Tag gefragt, wie es sein würde, sie zu küssen. Zu spüren, wie sie in meinen Armen zu Wachs wird. Meine Vorstellung kollidiert mit der Realität. Wer hätte gedacht, dass die Realität noch einnehmender sein könnte als meine Fantasie.

Velvet steht regungslos unter dem Wasser des Brunnens, das mich mittlerweile ebenfalls bis auf die Haut durchnässt hat, und ich umfasse ihr Gesicht. Atme sie ein, atme sie aus. Genieße, dass ich ihr Zittern spüre.

Wasser prasselt auf uns nieder, während ich meine Zunge in ihren Mund schiebe und warte, wie sie reagiert. Als sie schließlich sanft an meiner knabbert, vergesse ich all meine Prinzipien und presse sie gegen den Stein des Brunnens, sodass wir unter seiner Kuppel vor dem Wasser geschützt sind.

Ich umgreife ihre Handgelenke und platziere sie über ihrem Kopf, löse mich dabei in keiner Sekunde von ihrem Mund. Unsere Zungen verschmelzen miteinander, und als ich mit meinem Knie ihre Beine spreize und es zwischen sie schiebe, keucht sie in meinen Mund.

Ich habe viele Frauen geküsst. Ich habe viele Frauen gefickt. Und doch ist dieser Kuss intimer als jeder Sex, den ich in meinem Leben hatte.

Hier geht es nicht nur um das körperliche Verlangen, hier geht es um mehr. Darum, ihr die Augen zu öffnen. Ihr das zu geben, was ich ihr geben will.

Mehr.

Eine Ewigkeit stehen wir unter dem Brunnen und küssen uns, als wäre es das Einzige, was wir je gelernt haben. Ihre Hände zittern, genau wie ihre Knie, und als ich mich schließlich von ihrem Mund löse, sackt sie beinahe nach unten.

»Was zur Hölle war das?«, fragt sie mich schluckend. Ich könnte ihr die Wahrheit sagen, genauso gut könnte ich sie jetzt hier stehen lassen, so wie ich es eigentlich am Anfang des Abends geplant hatte. Ich wollte sie brechen. Wollte sie in den Pool locken, sie herbringen und den Krieg auf ein neues Level bringen.

Doch dann brachte sie meinen Plan durcheinander, ohne etwas von ihm zu wissen. Jetzt stehen wir hier wie zwei Kriminelle und ich habe mich in meinem Leben noch nie so frei gefühlt. Velvet sieht mich mit großen, klaren Augen an und ich weiß, dass ich das erste Mal in meinem Leben sprachlos bin.

»Das, Sugar«, sage ich ebenfalls schluckend, »war ein Teil der Lektion.« Ich will ihr sagen, dass ich lüge. Dass ich sie nicht einer dummen Lektion willen geküsst habe, aber ich hasse es, angreifbar für jemanden zu sein.

Das bin ich schon lange nicht mehr. Velvet wendet den Blick enttäuscht ab und das erste Mal in meinem verkorksten Leben tut mir mein Verhalten leid.

»Können wir gehen?«, fragt sie mich mit bebender Stimme. Sie zittert am ganzen Körper, immerhin trägt sie diesen Hauch von Nichts und es ist arschkalt.

»Wieso willst du gehen?« Die Antwort liegt auf der Hand, ich will nur wissen, ob sie noch ehrlich zu mir ist oder mich belügt, um sich zu schützen. Ihre Augen schreien danach, mich von sich zu stoßen, ihr Körper hingegen denkt nicht daran, sich von mir zu lösen.

»Wenn wir erwischt werden, könnte das meine ganze Zukunft aufs Spiel setzen«, antwortet sie wie einstudiert. Sie lügt. Und mir wird klar, dass sie mir ähnlicher ist, als ich anfangs gedacht hätte. Mein Blick wandert hinab zu ihren Brüsten, das weiße Kleid ist komplett durchsichtig. Meine Mundwinkel zucken nach oben.

»Was gibt's da zu lachen?«, murmelt Velvet, und als sie an sich hinabblickt und sieht, dass ihre Brustwarzen unter dem Stoff zum Vorschein kommen, reagiert sie plötzlich ganz anders, als ich es vermutet hatte: Sie lacht. Aus ganzem Herzen. So laut, dass es kein Wunder wäre, wenn jemand auf uns aufmerksam wird. Und ich stimme mit ein, auch wenn ich ihr Lachen lieber mit meinen Lippen stoppen würde.

»Lass uns gehen.« Ich halte ihr zwinkernd meine Hand hin, die sie sofort ergreift. Gemeinsam steigen wir aus dem Brunnen und steuern den Ausgang des Parks an. Nachdem ich alle Geräte abgeschaltet habe, helfe ich ihr über den Zaun und gemeinsam gehen wir zurück zu meinem Mustang. Dort angekommen, streift Velvet sich das nasse Kleid vom Körper und wringt es auf dem Boden aus. Während ich wie der letzte Vollidiot danebenstehe und sie ansehe, als hätte ich noch nie eine halb nackte Frau gesehen. Als sie schließlich meinen Blick bemerkt, zuckt sie mit den Schultern.

»Oder soll ich lieber deinen Wagen nass machen?«, fragt sie mich, als wäre es selbstverständlich, dass sie Sekunden später in Unterwäsche in meinen Mustang steigt.

Eine Weile stehe ich noch reglos da, bevor ich mir ebenfalls das Shirt ausziehe, mir trockene Schuhe aus dem Kofferraum hole und einsteige.

»Eines muss ich dir lassen«, sage ich, als ich den Motor starten will. Doch als ich sie ansehe, merke ich, dass sie bereits eingeschlafen ist. Plötzlich vergesse ich, was ich eigentlich sagen wollte, weil mir die Worte fehlen.

Eine Weile sitze ich noch stumm neben ihr und sehe ihr zu, kann meinen Blick nicht von ihr lassen, höre ihren gleichmäßigen Atem. Sagte ich vorhin, dass dies nicht die Nacht sein wird, die meine Meinung ändert? Ich nehme alles zurück.

Das erste Mal sehe ich etwas Perfektes und bekomme nicht genug davon. Das erste Mal in meinem Leben habe ich das Gefühl, all die Jahre etwas verpasst zu haben.

Einem Bild hinterhergerannt zu sein, das so nicht existiert. Ja, das erste Mal sehe ich ein, dass ich nicht die Kontrolle habe.

»Vielleicht bist du doch viel mehr, als ich in dir gesehen habe.« Ich fische eine Jacke von der Rückbank, breite sie über ihrem nackten Körper aus und fahre anschließend los. Auch wenn ich die ganze Nacht hierbleiben und ihr zusehen könnte …

VELVET

»Mooooooment.« Es ist Sonntag. Der Sonntag nach Samstag. DEM Samstag. Den, den ich allein mit Hunter verbracht habe und der mir jetzt noch ein Lächeln aufs Gesicht zaubert, wenn ich daran denke. Wie das passieren konnte? Ich weiß es nicht. Vielleicht wollte ich einfach aus meinem Muster ausbrechen und einmal das sein, was ich nie war.

Sobald ich in seinem Wagen gesessen hatte, wurde ich schlagartig so müde, dass ich sofort eingeschlafen bin und erst wieder wach wurde, als wir zu Hause waren.

Und als hätte mir der dreißig minütige Schlaf gereicht, habe ich in meinem Bett kein Auge mehr zubekommen.

Weil sich meine Gedanken überschlagen haben und ich, sobald ich die Lider geschlossen habe, ihn vor mir sah. Ihn und das, was wir unter dem Brunnen getan hatten. So wurde aus Mitternacht sechs Uhr morgens, ohne dass ich einmal geschlafen habe.

»So schnell kommst du mir nicht davon«, setzt Lauren hinterher und versperrt mir den Weg, sodass ich in ihrem Zimmer eingesperrt bin. Sie liebt es, mich auszuquetschen, nur dieses Mal würde ich mich am liebsten einfach in Luft auflösen.

Ihr Zimmer ist ganz anders als meines, viel dunkler und irgendwie erdrückender. Die Wände sind beerenfarben, ihre Möbel erstrahlen in einem dunklen Anthrazit. In den hochglanzpolierten Schranktüren sieht man sich fast so klar wie in einem Spiegel.

Dunkle Vorhänge schirmen die kraftvolle Sonne des Mittags von uns ab. Und allen voran steht meine Freundin mit verschränkten Armen vor der Tür und deutet auf ihre Schlafcouch. Gott, sie sollte über eine Karriere als Security nachdenken, den passenden Blick hat sie definitiv schon drauf.

»Los, hinsetzen!« Da ich ohnehin keine Chance gegen sie habe, gebe ich mich geschlagen und setze mich aufs Sofa. Ich könnte immer noch aus dem Fenster abhauen … »Vergiss es, du brichst dir die Beine, wenn du übers Fenster abhauen willst.« Mist, bin ich doch so leicht zu durchschauen?

»Wie war denn dein Abend, Süße? Hast du den Spieleabend überstanden oder musstest du im Garten schlafen, weil du Monopolist geworden bist?« Lauren zieht ihre Brauen in die Höhe und schüttelt den Kopf.

»Nichts da. Keine Ablenkung, nur die Wahrheit. Und jetzt musst du mir noch mal ganz genau erklären, wie es dazu kommen konnte, dass Velvet Michaelsen, die verklemmteste Frau von allen Frauen L.A.s, einen Typen wie Hunter an sich herangelassen hat.« Na wow,

149

wenn das nicht meine beste Freundin ist, wie sie leibt und lebt. Immer zuvorkommend …

»Ich habe niemanden an mich herangelassen. Gott, das klingt, als wäre ich eine Nutte!« Ganz nebenbei ziehe ich mein Handy ein Stück aus meiner Jeans und schiele auf das leere Display. Was ich erhofft hatte? Keine Ahnung.

Vielleicht eine Nachricht von ihm? Oder einen Anruf, weil er sich Sorgen um mich macht und wissen will, wo ich bin? Immerhin hatte ich mich, sobald ich es nicht mehr in meinem Bett ausgehalten hatte, aus dem Haus geschlichen.

»Nur, weil man Spaß hat, heißt es nicht, dass man eine Hure ist.« Und wer wüsste das besser als Lauren, schließlich lässt meine beste Freundin seit der siebten Klasse nichts anbrennen. In diesem Punkt waren wir immer wie schwarz und weiß. Wir hätten kaum unterschiedlicher sein können.

»Es gab nur einen Kuss«, verteidige ich mich mit verschränkten Armen. Nur ein Kuss … dass ich nicht lache, es war *der* Kuss. Das Non-Plus-Ultra unter den filmreifen Küssen. Noch jetzt werden meine Knie beim Gedanken an ihn butterweich.

»Und wie kam es dazu, dass du deine Meinung geändert hast?«

»Du hast doch selbst gesagt, dass ich ihm eine Chance geben soll!« Wieso genau bin ich heute hergekommen? Ah, ja, um ihm aus dem Weg zu gehen. Weil ich, so kindisch es auch ist, Bauchschmerzen bekomme, wenn ich an die erste Konfrontation denke.

Wie, wenn man abends einen Drink zu viel nimmt, und schon beim ersten Schluck weiß, dass man seinetwegen am nächsten Morgen über der Kloschüssel hängen wird. Hunter ist der Drink, Lauren das Klo.

»Eine Chance geben, ja. Damit meinte ich aber nicht, dass du mitten in der Nacht in einen Freizeitpark einbrechen sollst! Ihr hättet so was von am Arsch sein können.«

Habe ich das wirklich getan? Habe ich das wirklich zugelassen? Allein beim Gedanken daran, wie mein Dad reagieren würde, wird mir übel.

»Ich weiß nicht, was ich sagen soll«, murmle ich und weiche ihren Blicken aus. Doch Lauren stellt sich immer genau in meine Blickrichtung, sodass ich ihr nicht entkomme.

»Vielleicht solltest du mir danken.« Sie lässt sich neben mir auf die Couch fallen, zieht die Knie an den Bauch und lehnt ihren Kopf gegen die Lehne.

»Danken? Wofür?« In diesem Moment fällt mir kein gescheiter Grund ein. Aber ich bin mir sicher, dass sie mich gleich eines Besseren belehren wird.

»Ohne mich würdest du dich immer noch in deinem Kämmerchen verstecken. Ohne mich hättest du keinen Fast-Sex im Pool deines Dads gehabt, und ohne mich hättest du erst recht nicht den heißesten Kerl der Stadt unter einem Brunnen mitten in einem Freizeitpark geküsst. Also, gern geschehen.« Sie grinst mich kess an, und plötzlich kann ich nicht mehr an mich halten und lache mir die Seele aus dem Leib.

»Gott, das klingt alles total bescheuert«, schnaufe ich und kann kaum an mich halten. Meine Seite schmerzt schon und für wenige Augenblicke vergesse ich tatsächlich, was ich gestern verzapft habe. Lauren legt ihre Hand auf mein Knie und drückt es liebevoll.

»Und beim nächsten Mal versuchst du gar nicht erst, die Wahrheit vor mir zu verstecken. Du weißt, dass ich alles herausfinde.«

***

War ich in meinem Leben je so unsicher? So nervös und völlig neben der Spur? Vermutlich nicht. Mittlerweile ist es schon zehn Uhr am Abend, ich habe es einfach nicht über mich gebracht, vorher nach Hause zu gehen.

Wenn ich Glück habe, ist Hunter um diese Uhrzeit ohnehin unterwegs und ich habe das Haus für mich allein. Für mich und meine Gedanken. Wenn ich Pech habe, renne ich ihm gleich im Haus genau in die Arme und muss dieses peinliche Gespräch hinter mich bringen.

Da mein Vater mit dem Auto zu seinem Wellnesswochenende gefahren ist, musste ich die zwei Kilometer zum Haus meiner besten Freundin laufen, und wenn ich ehrlich bin, tat der Spaziergang meinen verbrannten Nerven gut.

Ich liebe es, nachts durch die Straßen zu schlendern und alles auszuschalten. Einmal nicht an die Schule oder die Kanzlei meines Vaters zu denken, in die ich einsteigen werde, wenn es so weit ist.

Manchmal erwische ich mich dabei, dass Fragen in mir aufkommen, die mich sonst nie interessiert haben. Ist dieser Job der richtige für mich, nur, weil mein Dad gut in ihm ist? Oder gibt es vielleicht etwas, das besser zu mir passt?

Und am Ende des Tages verdränge ich die Gedanken jedes Mal, weil ich Angst vor Veränderungen habe. Angst davor, meinen Dad zu enttäuschen, wo er doch sein gesamtes Leben für mich gab. Seine Jugend hat er für mich geopfert, ich bin es ihm schuldig, etwas zurückzugeben.

Der Wind in der anbrechenden Nacht ist zwar leicht, dafür aber umso kühler. Ich schlinge meine dünne Jacke enger um den Körper, und als ich in unsere Straße einbiege, halte ich kurz inne.

Mein halbes Leben habe ich in dieser Straße verbracht, neben immer denselben Nachbarn, mit immer denselben Autos und denselben ruhigen Sonntagabenden.

Doch als ich meine Schritte beschleunige, weiß ich, dass heute etwas anders ist als sonst. Ob die Tochter von Mrs. Walfort eine Party schmeißt? Unmöglich! Ich kenne Lisa und ich weiß, dass sie nicht der Typ für Partys in dieser Lautstärke ist.

Mein Herz schlägt schnell, und als ich entdecke, aus welchem Haus die laute Musik kommt und die Nachbarn beschallt, springt es aus meiner Brust. Ehe ich michs versehe, renne ich die restlichen zweihundert Meter bis zu unserer Einfahrt. »Scheiße«, fluche ich vor mich hin. Insgeheim hatte ich gehofft, dass ich mich getäuscht habe. Aber als ich den ersten Fuß auf die gepflasterte Einfahrt setze, werde ich schon von den ersten Jugendlichen empfangen. Ein Junge mit karamellfarbener Haut und kurzen Khakishorts kommt auf mich zu.

»Willkommen auf der Party des Jahres!« Mit diesen Worten drückt er mir einen Plastikbecher in die Hand, wobei die klare Flüssigkeit – vermutlich Wodka – über meine Hand rinnt. Sag mal, spinne ich? Das hier ist mein Haus! Wieso werde ich von einem wildfremden Kerl mit einem Drink begrüßt?

Alles in mir brodelt, als ich sehe, dass die ersten Leute auf den teuren Ebenholzmöbeln im Garten meines Vaters rummachen.

Hände verschwinden unter Tops, Nägel krallen sich in Haut. Und ich stehe inmitten einer Traube mir Fremder und bekomme kaum noch Luft. Ja, ich bin mir ziemlich sicher, dass nicht mehr viel bis zu meiner allerersten Panikattacke fehlt.

Die Leute stoßen an und ich kann sehen, dass im Nachbarshaus bereits das Licht angeht. Mr. Walforts Umrisse erscheinen hinter dem dünnen Vorhang und mein Herz setzt aus, bis er schließlich kopfschüttelnd seine Position verlässt.

Wütend dränge ich mich an den Jugendlichen vorbei, um mich auf die Suche nach ihm zu machen. Wer sonst soll hierfür verantwortlich sein, wenn nicht er? In dieser Sekunde bereue ich meine Entscheidung, mich aus dem Staub gemacht zu haben, um ihm aus dem Weg zu gehen.

Wäre ich doch bloß hiergeblieben, um darauf zu achten, dass er unser Haus nicht in einen Partytempel verwandelt. Ich kenne diese Partys zur Genüge aus Filmen, am Ende kann man froh sein, wenn nur der Flatscreen einen Sprung im Bildschirm hat.

Mein Herz poltert, als ich mich durch den überfüllten Flur kämpfe und nach Hunter Ausschau halte. Im Wohnzimmer haben es sich sicher einhundert Jugendliche bequem gemacht und ich kann schon jetzt die ersten Flecken auf der Couch meines Vaters sehen.

Haben die eine Ahnung, wie teuer die war? Weil ich Hunter so unmöglich finden kann, klopfe ich einem Mädchen vor mir auf die Schulter.

Die Kleine mit dem überaus hübschen, runden Gesicht grinst mich an, als wären wir alte Bekannte, dabei sehe ich gerade zum ersten Mal in ihre grauen Augen.

»Hey, weißt du, wo der Gastgeber ist?«, frage ich sie und versuche, dabei nett zu klingen. Sie zuckt mit den Schultern und deutet auf die Treppe.

»Vorhin habe ich ihn oben gesehen.« Bevor ich hochstürmen kann, sehe ich, dass Frauen in Handtücher gewickelt aus dem Keller kommen. Nicht ihr Ernst! Wütend stapfe ich den Mädchen entgegen und baue mich vor ihnen auf.

»Die Sauna ist tabu, genau wie der Pool!«, knurre ich.

»Scheiße, die Villa hat einen Pool? Kommt, Jungs, den suchen wir uns!« Hallt es plötzlich hinter mir. Auflachend stelle ich mich den Kerlen in den Weg. »Der. Pool. Ist. Tabu.« Wieder entflieht mir ein

Knurren. Die Musik ist so laut, dass ich schreien muss, um verstanden zu werden.

»Habt ihr verstanden? Und das Haus hier ist auch tabu, verpisst euch einfach alle!« Gerade als ich diese Worte herausdonnere, setzt die Musik aus. Alle starren mich an und machen sich über mich lustig, dabei haben sie keine Ahnung, dass ich kurz vor einer Detonation stehe.

»Entspann dich mal, Puppe«, ruft mir ein Kerl wie ein Schrank entgegen und lässt mich schlucken. Danach tanzt die Menge weiter, als würde ich gar nicht existieren.

Zähneknirschend stürme ich die Treppe hinauf und es dauert keine fünf Sekunde, bis ich Satan höchstpersönlich in die Arme renne. Hunter sieht mich an, seine Hände liegen wie gestern Nacht auf meinen Hüften. Ob er jede Frau hier so halten würde?

»Da bist du ja, Sugar.« Ehrliche Freude liegt in seinem Blick, die schnell verschwindet, als ich mich von ihm losreiße.

»Sag mal, spinnst du völlig? Was zur Hölle ist das hier?« Ich gestikuliere wild und werfe einem Pärchen, das Hand in Hand an uns vorbeigeht, wütende Blicke zu.

»Was ist dein Problem?« Das ist wirklich alles, was er dazu zu sagen hat? Hinter seinem Rücken kann ich sehen, dass die Kerle von vorhin den Poolraum entdeckt haben. Sekunden später landen die ersten Leute klatschend mit Arschbomben im Wasser.

»Mein P-Problem?« Gleich platze ich! »Mein Problem ist, dass du ohne Erlaubnis eine Party schmeißt, dass du Leute einlädst, die die ganze Einrichtung zerschießen und auf den Gartenmöbeln rummachen! Mein Problem -« Ich kann nicht mehr sagen, denn Hunter bringt mich mit seinen Lippen zum Schweigen.

Im ersten Moment lasse ich den Kuss zu, seufze sogar in seine Mundhöhle. Man schmeckt, dass er nüchtern ist und aus unerfindlichen Gründen erleichtert es mich. Weil es bedeutet, dass er mich nicht des Alkohols wegen küsst. Dass ihm die letzte Nacht auch irgendetwas bedeutet haben muss.

»Hunter!« Ich unterbreche den Kuss, bevor ich meinen Verstand ausschalte und schiebe ihn von mir weg. »Was zur Hölle soll das?« Klang ich bis eben aufbrausend, bricht meine Stimme jetzt ab.

Neue Leute strömen nach oben und peilen den Pool an. Eines steht fest. Allein werde ich die Party nie stoppen können. Entweder ich hoffe darauf, dass Hunter zu Vernunft kommt oder ich brauche die Polizei.

Doch dann wird mein Dad auf jeden Fall hiervon Wind bekommen und das ist das Letzte, was ich will. Bei meinem Talent werde ich den Bullen brühwarm erzählen, dass wir uns gestern strafbar gemacht haben.

»Du bist gestern in einen Freizeitpark eingebrochen, Sugar. Und jetzt machst du dir ernsthaft wegen einer harmlosen Party Gedanken?« Hunter scheint meine

Bedenken nicht ernst zu nehmen, was mich nicht einmal wütend, sondern einfach nur traurig macht.

»Du hast mich dazu gezwungen, außerdem ist das nicht zu vergleichen.« Hunter steht immer noch mitten im Weg vor mir und sieht mich an, als wären wir alleine hier auf dem Flur. Als würden nicht zig Leute um uns herumstehen und die Party genießen.

»Nach Zwang sah die Nacht nicht aus«, antwortet er verbissen. Seinem Blick nach zu urteilen, habe ich ihn gekränkt, doch in diesem Moment ist mir alles egal. Ich lasse ihn einfach stehen und peile mein Zimmer an.

»Ich würde da nicht reingehen«, rät Hunter mir, der plötzlich wieder dicht hinter mir ist. Mittlerweile sind so viele Leute hier oben, dass ich den Überblick verloren habe. Ohne auf seinen Rat zu hören, reiße ich die Tür auf – und bereue es sofort.

Das Erste, was ich sehe, ist nackte Haut an nackter Haut. Ein Mädchen liegt auf meinem Bett und krallt sich in meinem Kissen fest, während der Kerl sie …

»Oh Gott, raus hier!« Wie eine Furie renne ich zu meinem Bett und reiße den Kerl von der Brünetten los. Ein Würgereiz macht sich in meiner Kehle breit, als er seinen Schwanz aus ihr herauszieht und mich total breit ansieht.

»Ich glaube, ihr solltet woanders weitermachen.« Hunter klopft dem Kerl auf die Schulter und schubst ihn, nackt wie er ist, Richtung Ausgang. Die Brünette krallt sich ihre Sachen und folgt ihrem Freund grummelnd.

»Ja, woanders! Nicht hier, nicht im Wohnzimmer, nirgends. Verschwindet einfach!«, zische ich, bin mir aber sicher, dass sie mich nicht mal mehr hören.

Hier in meinem Zimmer ist die Musik leicht abgedämpft, dafür riecht es hier drin nach einem Puff. Hunter legt seine Hand auf meine Schulter, die ich sofort wieder abschüttle.

»Fass mich nicht an«, gifte ich ihn an und baue Abstand auf.

»Velvet, was zur Hölle ist dein Problem? Es ist doch nicht das erste Mal, dass jemand in deinem Bett Sex hat«, lacht er. Während alles in mir zu Eis gefriert.

Die Zeit steht still und Schweiß bricht an jeder Stelle meines Körpers aus. Hunter runzelt die Stirn, und je länger ich hier stehe und nichts sage, desto verwirrter sieht er mich an.

»Oder, Velvet?« Weil ich unfähig bin, mich zu bewegen, bleibe ich stehen, als er auf mich zukommt. »Sag mir, dass du wenigstens schon einmal hier drin gefickt hast«, setzt er elektrisierend hinterher. Doch ich kann nicht antworten, will nicht antworten. Dafür wird der Wunsch nach Flucht umso stärker.

Ich schubse Hunter von mir weg, renne zur Tür und anschließend die Treppe nach unten. Ich muss einfach nur weg von hier … raus aus diesem Haus.

Weg von dieser Party. Ich muss weg von ihm. Tränen brennen in meinen Augen, als ich letztendlich das Haus verlasse und ziellos auf die Straße renne …

HUNTER

Fuck. Das darf nicht sein. Sie muss lügen. Sie kann keine Jungfrau mehr sein. Denn das würde bedeuten, dass ich es mit meinen Sprüchen auf ganzer Linie verkackt habe. Sicher spielt sie mir nur etwas vor, um mir ein schlechtes Gewissen zu machen.

Und trotzdem finde ich mich Sekunden später draußen auf der Straße wieder und atme erleichtert aus, als ich Velvet aus der Ferne sehe.

Ihre Schultern sacken nach unten, je näher ich ihr komme. Als ich sie schließlich erreiche und an den Armen zurückreiße, windet sie sich.

»Hunter. Fass. Mich. Nicht. An.« Sie schlägt um sich, aber ich halte sie einfach weiter gegen ihren Willen fest. Weil ich gar nicht einsehe, von ihr abzulassen.

»Nie wieder«, setzt sie noch schluchzend hinterher. Durch die Laternen hinter mir kann ich sehen, dass sie Tränen in den Augen hat.

Scheiße. Ich bin der denkbar schlechteste Mensch, den sie jetzt gebrauchen kann. Immerhin geht all das hier auf meine Kappe. Und war mir das bis vor wenigen Tagen noch egal, ist es dieses Mal anders. Und ich hasse

160

es, dass ich plötzlich anfange, so was wie ein Gewissen zu entwickeln. »Es tut mir leid«, sage ich atemlos, weil ich sicher fünfhundert Meter zurücklag und sie erst einmal einholen musste.

»Was tut dir leid?« Wenige Autos fahren an uns vorbei, doch jeder reckt seinen Kopf aus dem Fenster und sieht uns beim Streiten zu. Menschen lieben es, ihre Nasen in fremdes Chaos zu stecken. Weil ihr Leben nicht mehr so armselig wirkt, wenn sie davon ablenken.

Velvets Haare sind zerzaust, ihr Top ist nach unten verrutscht, sodass ich ihren BH sehen kann. Ich greife nach dem Träger und schiebe ihn wieder über ihre Schulter, auch wenn mein Schwanz etwas ganz anderes will.

»Dass ich nicht für jeden die Beine breit mache? Dass ich nicht schon einhundert Kerle auf meiner Liste habe, wie ihr es mit euren Frauen macht?« Man sieht ihr an, wie verletzt sie ist und das killt mich, obwohl mir die Gefühle anderer immer egal waren. Nur die meiner Mom zählten.

»Ich habe keine Liste«, ist alles, was ich herauskriege. Dabei bin ich mir sicher, dass die Liste lang wäre. In diesem Moment bereue ich jede Frau darauf. Fuck, wo kommt plötzlich diese Reue her? Ich bereue nie etwas! Nie. Bis jetzt.

»Herzlichen Glückwunsch, Hunter. Wirklich. Ich bin stolz auf dich.« Kopfschüttelnd geht Velvet weiter, doch ich denke nicht daran, sie ziehen zu lassen. Prompt habe ich sie gegen den Zaun eines hübschen

Einfamilienhauses gepresst und mein Knie zwischen ihre Beine geschoben.

»Wieso bist du so wütend auf mich?« Ich würde zehntausend Dinge lieber machen, als mit ihr zu reden. Zehntausend Stellungen, zehntausend Orgasmen schießen mir in den Sinn, aber ich beiße mir auf die Zunge, bis ich Blut auf ihr schmecke.

»Du hättest sehen sollen, wie dir die Gesichtszüge entglitten sind, als du gemerkt hast, dass ich noch … nie«, stammelt sie. Ich packe sie an den Hüften, weil ich die ganze Nacht daran denken musste, wie gut sich meine Hände auf ihnen angefühlt haben. Kein Wunder, dass ich kein Auge zubekommen habe …

»Und was denkst du, wieso ich so reagiert habe?« Ich kann nicht verhindern, dass meine Stimmfarbe dunkel wird, je näher ich ihr komme.

Dass ich das erste Mal in meinem Leben so was wie Sehnsucht nach jemandem verspüre … Fuck, bin ich kaputt. Noch kaputter als ohnehin schon. Wer hätte gedacht, dass sie meinem Chaos die Krone aufsetzen würde.

»Weil du mich prüde findest? Weil es dich abturnt? Was weiß ich, Hunter! Ich kann schließlich nicht in deinen Kopf gucken!«, motzt sie mich an. Und doch lässt sie meine Hände auf ihrem Körper.

»Stimmt, du kannst nicht in meinen Kopf gucken«, stimme ich ihr schluckend zu. Ich lehne meine Stirn an ihre und kann sehen, dass sie die Augen schließt, weil sie meinen Blicken ausweichen will.

»Denn sonst würdest du wissen, was mir wirklich durch den Kopf ging. Dann würdest du wissen, dass du mich gerade vor die verdammte Probe meines Lebens stellst.« Und ich übertreibe nicht.

Allein zu wissen, dass noch nie jemand … es bringt mich um. Ich wandere mit einer Hand nach oben, streife ihre Schulter und fahre ihre Arme entlang, bis ich ihre Hand erreiche, mit der sie sich in ihrer Jeans festkrallt.

»Dann würdest du wissen, dass es mir verdammt schwerfällt, meine Finger bei mir zu lassen, seit ich hier bin. Und dass es nichts Verführerisches für mich gibt als die Vorstellung, der Erste zu sein, der in dir ist.«

Meine Stimme zittert, genau wie ihr Körper. Als würde er unter Strom stehen. Ich lasse meine Hand in ihre gleiten und platziere sie dann auf meiner Brust.

Wir stehen eine Weile lang Stirn an Stirn an diesem Zaun, während der Wind um uns herum immer heftiger wird. Velvets Tränen versiegen und ich versuche, die Bilder von ihr unter mir in den Hintergrund zu schieben.

»So einfühlsam hätte ich dich nie eingeschätzt«, bricht sie nach einer Ewigkeit die Stille zwischen uns. Und nimmt mir damit eine riesige Last von den Schultern.

»Ich mich auch nicht.« Und es stimmt. Kann es sein, dass die Kleine mich echt im Griff hat? Jeder, der mich kennt, würde mich als herzloses Monster bezeichnen. Weil ich eines bin.

Aber hier mit ihr … fühle ich das erste Mal etwas in mir, das nicht scheiße ist. Das erste Mal denke ich nicht permanent an das, was passiert ist. An den Grund, aus dem ich hier und nicht in Phoenix bin.

»Ich hasse Partys«, platzt es plötzlich aus ihr heraus, was mich zum Lachen bringt.

»Weil du nie gelernt hast, wie es richtig geht. Komm mit.« Ich umschließe ihre Hand mit meiner und zerre sie vom Zaun weg. Stolpernd folgt sie mir zurück Richtung Haus.

»Wieso genau vertraue ich dir eigentlich?« Sie stellt die Frage nicht mir, das ist mir klar. Und doch lasse ich es mir nicht nehmen, selbst zu antworten.

»Weil du mir verfallen bist.« Und auch wenn ich felsenfest davon ausging, dass sie mir widersprechen würde, bleibt sie stumm. Und ihr Schweigen ist das Schönste, was ich je gehört habe …

VELVET

Ich hasse Partys. Nach wie vor. Daran kann auch Hunter nichts ändern. Aber er schafft es, dass ich die anderen Leute um uns herum einfach ausblende. Wir stehen auf der Tanzfläche, nach dem anfänglichen House hat der DJ jetzt Musik nach meinem Geschmack aufgelegt.

Daughtrys *Used to* erfüllt das Wohnzimmer, und auch wenn es keine Musik zum Tanzen ist, tanzen alle. Die meisten von ihnen eng umschlungen, Hunter und ich halten hingegen einen gesunden Sicherheitsabstand.

»Und, ist es so schlimm?«, fragt er mich breit grinsend. Weil er mich durchschaut und genau weiß, dass er gerade das Eis bei mir gebrochen hat.

In dieser Sekunde ist mir sogar egal, dass das Mädel rechts von uns Bilder von mir und meinem Dad in der Hand hält. Ich tanze und lebe. Tanze und genieße … Tanze das erste Mal wirklich frei.

»Nach wie vor«, rufe ich ihm über die Musik hinweg zu, auch wenn ich ihm dreist ins Gesicht lüge. Hunter ist schneller bei mir und reißt mich an sich, als ich flüchten kann. Seine Hände liegen in meinem Rücken, sein Mund ist meinem zum Greifen nah. »Du bist eine miserable Lügnerin, Velvet Michaelsen.« Und obwohl er mich durchschaut hat, denke ich nicht daran, ihm zu widersprechen.

Ist es seltsam, dass es mir gefällt, von ihm durchschaut zu werden? Als würde er mich bereits nach einer Woche besser kennen als der Großteil meines Umfeldes. Nur die wenigsten wissen, wer ich wirklich bin und was mich auszeichnet.

»Und du ein miserabler Tänzer«, ziehe ich ihn auf. Dabei ist Hunter der beste Tänzer, den ich in meinem Leben bisher gesehen habe. Man könnte meinen, er ist zu cool, um sich gut bewegen zu können, aber das stimmt nicht. Es ist, als könnte er alles viel zu gut …

Hunter beugt sich zu mir hinab, doch ehe ich mich auf den Kuss einstellen kann, wird er mir entrissen. Von einer Frau. Fassungslos sehe ich dabei zu, wie die hübsche Brünette von vorhin an seinem Ärmel zieht und ihn mir wegnehmen will.

»Komm mit, wir spielen eine Runde, Hunt!« Er sieht mich derweil entschuldigend an und greift in letzter Sekunde nach meiner Hand, um mich mit sich zu ziehen.

Sekunden später sitzen wir draußen auf der Terrasse in einem Kreis, Hunter mir gegenüber. Wir sind eine Gruppe aus sechs Leuten, jeder hat ein Glas mit Alkohol in der Hand, nur ich nicht.

»Ein Trinkspiel funktioniert nur mit einem Drink«, erklärt mir der Kerl neben mir und reicht mir ein Glas mit Wodka. Seine wuscheligen, blonden Haare reichen ihm bis zu den Ohren, seine grauen Augen sehen mich stechend an. Ich sollte ihm das Glas sofort zurückgeben oder über den Kopf kippen, aber etwas in mir wehrt sich dagegen.

»Was spielen wir denn?«, will das kurvige Mädchen neben mir wissen und nippt bereits an dem Schnaps. Ich rieche zaghaft an dem Wodka und rümpfe die Nase.

»Ich hab noch nie«, erklärt ihr die Frau, die mir Hunter entrissen hat, bevor er mich küssen konnte. Und auch wenn wir hier zu sechst sitzen, sehe ich nur ihn.

Er hat seine Beine angewinkelt, seine Unterarme liegen auf seinen Knien und er dreht das Glas sachte hin und her. Dabei liegen seine Augen ununterbrochen auf mir.

»Spiel einfach mit.« Er sagt nichts, aber bewegt seine Lippen lautlos. Normalerweise würde ich ihm sofort einen Vogel zeigen, aber dieses Wochenende ist alles andere als normal. Immerhin bin ich gestern seinetwegen in den Park eingebrochen und habe mich in einem Brunnen von ihm küssen lassen.

»Wie geht das Spiel?«, frage ich verunsichert in die Runde. Das Mädel mit den braunen Haaren lässt sich neben Hunter nieder und erklärt mir die Regeln.

»Wir machen eine Beispielrunde. Also … ich sage: Ich hab noch nie Alkohol getrunken. Wenn es stimmt, passiert nichts. Wenn es eine Lüge ist, trinkt man.« Im nächsten Moment trinken alle einen ausgiebigen Schluck.

167

Ich setze zaghaft an und nippe an dem brennenden Wodka. Und dann fällt mir wieder ein, wieso ich so lange die Finger von diesem Zeug gelassen habe. Es setzt meinen gesamten Rachen in Flammen!

»Gut, dann fangen wir an.« Der Kerl neben mir klatscht in die Hände, nachdem er das Glas am Boden abgestellt hat. Mittlerweile ist es frisch draußen, sodass ich eine Gänsehaut am Körper habe.

»Ich hab noch nie einen Wagen gestohlen.« Drei von sechs Leuten nehmen einen Schluck, ich inbegriffen. Schließlich habe ich erst vor wenigen Tagen das Auto meines Vaters genommen, ohne dass er es wusste.

Hunter hingegen trinkt nicht, was mich, wenn ich ehrlich bin, wundert. Alles an ihm schreit nach Kriminalität. Und das liegt nicht nur an dem Tattoo in seinem Gesicht. Es liegt an seinem Blick ... an dem Hunger, dem man ihm ansieht. Er liebt es, Regeln zu brechen. Wer wüsste das besser als ich?

»Ich hab noch nie in einem Pool Sex gehabt«, fährt die Kurvige neben mir fort, wobei vier von sechs trinken, Hunter inbegriffen. Es sollte mich nicht kränken, immerhin hätte ich mir denken können, dass Hunter Erfahrungen hat, die ich nicht habe. Aber ich kann nicht verhindern, dass ich den Blick von ihm abwende.

Das Spiel zieht sich eine halbe Stunde so hin und nachdem ich vier weitere Schlucke nehmen musste, kribbelt es bereits in meinem Körper.

Mittlerweile sitzen wir nur noch zu viert auf der Terrasse, die anderen hatten keine Lust mehr und haben sich aus dem Staub gemacht.

»Ich habe mich noch nie verliebt«, sage ich, als ich an der Reihe bin. Meine Augen verweilen auf ihm. Auf seinem Tattoo, seinen stechend braunen Augen und dem zu einer Linie verzogenen Mund.

Bitte trink nicht.

Doch als die anderen zwei in der Runde ihre Gläser heben, hebt auch Hunter seines und nippt daran. Seine Augen kalt wie Stahl, sein Körper angespannt wie der einer Statue.

»Du warst noch nie verliebt, Kleine? Das wird höchste Zeit!« Der Typ neben mir rutscht dichter an mich heran, während ich mich versteife.

Man sieht Hunter an, dass ihm das Szenario nicht gefällt. Und mir gefällt es noch weniger, immerhin kenne ich diesen Kerl erst seit einer halben Stunde.

»Ich bin noch nie in einen Freizeitpark eingebrochen«, sagt Hunter mit dunkler Stimme. Seit geraumer Zeit hat er nichts mehr gesagt, erst jetzt scheint er wieder in Gedanken hier zu sein. Wir beide nehmen einen Schluck, während uns die anderen beiden mit gerunzelten Stirnen mustern.

»Sagt mal, spielt ihr jetzt allein, oder was?«, fragt die Brünette neben Hunter und boxt ihn gegen den Arm, aber er ignoriert sie, so wie ich.

Ich weiß nicht, was danach passiert, aber Sekunden später sitzen Hunter und ich allein auf der Terrasse. Der

Alkohol hat mir die Kälte genommen, sodass ich jetzt schwitze, obwohl der Wind immer noch beißend ist.

»Komm, Brad, lass uns gehen. Ich glaube, die beiden *spielen* lieber *alleine*«, kichert sie und zerrt den Kerl von mir weg, sodass ich erleichtert aufatme.

»Und jetzt?« Unsicher lasse ich meine Finger über den Rand des Glases gleiten und versuche, seinem Blick standzuhalten. Wie viel Zeit vergeht, bis er antwortet, kann ich nicht einschätzen, aber es fühlt sich wie eine Ewigkeit an.

»Wir spielen weiter«, sagt er selbstverständlich.

»Aber zu zweit hat das Spiel doch keinen Sinn!« Wieso kann ich nicht einfach die Klappe halten? Außer uns ist die Terrasse leer, sodass es nur noch uns gibt.

Ich verdränge die Musik, verdränge das Grölen der Leute im Wohnzimmer. Das Blut rauscht durch meine Ohren und mir wird schwindelig.

»Ich hab meinen Eltern noch nie die Meinung gesagt«, fängt Hunter an, mich herauszufordern. Während er trinkt, obwohl er selbst das Statement gestellt hat, bleibe ich still. Denn wenn ich ehrlich bin, habe ich es noch nie getan.

Ich habe immer alles hingenommen. Habe es als selbstverständlich angesehen, dass mein Vater meine Karriere immer an vorderster Stelle sah.

Dass ich meine Wochenenden immer zu Hause über meinen Büchern verbracht habe, anstatt das zu tun, was Jugendliche in meinem Alter tun sollten: das Leben genießen, bevor man erwachsen wird und Verantwortung übernehmen muss. Und ich habe keinen Gedanken daran verschwendet, dass mir etwas fehlen könnte. »Ich hab in meiner Vergangenheit keine Dinge getan, die ich bereue«, kontere ich. Wie erwartet nimmt Hunter einen großzügigen Schluck seines zweiten Glases.

Er hat seine Pose noch nicht verändert, ich hingegen sitze ihm jetzt viel dichter gegenüber, sodass sich unsere Fußspitzen beinahe streifen.

»Ich habe immer das getan, was *mich* glücklich gemacht hat.« Wieder muss ich schlucken, bevor ich das nächste Mal den Wodka in meinen Rachen schütte. Bis jetzt habe ich immer nur das getan, was meinen Dad glücklich gemacht hat.

Weil ich mich mein Leben lang schuldig gefühlt habe. Weil ich ihm etwas zurückgeben wollte, etwas von der Freiheit, die er nie hatte, weil es mich gab. Ich habe gern einen Teil meiner Freiheit für ihn geopfert und ich würde es immer wieder tun, ohne zu zögern. Es war mir egal, dass ich in der Schule gemobbt wurde, weil ich immer die brave Tochter gespielt habe.

»Ich habe noch nie jemanden verletzt«, sage ich mit entschlossener Stimme. Hunter setzt das Glas an seine Lippen und lässt mich nicht aus den Augen, als er einen Schluck nimmt.

Etwas in seinen Augen macht mir Angst. Die Reue, die in seinem Gesicht geschrieben steht, trocknet meine Kehle aus und macht mich schier ohnmächtig.

»Ich hatte noch nie Sex«, setze ich noch hinterher. Und obwohl Hunter bereits weiß, dass ich noch Jungfrau bin, sehe ich, dass er den Atem anhält.

Dass es etwas in ihm bewegt, die Wahrheit so geradeheraus von mir zu hören. Hunter nimmt einen weiteren Schluck. Weil ich nicht gewillt bin, ihm den Ball zuzuspielen, fahre ich fort. Lasse ihm keine Chance, etwas zu sagen. Ich habe keine Ahnung, was in mich gefahren ist, aber ich kann einfach nicht aufhören, zu sprechen.

»Ich habe nicht mit mehr als zehn Leuten geschlafen.« Natürlich erübrigt sich als Jungfrau die Frage nach der Anzahl meiner Geschlechtspartner, aber ich will wissen, worauf sich mein Herz eingelassen hat.

Hunter zögert nicht, als er einen Schluck des Wodkas nimmt. *Mehr als zehn* … Ich hätte es wissen müssen und doch trifft mich die Wahrheit härter als gedacht.

Die Luft um uns herum lädt sich auf, plötzlich sucht mich wieder diese Gänsehaut heim, die sich nicht abschütteln lässt. Nicht mal die Hitze des Alkohols in meinem Körper kann mir die Kälte nehmen.

Es gibt nur noch ihn und mich. Seine braunen Augen, die in meine grünen schauen. Seine Lippen, die meine regelrecht anstarren. Seinen angespannten Körper, direkt gegenüber von meinem zitternden.

»Ich hatte noch nie einen Orgasmus«, sage ich abschließend. Tränen schimmern in meinen Augen, auch wenn ich nicht weiß, wieso mich das Thema so mitnimmt. Bis jetzt hat es mir an nichts gefehlt. Ich war es mein Leben lang leid, dass man zu den Uncoolen gehört, nur, weil man sich Zeit lässt.

Erst das Klirren seines Glases, das ihm aus der Hand rutscht, holt mich zurück ins Hier und Jetzt. Der Rest des Wodkas ergießt sich über den Fliesen der Terrasse, das Glas rollt von uns weg. Ohne dass ich verstehe, was hier vor sich geht, ist Hunter aufgestanden, hat mich an sich gerissen und mein Glas am Boden abgestellt.

»Hunter, was wird das?«, frage ich ihn verunsichert, als er mit mir das Wohnzimmer und anschließend die Treppe anpeilt. Doch er antwortet mir nicht.

Ich sollte ihm nicht folgen … nicht blind. Doch meine Beine tragen mich schneller, als mein Verstand handeln kann. So wie jedes Mal, wenn er in meiner Nähe ist.

***

»Hunter? Was hast du vor?« Er schiebt mich bestimmt in sein Zimmer und schließt die Tür hinter sich. Danach dreht er den Schlüssel um und schließt uns hier ein.

»Hunter?« Meine Stimme zittert, genau wie meine Knie. Mein Herz rast und mir wird schwindelig. Er steht mir in der Dunkelheit gegenüber, seine Augen glühen, fahren über meinen Körper. Hoch und runter. Hoch und runter … Alles dreht sich, alles verschwimmt.

»Du hattest noch nie einen Orgasmus?«, fragt er mich so düster, dass ich erschaudere. Wieso genau habe ich das noch mal gesagt? Ah ja … weil der Alkohol mich Dinge sagen lässt, die ich sonst nie sagen würde.

173

Eine Eigenschaft, für die ich dieses Zeug immer gehasst habe. Hunter kommt auf mich zu, bis er direkt vor mir steht. »Antworte mir, Velvet.« Er klingt so elektrisierend, dass ich die Augen schließe und mich einfach in diesem Klang fallen lasse.

»Nein«, krächze ich. Noch immer brennen Tränen in meinen Augen, die da nicht hingehören. Es fehlt mir an nichts … und doch wünschte ich, ich wäre in dieser Sekunde erfahrener. Tougher. Könnte ihm die Stirn bieten. Könnte ihm sagen, dass ich glücklich bin.

»Du machst mich verrückt, weißt du das?« Ehe ich michs versehe, hat Hunter mich auf sein Bett gestoßen und sich über mich gelegt. Allein beim Gedanken an die Nacht, in der er hier mit dieser Tussi Sex hatte, vergeht mir alles. Hunter bemerkt meine Stimmung, legt seine Hand unter mein Kinn und sieht mich intensiv an.

»Das Bett ist frisch bezogen«, versichert er mir, als könnte er meine Gedanken an meinem Gesicht ablesen. Und als ich nichts mehr erwidere, entspanne ich mich, während er mich küsst.

Seine Härte drängt sich gegen meinen Bauch, sein Atem trifft auf meine erhitzte Haut. Seine Küsse, mit denen er mein Ohr liebkost, werden wilder, entschlossener. Waren die Küsse bis zu diesem Zeitpunkt beinahe zahm, schreien sie jetzt vor Entschlossenheit. Vor Lust …

»Schläfst du jetzt mit mir?«, frage ich ihn wimmernd. Ob ich es zulassen würde? Ich weiß es nicht. Weiß nicht, was ich will und was nicht. Wie weit ich gehen und wo ich eine Grenze ziehen würde. Hunter lacht dicht an meiner Haut und schüttelt den Kopf.

»Nein.« Er wird nicht mit mir schlafen. Ich sollte nicht enttäuscht sein, aber ich bin es. Weil ein seltsamer Teil in mir will, dass er der Erste ist. Dass er mir zeigt, was ich verpasst habe, weil ich auf den Richtigen warten wollte. Gibt es den Richtigen überhaupt? Und wenn ja, woran erkennt man ihn?

»Nicht so. Nicht hier«, erklärt er sich, und bevor ich weiter darüber nachdenken kann, wieso er es nicht macht, vergesse ich alles um mich herum.

Nässe sammelt sich zwischen meinen Beinen, als Hunter mit den Fingern unter den Bund meiner Shorts greift und sie mir auszieht. Es ist dunkel hier drin und doch brenne ich lichterloh. Erhelle alles. Ich spüre alles. Will alles in mir aufsaugen.

»Hunter«, krächze ich, als er weitere Küsse auf meinen Bauch haucht und weiter nach unten wandert. Mittlerweile kniet er vor dem Bett und zieht meinen Po an den Rand heran.

Die ersten Küsse, die er auf meinen Venushügel haucht, lassen mich schon fast explodieren. Ich habe das Gefühl, durch den Wodka alles noch intensiver zu spüren. Ihn zu spüren. Seine Lippen, die über den Stoff meines Slips gleiten. Die mich erzittern lassen. Sein Atem, den ich stocken höre, weil ich ihn genauso verrückt mache wie er mich.

»Entspann dich, Sugar.« Seine Worte sorgen tatsächlich dafür, dass ich auch die letzten Bedenken vergesse und mich entspanne.

175

Hunter zieht meinen Slip mit seinen Lippen aus und wirft ihn anschließend weg. Ich liege halb nackt vor ihm und zu meinem Erstaunen habe ich nicht das Bedürfnis, mich vor ihm zu verstecken. Stattdessen will ich ihm alles von mir zeigen. Alles. Nur ihm.

»Wie kann es sein, dass du noch nie gekommen bist?« Seine Worte treffen auf die empfindliche Haut an der Innenseite meiner Schenkel, sodass ich erneut erzittere.

»Ich wollte auf den richtigen Mann warten«, erkläre ich ihm schluckend. Weil ich, genau wie er, weiß, dass er der denkbar schlechteste Mann hierfür ist.

Weil er zwar weiß, wie er mit Lust umgehen muss, sie aber jeder Frau schenkt. Ich bin nichts Besonderes und doch fühle ich mich in diesem Moment besonders. Ich denke einfach nicht an die anderen Frauen, denen er schon so nah war. Die anderen Frauen, mit denen er intim war, während ich darauf verzichtete.

Sekunden später senkt Hunter seinen Mund auf meinen Kitzler nieder, schiebt seine Zunge langsam durch meine Lippen und dringt in mich ein. So langsam, so zärtlich … so atemberaubend. Ich explodiere bei der kleinsten Regung seinerseits, kralle mich im Laken fest und biege den Rücken durch.

»Oh Gott.« Ich verliere die Kontrolle. Über mich, über meine Worte, über mein Herz. Alles dreht sich, alles zieht sich zusammen.

Mein Herz schlägt schnell, meine Atmung geht schneller. Meine Beine zittern, meine Lippen zittern stärker. Ich will ihn küssen, doch mein Verlangen nach seinen Lippen auf meiner Mitte ist mächtiger.

»Ich will sehen, wie du kommst«, raunt er, dicht an meiner Mitte. Seine Zunge weiß genau, wo sie mich berühren muss. In welchem Tempo. In welcher Intensität.

Es dauert nicht lange, bis ich die Wellen ankommen spüre. Bis mich der Orgasmus mit einer solchen Stärke erwischt, dass sich erste Tränen aus meinen Augen lösen und über mein Gesicht rollen. Wieso weine ich? Wieso kann ich nicht einfach glücklich sein?

Hunter beugt sich über mich, seine Lippen finden meine und ich schmecke mich selbst auf seiner Zunge. Und es ekelt mich nicht einmal an … Viel mehr ekelt es mich an, dass ich meine Gefühle nicht unter Kontrolle habe. Dass er meine Tränen schmecken kann.

Wir küssen uns. Vergessen alles. Vergessen, wer wir sind und dass wir uns eigentlich hassen. Vergessen ist einfacher, als sich dagegen zu wehren. Kämpfen ist ermüdend, nachgeben so einfach.

»Jetzt wirst du mich definitiv nie wieder vergessen«, flüstert Hunter dicht an meinem Mund. Und er hat recht. Ich werde das hier nie vergessen. Werde ihn nie vergessen. Auch wenn ich weiß, dass ich mir eines Tages wünschen werde, dass ich ihm nie diese Macht über mich gegeben hätte.

VELVET

Als ich das nächste Mal meine Augen aufschlage, weiß ich, dass ich noch nie eine erholsamere Nacht hatte. Da ich nach unserem Einbruch in den Park kein Auge zubekommen habe, schlief ich wie ein Stein.

Alles rattert in meinem Kopf, ich versuche, mich an das zu erinnern, was als Letztes passiert ist. Doch nachdem Hunter mir in meinem Bett meinen ersten Höhepunkt geschenkt hat, klafft ein Loch in meinem Gedächtnis. Habe ich wirklich meinen allerersten Blackout?

Ich drehe mich auf die Seite und erwarte gar nicht erst, dass er noch bei mir ist. So ist die Enttäuschung nicht so stark, als ich sehe, dass er tatsächlich nicht hier ist. Dass ich alleine in meinem Bett liege, in dem wir gestern noch zusammen waren.

Ich strecke meine eingerosteten Glieder und spähe auf mein Handy. Schlagartig bin ich hellwach, als ich sehe, dass ich den halben Vormittag verpennt habe. Panisch renne ich zum Fenster, und sobald ich den Wagen meines Vaters in der Einfahrt sehe, wird mir schlecht.

Ich kann gerade schnell genug handeln, also greife ich mir den Mülleimer von meinem Schreibtisch und werde den Rest des Wodkas in meinem Magen los. Tränen brennen in meinen Augen, der bittere Geschmack nach Magensäure lässt mich erneut würgen.

Wieder wandert mein Blick zur Einfahrt. Zu Dads Audi … und zu den Überresten der Party. Die Möbel stehen nicht mehr an Ort und Stelle. Vereinzelt liegen Kleidungsstücke am Boden und in den Büschen. Pappbecher übersäen die Pflastersteine.

»Scheiße«, fluche ich und überlege, was ich tun soll. Selten habe ich mich so hilflos wie in diesem Moment gefühlt. Als ein lautes Scheppern von der unteren Etage erklingt, weiß ich, dass ich mich nicht davor drücken kann, meinem Vater gegenüberzutreten.

Ich sammle meinen übrig gebliebenen Mut zusammen, atme tief durch, schmeiße mir einen Kaugummi ein und versuche, die Reste der Mascara unter meinen Augen wegzuwischen. Danach schleiche ich mich aus meinem Zimmer und gehe die Treppe hinunter. Einen Moment lang bleibe ich noch auf dem Absatz stehen und presse mir die Faust gegen den Mund, um mich nicht zu verraten.

»Wieso, Hunter? Wieso tust du mir das immer wieder an? Wir wollten neu anfangen«, schluchzt Vivianna. Er ist da. Hunter ist da. Und obwohl ich gerade ganz andere Sorgen haben müsste, denke ich nur daran, wie er mir gegenübertreten wird. Ob sich etwas zwischen uns verändert hat …

179

»Es war eine harmlose Party, Mom. Kommt mal wieder runter.« Nur Hunter hat es drauf, in seiner Situation noch einen kühlen Kopf zu bewahren. Ich wäre längst vor ihr auf die Knie gefallen und hätte um Verzeihung gebeten.

»Wir haben euch vertraut.« Wieder ist es Vivianna. Wo mein Dad wohl ist? Ich nehme die letzte Stufe nach unten und schleiche mich ins Wohnzimmer. Als ich im Türrahmen stehen bleibe und meinen Dad auf der Couch sitzen sehe, könnte ich erneut kotzen. Weil ich mich schäme.

Überall liegen leere Becher und Flaschen, Klamotten und Kippenstummel. Das Haus gleicht einer Müllkippe … Und ich habe es nicht verhindert. Nein, ich habe sogar mitgemacht.

»Wo ist Velvet?« Das erste Mal höre ich meinen Dad sprechen und allein der Klang seiner Stimme bringt mich ins Grab. Normalerweise würde er mir so etwas nie zutrauen, doch etwas scheint sich verändert zu haben. Hunter entdeckt mich als Erstes, sagt aber nichts.

Er steht mir gegenüber, die Hände in den Hosentaschen vergraben. Ihm sieht man nicht an, dass er die Nacht durchgemacht hat. Ein Mundwinkel zuckt nach oben, als er mich sieht. Mit seinen Lippen formt er ein *Hallo, Sugar*. Und mein Herz setzt aus.

»Ich bin hier, Dad.« Mein Vater schreckt minimal zurück, dennoch bleibt er sitzen. Seine Ellbogen stützen sich auf seinen Knien ab, seine Hände liegen unter seinem Kinn.

»Setz dich«, fordert er mich auf, also tapse ich unsicher zum Sessel und setze mich. Das erste Mal in meinem Leben fühle ich mich wie ein Gegner meines Dads in seiner Kanzlei. Er ist ungemein einschüchternd … »Hast du dazu etwas zu sagen?« Er sieht mich so kalt an, wie er mich noch nie angesehen hat. Und mit nie meine ich wirklich nie. Vivianna steht hinter ihm und tätschelt seine Schulter.

»Gib ihr nicht die Schuld, Schatz. Du weißt, dass Hunter der Fadenzieher war.« Innerlich will ich sie umarmen, weil sie sich tatsächlich für mich einsetzt, doch dann denke ich an Hunter … und daran, dass ich ganz sicher nicht unschuldig bin.

»Ich wusste von der Party«, falle ich meinem Dad ins Wort, der gerade etwas erwidern will. Aus anfänglicher Hoffnung in seinem Blick wird schnell pure Enttäuschung.

»Wieso?« Mehr sagt er nicht. Und das ist es, was mich am meisten beschäftigt. Er konnte mir eine ellenlange Predigt halten, alles wäre besser als diese viel zu knappen Worte. Unsicher rutsche ich auf dem Sessel vor und zurück, weil ich nicht weiß, wie ich sitzen soll. Immer wieder wandert mein Blick zu Hunter, der dem Geschehen stumm zusieht.

»Es tut mir leid, Dad. Ich … du weißt, dass ich so eigentlich nicht bin.« Die Worte sprudeln aus mir heraus, doch der Einzige, der mir antwortet, ist Hunter. Und ich kann mir denken, dass er es verabscheut, mich auf Knien zu sehen.

»Gott, hör auf, Velvet!« Er stößt sich von der Wand ab und tritt auf mich zu. »Hunter, lass es gut sein!« Vivianna versucht, ihren Sohn abzuhalten, etwas Unüberlegtes zu sagen, aber sie beißt sich an ihm die Zähne aus.

»Nein, ich lasse nichts sein!« Er baut sich vor mir auf. »Hör einfach auf damit! Hör auf, dich zu entschuldigen, weil du frei sein willst. Hör auf, so zu tun, als wärst du immer noch Daddys brave Prinzessin!« Er schreit mich an und niemand unternimmt etwas dagegen. Meine Knie zittern, mein Herz schlägt viel zu schnell.

»Prinzessinnen brechen nachts nicht in einen Freizeitpark ein! Brave Mädchen treiben es nicht fast in einem Brunnen und lassen sich erst recht nicht von mir bis zur Besinnungslosigkeit lecken!« Seine Brust hebt und senkt sich bedrohlich, während ich Tränen in meinen Augen spüre. »Hör einfach auf damit, dir etwas vorzuspielen.«

»Was zur Hölle meint er damit, Velvet?« Mein Vater steht plötzlich neben Hunter und baut sich vor ihm auf. »Pass auf, was du über meine Tochter sagst«, knurrt er ihn an und ich habe meinen Dad noch nie so außer sich erlebt. Ryan Michaelsen hat immer die Kontrolle über sich. Nur Hunter schafft es, ihn diese Kontrolle vergessen zu lassen.

»Sag es ihm, Velvet. Sag deinem Dad, dass es die Wahrheit ist oder ich werde dich nie wieder kommen lassen.« Alles in mir bauscht sich zu einem Tornado auf. Wieso tut er das? Dem Ausdruck auf seinem Gesicht nach zu urteilen, liebt er es, meinen Dad zum Rasen zu bringen. Mein Vater will sich gerade auf ihn stürzen, als ich aufspringe und mich zwischen sie stelle.

»Er hat recht, Dad«, gestehe ich zitternd. Die ersten Tränen rinnen über mein Gesicht, während meinem Dad jegliche Farbe entweicht. Doch anstatt mich anzusehen oder etwas zu sagen, blickt er Hunter über mich hinweg an.

»Du verschwindest jetzt aus meinem Haus. Und wenn ich dich hier noch einmal wiedersehe, sorge ich dafür, dass du dort hinkommst, wo du schon lange hingehörst.« Die Drohung meines Vaters trifft mich mehr als Hunter, das ist mir klar.

»Und dafür habe ich dich verteidigt, Mom?« Er stößt sich von uns ab und stürmt an uns vorbei Richtung Ausgang. Vivianna entschuldigt sich bei uns und folgt ihm nach draußen. Ich hingegen wende mich schnell ab und blicke in den Garten, weil ich die Enttäuschung in seinen Augen nicht ertragen kann. Dabei zieht mich alles zu ihm … ich will bei ihm sein und nicht hier.

»Wieso, Velvet? Wieso tust du so etwas? Eine Party? Okay. Dass du dich von so einem Menschen«, er spuckt das Wort aus, »um den Finger wickeln lässt? Okay. Aber Einbruch? Bitte sag mir nicht, dass du das getan hast.«

Klang er bis eben noch wütend, liegt jetzt reine Verzweiflung in seiner Stimme. Mein Herz wird mir in dieser Sekunde aus der Brust gerissen und auf den Boden geschmettert. Alles ist besser als dieser bittere Geschmack von Enttäuschung.

»Es tut mir leid«, schluchze ich, weil ich nicht weiß, was ich sonst sagen soll. Keine Worte der Welt könnten die Scham in meinem Inneren verschwinden lassen.

»Was ist bloß aus dir geworden? Du hast immer rational gehandelt. Hast du eine Ahnung, was aus deiner Karriere hätte werden können, wenn du erwischt worden wärst?«

»Da liegt das Problem«, lache ich lieblos auf. Ich drehe mich um und sehe meinen Dad wütend an. »Von Anfang an war klar, dass ich in deine Fußstapfen treten werde. Ich wurde nie gefragt, es wurde festgelegt. Ich habe immer in Ketten gelebt, auch wenn sie unsichtbar waren. Ich war nie ein Teenager. Habe nie Dinge getan, die jeder Jugendliche einmal machen sollte.«

Ich schreie mir den Frust von der Seele, der sich heimlich in mir gesammelt hat. »All die Jahre habe ich immer nur an dich gedacht. Daran, was dich glücklich machen könnte und nicht daran, was ich eigentlich will!« Tränen schimmern in seinen Augen, die mir das Herz brechen, aber längst überfällig sind.

»Das ist nicht fair, Velvet. Ich habe mein Leben für dich gegeben.« Sein Protest kommt schwach, aber immer noch stark genug, um weitere Risse in mir zu hinterlassen.

»Darum hat dich nie jemand gebeten«, flüstere ich den Tränen nahe. Mein Vater wendet sich von mir ab und steuert sein Büro an. Und dieser Abgang bricht mein Herz endgültig entzwei.

»In zwei Stunden ist das Chaos hier unten weg.« Mehr sagt er nicht, als er die Tür hinter sich verschließt.

Und ich? Ich fühle mich das erste Mal seit Jahren wirklich lebendig. Und ich würde dieses Gefühl in diesem Moment zu gerne mit jemandem teilen … mit ihm teilen. Aber er ist nicht mehr da.

***

Es dauerte keine zwei Stunden, um das Haus wieder aufzuräumen. Wenn tausend schlechte Gedanken durch deinen Geist rauschen, bist du um jede Ablenkung froh.

Und so schaltete ich auf Durchzug und sorgte dafür, dass mein Vater mir irgendwie verzieh. Ich schmiss Müll weg, saugte, fegte und wischte den Boden. Gott, ich dampfreinigte sogar die Couch, damit nichts mehr an letzte Nacht erinnerte.

Gerade schiebe ich die Gartenmöbel wieder an Ort und Stelle, doch mein Blick wandert immer wieder zur Einfahrt, in der sein Mustang nicht mehr steht. Weil er das Weite gesucht hat, als mein Dad ihm gedroht hat.

Angewidert hebe ich einen BH auf, der sich unter der Sitzbank am Holz verfangen hat und schmeiße ihn zu den anderen Sachen in den Müllsack.

Danach fege ich die Einfahrt und bin nach gut eineinhalb Stunden mit dem ganzen Haus inklusive Garten, Pool und Sauna fertig.

Der Schweiß steht mir auf der Stirn, und alles, was ich will, ist eine Dusche, die all die Erinnerungen von mir wäscht.

185

Die Erinnerung an die Party und an den Ausdruck auf dem Gesicht meines Vaters. Das Einzige, was ich nicht vergessen will, ist die Erinnerung an die Wellen, die mich durchzuckt haben, als er mich kommen ließ.

Ich schmeiße den Müllsack in die Mülltonne, klopfe mir die Hände an der Jeans ab und gehe zurück ins Haus. Doch gerade als ich meinem Dad sagen will, dass ich fertig bin, bleibe ich stehen.

»Du weißt, dass er es nie leicht hatte, Ryan.« Vivianna. Sie ist zurück. Ohne Hunter … die beiden befinden sich in der Küche, also schleiche ich mich zur Treppe und presse mich dicht gegen die Wand, um mich nicht zu verraten, selbst wenn sie die Küche verlassen sollten.

»Diese Ausreden müssen ein Ende haben, Vivianna. Du weißt, dass ich dich liebe, aber dein Sohn -« Er spricht dieses Wort so abwertend aus, dass ich mir nicht vorstellen kann, wie schmerzhaft es für Vivianna sein muss.

»- braucht Hilfe. Und weder ich noch Velvet haben Zeit, sich um einen geistig kranken Menschen zu sorgen.« Geistig krank? Wovon zum Teufel spricht er? Ich höre das Klappern von Geschirr und wie jemand die Spülmaschine schwungvoll schließt. Sekunden später schießt Wasser in die Leitung.

»Er ist nicht krank, Ryan.« Ihre Stimme zittert und ist so brüchig wie jedes Mal, wenn sie von Hunter spricht. Und dabei sieht man ihm an, dass er für seine Mom alles geben würde.

»Ist er nicht? Wie würdest du es sonst nennen, wenn er meine Tochter in eine Kriminelle verwandelt?« Ich beiße meine Zähne zusammen, dabei steht in mir alles vor einer Detonation. Er tut so, als hätte ich einem Menschen das Leben genommen!

»Deine Tochter ist alt genug, um selbst zu entscheiden, was gut für sie ist. Hunter ist nicht an allem schuld. Sie hätte sich gegen ihn stellen können«, verteidigt sie Hunter schwach. Und sie hat recht … Er hat mich schließlich nicht gezwungen, über den Zaun zu klettern. Oder in seinen Wagen zu steigen. Er hat mich auch nicht gezwungen, ihn zu küssen. All das ist einvernehmlich passiert.

Weil ich es genauso sehr wollte und brauchte wie er. Weil kaputte Menschen einander brauchen, um ganz zu sein. Etwas, das mir erst jetzt bewusst ist, weil ich nie wusste, dass ich kaputt bin. Dass ich mir selbst Steine in den Weg gelegt habe.

»Mag sein, dass sie nicht unschuldig ist. Aber sie ist definitiv kein schlechter Mensch. Hunter hingegen … es tut mir leid, Vivianna. Aber dieser Junge wird immer Ärger machen, solange er Teil deines Lebens ist. Und wenn er noch einmal meiner Tochter zu nahe kommt, sorge ich dafür, dass er für seine Taten büßt. Dass er da hinkommt, wo er längst sein sollte: hinter Gittern.«

Ich stoße mich von der Wand ab, Tränen brennen in meinen Augen. Was zum Teufel meint mein Dad? Hunter hatte ebenfalls solche Andeutungen gemacht, doch ich habe sie nicht ernst genommen. Was hat er getan, dass er ein Leben im Gefängnis verdient?

Meine Beine handeln schneller, als sie sollten. Mein Herz schlägt schneller, als es sollte. So finde ich mich Schritte später am Schlüsselbrett wieder, greife den Autoschlüssel meines Vaters und stürme nach draußen.

Dieses Mal breche ich die Regeln … ohne ihn. Ich stürme zu Dads Audi, steige ein und fahre los. Ich weiß nicht, wohin, aber eines ist mir klar: Ich muss ihn finden. Sofort.

***

Ich bin bei einem Rennen. Klär das mit deinem Dad, Sugar. Aber denk dran: Mach dich nicht kleiner als du bist. Biete ihm die Stirn. H.

Immer wieder habe ich mir seine Nachricht durchgelesen, nachdem ich ihn gefragt habe, wo er ist. Meinem Dad habe ich gesagt, dass er sich keine Sorgen machen muss und ich nur kurz bei Lauren bin. Ob er es mir abgekauft hat? Sicher nicht. Und doch hat er mich Stunden später immer noch nicht gefunden.

Auf der Party gestern habe ich aufgeschnappt, dass heute ein Rennen an der Schule sein soll. Die Schule, an der die Party stattfand … Als ich das erste Mal Freiheit auf meiner Zunge schmecken konnte.

Ich sitze mit wippendem Knie im Wagen und starre abwechselnd von meinem Handy zum Gelände der Schule. Ich kann seinen Wagen sehen … nur von ihm fehlt jede Spur. Mein Verstand sagt mir, dass ich den Gang einlegen und verschwinden soll, mein Herz hingegen bringt es nicht über sich, einfach zu verschwinden. »Nun geh schon, Velvet«, knurre ich mich an, werfe einen letzten Blick in den Spiegel und nicke zufrieden, weil meine Tränen keine Spuren hinterlassen haben.

Ich straffe die Schultern, stecke mein Handy in die Jeans und steige aus. Der Kiesweg knirscht unter meinen Chucks, als ich die Traube Menschen ansteuere, die sich an den Wagen versammelt haben.

Seit ich von diesen Rennen weiß, verabscheue ich sie. Nie hätte ich geglaubt, dass ich eines Tages freiwillig zu einem gehen würde. Dass ich meine Prinzipien für einen Kerl über den Haufen werfen würde.

»Velvet Michaelsen.« Ich versuche, zu ignorieren, dass es tatsächlich jemanden auf der Party gibt, der mich erkennt. In der Schule war ich immer ein unbeschriebenes Blatt ohne Ecken und Kanten. Aber ohne Ecken und Kanten erkennt dich auch niemand wieder ... Das dachte ich jedenfalls mein ganzes Leben lang. Die Menschen ignorierend, kämpfe ich mich durch die Masse und halte vor den Wagen an.

Als ich am anderen Ende den roten Mustang von Hunter entdecke, zögere ich keine Sekunde lang und renne zu ihm herüber. Dass das Rennen gleich anfängt, ist mir klar, schließlich schreien mich die Leute nicht ohne Grund an.

»Verpiss dich, Kleine, wenn du nicht als Hirnmasse auf der Motorhaube enden willst«, ruft mir ein Kerl zu, den ich gekonnt ignoriere. Seit wann fällt es mir nur so leicht, die Augen zu verschließen?

189

Es ist, als würde ich mich nicht wiedererkennen. Sobald ich den Mustang erreiche und Hunter hinterm Steuer ins Gesicht blicke, halte ich prustend an. Ohne zu zögern, steigt er aus und zerrt mich von der Bahn weg.

»Gebt uns eine Minute«, schreit er seinen Leuten zu und zieht mich hinter seinen Wagen, sodass uns niemand mehr belauschen kann. Danach drückt er mich kraftvoll gegen seinen Kofferraum.

»Was zur Hölle hast du hier zu suchen, Sugar?« Ich würde gern sagen, dass Freude in seinem Blick liegt, aber das wäre gelogen.

Er will mich nicht hierhaben. Und doch verschwende ich keinen Gedanken daran, mich davon in die Ecke treiben und einschüchtern zu lassen. Die ganze Zeit habe ich auf andere geachtet, es ist an der Zeit, das zu tun, was ich will.

Also stoße ich mich vom Kofferraum ab, schlinge meine Hände um seinen Nacken und küsse ihn. So stürmisch, dass wir zusammen zurück gegen den Wagen stoßen. Ich blende die Rufe der anderen aus und konzentriere mich nur auf ihn und seine Zunge, die meine umkreist.

Seine Hände krallen sich in das Fleisch meiner Taille, und je länger wir uns küssen, desto stärker spüre ich seine Erektion an meinem Bauch. Ich weiß nur eines: dass der Kuss viel zu schnell und abrupt endet, als Hunter meine Haare in meinem Rücken ergreift und meinen Kopf zurückzieht, bis es in meinem Nacken schmerzt.

»Du solltest nicht hier sein.« Als wüsste ich das nicht selbst! »Ich sollte überall, nur nicht hier sein«, pflichte ich ihm bei und kralle mich noch stärker in seinem Nacken fest.

Ein viel zu kurzlebiges Lächeln huscht über sein Gesicht, seine Augen hingegen sprechen ihre eigene Sprache. Er will mich nicht hierhaben. Die Frage ist nur: Wieso?

»Ich meine es ernst, Velvet. Du solltest nicht hier sein. Nie.« Ich atme tief durch, bevor ich das anspreche, was ich die ganze Zeit schon in die Welt schreien wollte. Die Gedanken haben mich in den letzten Stunden schier umgebracht.

»Was hast du in Phoenix getan, Hunter?« Mein Kehlkopf schmerzt, weil die Worte wie Messerstiche in meinem Hals feststecken. Hunter lässt von mir ab, sodass ich mich augenblicklich leer fühle. Leer und kalt. Leer und beschmutzt. Wie ein benutztes Taschentuch.

»Was meinst du?« Selten hat er so abwesend geklungen wie in diesem Moment.

»Mein Vater … ich habe ein Gespräch von ihm und deiner Mom mitbekommen. Er sagte, dass du für das, was du getan hast, hinter Gitter gehörst. Was hast du getan?« Ich suche in seinen Augen nach der Wahrheit, aber Hunter macht dicht. Sein Körper steht unter Strom, genau wie meiner. Nur aus völlig anderen Gründen …

»Darüber rede ich nicht«, weist er mich stur ab. Ich will nach seinen Händen greifen, aber er zieht sie in letzter Sekunde weg.

191

»Hunter, sag mir, was du getan hast. Ich muss es wissen«, flüstere ich gekränkt. Hatte ich geglaubt, die letzte Nacht hätte uns zu Seelenverwandten gemacht? Höchstens hat sie uns auf körperlicher Ebene verbunden, mehr aber auch nicht.

»Wieso? Würdest du etwa bereuen, dass du mich rangelassen hast, wenn du wüsstest, dass ich ein Killer bin? Dass Blut an meinen Händen klebt?« Er hält eben diese demonstrativ in die Höhe, während ich zurücksacke.

»Nein«, wiederhole ich kopfschüttelnd wie ein Mantra.

»Doch, Velvet.« Hunter kommt auf mich zu und treibt mich wie ein Jäger seine Beute in die Ecke. Ich spüre nur noch eines: Taubheit. Innerlich und äußerlich.

»Ich war nie jemand, den man retten kann. Und ich wollte auch nie gerettet werden.« Hunter packt mich an den Schultern und zieht mich ruppig an sich, sodass ich gegen seine Brust pralle. Er umgreift mein Gesicht und presst seine Lippen erneut auf meine. Tanzten eben noch Schmetterlinge in meinem Bauch, sind es jetzt Rasierklingen.

Alles dreht sich, alles stirbt. Weil ich nur daran denken kann, was er mir gerade anvertraut hat. Seine Zunge fährt hart über meine, und ehe ich mich von selbst lösen kann, hat Hunter es schon getan. Seine Hände hingegen liegen immer noch an meinen Wangen.

»Es war nett mit dir, Beauty.« Ich will nicht weinen, will nicht schwach sein. Und doch breche ich zusammen, als Hunter von mir ablässt, zu seinem Wagen geht und einsteigt. Die Menge jubelt, ein Countdown startet. Letztendlich fährt er los. Und ich zerbreche zum ersten Mal in meinem Leben wie eine Puppe aus Glas. Er darf kein Mörder sein …

Mühsam raffe ich mich auf, wische mir die Tränen vom Gesicht und renne zurück zum Wagen. Auf dem Sitz breche ich endgültig in Tränen aus. Lasse alles heraus. Auch wenn ich damit einen Teil meiner Seele verliere.

VELVET

»Wie geht es jetzt weiter?« Sobald ich zu Hause ankam und mich in mein Zimmer schlich, wartete bereits mein Dad auf mich. Und etwas in seinen treuen Augen, die vorhin so enttäuscht wirkten, sagte mir, dass er nicht hier war, um mir eine Predigt zu halten.

Ohne abzuwarten, stürme ich auf ihn zu und schmeiße mich in seine Arme. Dad seufzt in mein Haar und zieht mich auf seinen Schoß, während ich die Arme um seinen Nacken schlinge. In dieser Sekunde fühle ich mich wie ein kleines Mädchen und nicht wie eine fast erwachsene Frau.

Mittlerweile ist es schon kurz vor Mitternacht draußen, nachdem ich das Rennen verlassen habe, bin ich noch weitere Stunden durch die Straßen gefahren. Ich konnte und wollte einfach noch nicht zurück in dieses Zimmer. Ein Zimmer mit tausend Erinnerungen an letzte Nacht.

»Ich bin immer noch enttäuscht, Velvet. Aber -« Mein Dad holt tief Luft, um sich auf das Gespräch vorzubereiten. »Aber ich kann dich verstehen. Irgendwie. Nur die Sache mit dem Einbruch -«

»Die war dumm, Dad, das weiß ich. Und ich würde es nie wieder tun, das musst du mir glauben«, presche ich dazwischen. Es war dumm, ja. Dumm und doch so einnehmend intensiv, dass ich es nicht bereue. Ich lüge meinen Dad an. Denn wenn Hunter mich heute Nacht zurück in den Park zerren würde, würde ich alles genauso machen.

»Ich vertraue dir, Schatz. Bitte missbrauche es nicht noch einmal.« Ich lehne mich noch einmal gegen ihn und unterdrücke die Tränen. Nicht nur, weil ich ihm keine Schwäche zeigen will, sondern weil ich stark sein muss.

»Ich habe euer Gespräch gehört, Dad. Das von dir und Vivianna in der Küche.« Sobald ich ihn darauf anspreche, versteift er sich. Derweil versuche ich, zu ignorieren, dass ich mir wünschte, Hunter wäre hier. Dass ich mir wünsche, wir würden die letzte Nacht wiederholen.

»Wir haben alles geklärt.« Seine knappe Antwort lässt mich aufhorchen, zur selben Zeit setzt mein Herzschlag aus. Sie haben es geklärt …

»Was meinst du damit? Muss er ins Gefängnis? Und wenn ja, wofür?« Wenn ich Hunter glauben soll, hat er wirklich Blut an seinen Händen. Aber ein verkorkster Teil in mir wünscht sich, dass er gelogen hat, um mich von sich zu stoßen.

»Mach dir darüber keine Gedanken, Velvet.« War das gerade sein Ernst? »Ich mache mir aber Gedanken, Dad.« Ich schürze die Lippen und sehe ihn eindringlich an. Sieht er denn nicht, was ich sehe, wenn ich meinem

Spiegelbild gegenüberstehe? Dad nimmt meine Hand in seine und streichelt sie. »Er bedeutet dir wirklich etwas?« Unglaube bestimmt seine Stimme und ich kann ihn sogar verstehen. Immerhin kenne ich Hunter kaum.

»Keine Ahnung, wie das passieren konnte, aber ja.« Ich schlucke. Mein Dad will etwas erwidern, als wir durch ein lautes Scheppern aus der unteren Etage gestört werden. Mein Dad hebt mich von seinem Schoß und stürmt zur Tür, ich bleibe ihm dabei dicht auf den Fersen.

»Hunter, hast du Ryan nicht gehört? Du solltest nicht hier sein.« Vivianna schiebt Hunter an den Schultern zurück nach draußen, doch er ist zu stark für sie.

»Wieso? Weil er mich sonst einlocht? Das würdest du tatsächlich zulassen?« Wahre Enttäuschung gepaart mit Verbitterung liegt in seiner Stimme. Ich stehe auf dem Treppenabsatz, mein Dad stellt sich zwischen die beiden.

»Deine Mutter hat das nicht in der Hand«, sagt er verbissen. »Und wenn ich mich recht erinnere, habe ich dir gesagt, dass du nicht wiederkommen sollst.« Ich will meinem Dad sagen, dass er ihm eine Chance geben soll, so wie mir, aber ich bekomme kein Wort heraus.

»Echt, Mom? Kannst du nicht für dich selbst sprechen? Fängt das Ganze jetzt wieder von vorn an? Dann hätten wir auch in Phoenix bleiben können!« Ein Schauder überläuft mich, weil Hunters Stimme das Haus wie ein verdammter Blitz erschüttert. Ich habe ihn noch nie so wütend erlebt.

»Wage es nicht, mich mit ihm zu vergleichen!« Mein Vater läuft rot an, er stellt sich bedrohlich vor Hunter auf, aber wie erwartet juckt es ihn nicht. Und ich kann es ihm nicht einmal verübeln.

Ich kralle mich am Geländer der Treppe fest und wünschte mir, einfach den Mut zu besitzen und dazwischenzugehen. Aber ich muss mir eingestehen, dass ich dafür zu schwach bin.

»Wieso nicht? Er hat sie bevormundet und das machst du gerade auch.« Als mein Vater auf ihn zugeht und ihm seine flache Hand ins Gesicht schlägt, keuche ich auf und löse mich vom Geländer.

»Dad!« Alle Blicke ruhen auf mir, Hunter sieht mich aus leeren Augen an, mein Vater aus starren und Viviannas sind mit Tränen gefüllt. Ehe ich dazwischengehen kann, hat Hunter meinen Vater von sich gestoßen, sodass er beinahe das Gleichgewicht verliert.

»Hunter! Du weißt, dass du nur seinetwegen deiner Strafe entkommen bist! Ohne ihn wärst du längst hinter Gittern!« Vivianna krallt sich an Dads Arm fest und entschuldigt sich leise bei ihm.

»Wollt ihr mir allen Ernstes erzählen, dass es falsch war? Dass ich einen Fehler begangen habe?« Hunter hat längst seine Fassung verloren. Die Adern an seinem Hals stechen hervor und jede Pore seines Körpers schreit vor Schmerzen. Schmerzen und unerträglicher Anspannung. »Einen Menschen zu töten, ist immer falsch«, sagt mein Vater so kalt, dass mich erneute Schauder überziehen. Es stimmt also. Er hat tatsächlich einen Menschen auf dem Gewissen. »Er hat dich misshandelt, Mom. Er hat dich gegen deinen Willen gefickt und hat dich geschlagen, wann es ihm gepasst hat! Sollte ich weiterhin zusehen?« Seine Gesichtszüge entgleiten ihm, ebenso wie meine mir. Langsam setzen sich die Teile zu einem hässlichen Puzzle zusammen. Und in diesem Moment will ich das Endbild gar nicht sehen.

»Niemand hat den Tod verdient, Hunt.« Ihr Protest wirkt schwach und in ihren Augen sieht man, dass sie eigentlich etwas anderes sagen will. Dass sie ihrem Sohn dankbar ist, dass er getan hat, was sie nicht konnte.

»Er hatte ihn verdient. Er hat noch viel Schlimmeres verdient. Und das weißt du!« Hunter steht versteinert im Türrahmen, mich hat er mittlerweile komplett ausgeblendet.

»Ich scheiß auf das Gesetz. Und wenn ich die Zeit zurückdrehen könnte, würde ich ihm immer wieder die Kugel zwischen die Augen jagen.« Eine Gänsehaut bildet sich auf meinem Körper, meine Knie zittern und ich bin wie paralysiert.

»Morgen bist du aus meinem Haus verschwunden. Ein für alle Mal. Wenn du dich noch einmal hier blicken lassen solltest, werde ich dafür sorgen, dass du in den Knast wanderst.« Dad packt Vivianna bei der Hand und lässt mich und Hunter allein im Flur zurück.

»Ich -«

»Nicht, Sugar. Lass es gut sein.« Und dann ist er auch schon nach oben verschwunden und seine Tür fällt ins Schloss. Wenn Dad seine Worte ernst meint, wird Hunter morgen verschwinden. Und ich werde ihn vermutlich nie wieder sehen …

Unerträgliche Schmerzen durchziehen meine Venen wie Blut, als ich mich entschließe, nicht kampflos aufzugeben. Stattdessen renne ich nach oben und ziehe erhobenen Hauptes in den Krieg.

HUNTER

Ich hasse Freitagabende. Jeden einzelnen. Hasse es, zu wissen, dass ich mich nicht verstecken kann, obwohl ich es gern würde. Aber ich muss ihr beistehen.

Ich weiß nicht, wieso, aber er scheint Freitagabende zu lieben. Immerhin macht es ihn geil, sie in die Hölle zu verwandeln. Als würde er mit unseren Gedanken und Ängsten spielen.

Sechs Tage die Woche hat er sich einigermaßen im Griff, nur an diesem einen Abend verliert er die Kontrolle. Damit wir schon am Donnerstagabend mit einem Stechen im Magen einschlafen und mit Panik am nächsten Morgen aufwachen.

Schon als ich die Einfahrt zu unserem Wohnhaus erreiche, würde ich am liebsten umdrehen und wieder zurück in meinen Wagen steigen. Einfach abhauen und mir irgendwo in der Gosse den nächsten Kick in Form einer Frau geben.

Einfach vergessen.

Aber ich kann nicht. Ich muss wissen, dass er sie nicht umbringt. Dass er nicht dieses eine Mal seine ganze Kontrolle verliert.

Der Sand unter meinen Sohlen knirscht, während ich vorsorglich nach der Beretta in der Innentasche meiner Lederjacke taste. Ohne sie fühle ich mich schon lange unvollständig.

Ich habe sie noch nie benutzt, aber sie bei mir zu wissen, lässt mich nicht den Verstand verlieren. So weiß ich, dass ich es in der Hand habe, das alles zu beenden. Irgendwann ... irgendwann ist jetzt.

Schon von draußen kann ich ihre Schreie hören. Wie von einem Tier getrieben, stoße ich die Eingangstür auf, stürme die zwei Etagen nach oben und reiße die Wohnungstür auf. Der Geruch nach seinem ungewaschenen, fetten Körper erfüllt die Luft, gepaart mit dem Duft nach Sex.

Ich weiß genau, wo sie sind. Wo er sie bricht. Denn er bricht sie jedes Mal an derselben Stelle. Immer auf ihrem Ehebett, als würde er wenigstens einen Teil seines Stolzes bewahren wollen. Dass ich nicht lache!

»Das fühlt sich gut an, nicht wahr?« Seine Stimme trieft vor Geilheit, es ist ein Wunder, dass er überhaupt noch sprechen kann, immerhin frisst er die Kippen wie Kaugummis und säuft Wodka wie Wasser.

»Bitte, Marius, ich -«

»Was, Schlampe, was? Du weißt, wieso ich es tue!« Danach höre ich etwas auf ihre Haut hinabrauschen. Laut meinen Erfahrungen ist es sein Gürtel, der bereits über und über mit Blut sein muss.

Ein neuer Hieb trifft sie, und weil ich es nicht länger aushalte, reiße ich das Schlafzimmer auf. Galle steigt in mir auf, meine Arme zittern vor Anspannung.

Ich muss ihm den Schädel zertrümmern, ist das Erste, was mir in den Sinn kommt.

»Verpiss dich, Hunter. Ich ficke gerade deine Schlampe von Mutter!«, brüllt er mich an, wobei einige Speichelfäden auf den blutverschmierten Po meiner Mom tropfen.

Sie liegt mit dem Gesicht in die Kissen gedrückt da. Ihre Mascara hängt auf ihren Wangen, Tränen haben das Laken durchnässt. Ihre Hände sind hinter ihrem Rücken mit einem Seil aus dem Baumarkt verbunden.

Ich erinnere mich daran, dass er mich im Alter von zwölf darum bat, ein Seil zu besorgen. Im Alter von vierzehn habe ich das erste Mal gesehen, wofür er es benutzt. Im Alter von sechzehn habe ich ihn das erste Mal fast damit erwürgt, bis mich meine Mom davon abhielt, es zu beenden. Hätte sie mich doch bloß nicht aufgehalten …

»Hast du nicht gehört? Du sollst dich verpissen!« Und dann wandert mein Blick zu ihm. Zu dem Mann, der uns das Leben seit Jahren zur Hölle macht. Seit achtzehn Jahren, um genau zu sein. Kaum zu glauben, dass wir überhaupt noch am Leben sind. Dass wir nicht längst aufgegeben haben.

Mein Erzeuger steht nackt hinter meiner Mom, sein fetter Bauch hängt so tief, dass man seine Erektion kaum sehen kann. Schweiß steht auf seiner blassen Haut und seine schmierigen, dunklen Haare hängen ihm in die Stirn.

»Fass sie nicht mehr an«, sage ich kontrolliert, obwohl innerlich alles zu Asche zerfällt. Weil ich ihn tot sehen will. Jeden Abend in meinem Bett male ich mir aus, wie ich ihn büßen lassen kann. Wie ich ihm das Leben aussaugen werde.

»Und wie ich sie anfassen werde.« Mit diesem Versprechen stößt er sich in meine Mutter vor, die die Schmerzen und Qualen stumm erträgt. Und das ist es, was mir am meisten wehtut: dass sie nicht einmal mehr versucht, sich zu wehren. Als hätte sie mit ihrem Leben als leblose Puppe abgeschlossen.

»Siehst du, wie geil sie das macht? Genau so hat sie auch gewimmert, als ich dein erbärmliches Leben in ihre Gebärmutter gespritzt habe«, lacht dieser Wichser. Und dann geht alles viel zu schnell. Das erste Mal in meinem Leben trage ich sie nicht nur bei mir, sondern richte sie auf jemanden. Und ich kann nicht leugnen, dass mir die Macht, die ich in den Händen halte, gefällt. Dass ich mehr davon brauche … mehr. Immer.

»Wenn du nicht von ihr ablässt, mache ich dich kalt«, drohe ich ihm. Das Zittern ist verschwunden, ich halte den Lauf der Knarre starr auf seinen Kopf gerichtet, direkt zwischen seine versoffenen, braunen Augen.

Augen, die ich von ihm geerbt habe. Allein deshalb hasse ich es, in den Spiegel zu blicken. Marius lässt sich von meiner Knarre nicht beeindrucken, er denkt nicht einmal daran, meine Mutter zu erlösen.

Sie endlich loszulassen. Er weiß nicht, wie ernst mir das hier ist. Dass ich kurz davorstehe, mich endgültig zu vergessen und dafür zu sorgen, dass bald die ganze Welt ihn vergisst, während ihn die Maden auffressen.

»Als würdest du das draufhaben. Ich würde gern sagen, dass mein Sohn die Eier hat, aber in Wahrheit habe ich einen Schlappschwanz gezeugt. Einen elendig-« Der Rest seines Satzes wird von einem Schuss übertönt. Dem Schuss. Aus meiner Waffe. Von meinen Händen gelöst.

Ich lasse die Knarre zu Boden fallen und sehe nur eines: Blut. Überall Blut. Blut, das zwischen seinen Augen seinen Ursprung findet und über seine hässliche Visage läuft. Wie ein ausgeblutetes Schwein sackt er zu Boden, seine Augen weit aufgerissen und im selben Moment so leer. So kalt. So tot.

Meine Mutter robbt an den Rand des Bettes und fällt neben dem Leib meines Erzeugers auf die Knie, ihre Hände immer noch hinter ihrem Rücken verbunden. Zitternd nähert sie sich seinem Mund, will seine Atmung fühlen, aber sie findet … nichts.

»Was … Hunter, was hast du getan?«, schluchzt sie auf und zieht ihre Knie an ihren Körper. Ich gehe zu ihr herüber, wobei ich die Knarre zur Seite trete und befreie sie von den Fesseln.

Sofort schlingt sie ihre zierlichen Arme um meinen Hals. Ich vergrabe meinen Kopf in ihrem Haar und verdränge die Tränen. Das rede ich mir jedenfalls ein. In der Realität heule ich. Heule und lasse alles aus mir heraus, jede Qual der letzten Jahre. »Ich habe es beendet, Mom.« Fünf Worte, eine Bedeutung. Eine Erlösung.

»Wir müssen von hier verschwinden, Hunter«, wimmert sie und denkt nicht daran, von mir abzulassen. Derweil blutet mein Erzeuger weiterhin aus.

»Wohin denn?« Es gibt keinen Ort, an dem ich sein will. Ich will einfach nur … tot sein. Einfach vergessen, dass ich gerade einen Menschen getötet habe und mir eine Zukunft im Knast blüht.

Dass ich sie allein lassen muss, weil ich gerade ihren Mann und meinen Vater mit meinen eigenen Händen erschossen habe. Weil ich es satthabe, die Freitagabende zu hassen.

Meine Mom zieht mich an den Schultern zurück und sieht mich entschlossen an. Diesen Kampfgeist habe ich so lange in ihr gesucht … wo war er all die Jahre? Wieso hat sie ihn nicht schon viel früher gezeigt?

Vielleicht hätte er sie dann anders behandelt. Vielleicht hätte ihn ihre Stärke schwach gemacht. Vielleicht … spielt es auch keine Rolle mehr. Weil er ihr ab jetzt nie wieder wehtun wird. Dafür habe ich gesorgt.

»Nach Los Angeles. Ich kenne jemanden, der uns helfen kann, Hunt. Ich werde nicht zulassen, dass dir jemand wehtut, Schatz. Jetzt nicht mehr.«

VELVET

»Hunter?« Mein Herz schlägt Saltos, als ich an seine Zimmertür klopfe und auf seine Antwort warte. »Hunter, mach auf.« Ein Klopfen. Stille. Ein zweites Klopfen. Stille.

Erst beim dritten höre ich, dass er den Schlüssel dreht. Die Tür hingegen bleibt zu. Ich atme tief durch, bevor ich den Mut aufbringe und sein Zimmer betrete. Hunter schmeißt seine Tasche auf das ungemachte Bett und stopft wahllos Sachen hinein.

»Du gehst also«, schlucke ich. Er antwortet mir nicht, stattdessen verstaut er seine Lautsprecher in der Taschenseite und zieht den Reißverschluss zu.

»Hast du deinen Vater nicht gehört? Ich kann nicht hierbleiben, wenn ich nicht in den Knast gehen will.« Hunter sieht mich leer an, keiner von uns beiden wagt es, sich vom Fleck zu rühren. Dabei würde ich ihm gern auf meine Art und Weise zeigen, dass ich ihn nicht gehen lassen will. Würde ihn gern an mich ziehen und küssen.

»Ich will nicht, dass du gehst.« Wer hätte gedacht, dass ich eines Tages an diesem Punkt stehen würde.

Nach wenigen Tagen hat Hunter meine Welt komplett auf den Kopf gestellt. Hat die nach Farben und Größen sortierten Bücher aus meinem Regal gerissen und durch den Raum geschmissen, bis Buchstaben und Worte miteinander verschwammen. Jetzt herrscht Chaos in mir. Irreparables Chaos, das ich nicht allein wieder ordnen kann.

»Das hast du nicht in der Hand, Sugar«, antwortet er stockend. Hunter nimmt seine Tasche vom Bett und steuert mich und somit den Ausgang an. Doch ich lasse ihn nicht durch.

»Willst du darüber reden?« Was für ein schwacher Versuch, den Abschied hinauszuzögern. Hunters braune Augen wirkten noch nie so verloren wie in dieser Sekunde. So leer und traurig.

»Nein.« Seine Abfuhr sollte mir zeigen, dass er gehen will, aber ich kann und werde ihn nicht einfach gehen lassen. »Ich lasse dich verschwinden. Aber erst, wenn du mir noch eine Lektion erteilt hast«, fordere ich ihn mit zitternder Stimme heraus. Seine Tasche fällt zu Boden.

»Du machst mich fertig, weißt du das?« Seine Hände liegen an meiner Taille, seine Augen ruhen auf meinem Gesicht. Fast bin ich gewillt, einfach die Augen zu schließen und ihn zu küssen, aber etwas in seinem Blick sagt mir, dass es hier nicht enden darf. Dass er mir noch etwas zeigen will.

»Würdest du noch diese eine Nacht hierbleiben? Mein Vater sagte, du musst morgen weg sein. Wir könnten … könnten -«

»Was? Was, Sugar? In einen Freizeitpark einbrechen?« Man könnte meinen, er scherzt mit mir, aber seine Augen wirken viel zu starr. Als würde er seine Frage wirklich ernst meinen.

»Zum Beispiel. Ich will mich noch einmal so fühlen wie in dieser Nacht«, gestehe ich mir selbst mehr ein als ihm. Immerhin hatte ich meinem Vater versprochen, dass ich nie wieder etwas Dummes tun würde. Ihn nie wieder enttäuschen würde. Ein Blick in schokobraune Augen reicht aus, um all meine Versprechen nichtig zu machen. »Dann habe ich den perfekten Ort dafür.«

***

»Wo sind wir hier?« Aufgeregt rutsche ich dichter an die Scheibe des roten Mustangs heran und blicke mich in den Straßen um. Es ist sicher schon mitten in der Nacht und somit ist die Stadt ziemlich leer.

»Das ist ein Hotel«, erklärt Hunter mir so beiläufig, dass ich gar nicht mitbekomme, wie er aussteigt und mir Sekunden später die Tür aufhält. Wir haben direkt neben dem *Venice Hotel* geparkt. Die Gerüste vor den Fenstern und vor dem Haupteingang zeigen mir, dass es sich im Umbau befindet.

»Es sieht nicht gerade offen aus«, stelle ich stirnrunzelnd fest. Hunter schließt den Wagen ab und zerrt mich an dem Hotel vorbei. Sobald wir den Hof erreicht haben und Hunter einen Schlüssel aus seiner Tasche zückt, halte ich ihn an der Schulter zurück.

»Wir brechen hier nicht wirklich ein, oder?« War der Gedanke daran in seinem Zimmer noch aufregend, bin ich hier wie paralysiert. Hunter zwinkert mir zu und hält etwas in die Höhe.

»Ist es Einbruch, wenn man einen Schlüssel hat?« Weil meine Miene nicht aufklart, ergreift er meine Hand und drückt sie an seine. Als müsste es so sein. Als würde seine Hand perfekt in meine passen. Dabei weiß ich, dass er morgen bei uns ausziehen wird. Und dass niemand weiß, wohin es ihn dann verschlägt.

»Entspann dich, Sugar. Dieses Mal weiß ich wirklich, was ich tue. Und jetzt vertrau mir – du wirst es nicht bereuen.« Hunter öffnet die Tür mit seiner freien Hand und denkt gar nicht daran, von meiner abzulassen. Sobald ich das Hotel betrete, wird mir schlecht.

»Ich weiß nicht, Hunter -«

»Beruhige dich.« Er legt mir seinen Finger auf die Lippen. »Und jetzt vertrau mir einfach.« Ehe ich protestieren kann, hat Hunter einen Fahrstuhl geöffnet und mich hineinbugsiert.

»Wo fahren wir hin?«, frage ich ihn zitternd. Der Fahrstuhl ist hell erleuchtet, sodass ich endlich wieder in sein Gesicht sehen kann. Ein Grübchen, das ich bis jetzt nie an ihm gesehen habe, entsteht auf seiner Wange. Weil er das erste Mal, seit ich ihn kenne, wirklich lacht. Ernsthaft und ohne Zweifel.

»Du stellst eindeutig zu viele Fragen.« Und ich komme nicht mehr dazu, noch mehr zu stellen, weil der Aufzug in diesem Moment stoppt. Hunter greift erneut nach meiner Hand, und als sich die Türen öffnen, setzt mein Herzschlag aus. Unsicher verlasse ich den Fahrstuhl und weiß nicht, wohin ich zuerst sehen soll.

»Wusste ich's doch. Wie kann es sein, dass du noch nie in der *Rooftop Bar* warst?« Lachend folgt Hunter mir zum Rand der großen Dachterrasse, auf der wir uns befinden. Zahlreiche Bänke und Tische stehen hier oben über den Dächern der Stadt.

Als ich das Geländer erreiche, setzt mein Herz für einen unscheinbaren Moment aus. Ganz Los Angeles liegt uns hier oben zu Füßen.

Und auch wenn ich hier geboren und aufgewachsen bin, fühlt sich der Anblick meiner Stadt so fremd an. So fremd und zur selben Zeit so wunderschön. Als wäre ich mein ganzes Leben mit einer Augenbinde durch die Straßen gegangen.

»Wow.« Mehr bringe ich nicht heraus. Die zahlreichen Laternen, die von hier oben so klein wirken, verwandeln die Stadt in ein golden schimmerndes Konstrukt aus Straßen, Bahnen, Häusern und Parks. Selten hat die sonst hektische Stadt so mit sich im Reinen gewirkt wie hier.

Ich stehe so dicht am Geländer, dass ich normalerweise Angst bekommen würde, doch als Hunter sich hinter mich stellt und seine Hände auf meine Schultern legt, ist mir der Rest egal. Wenn ich stürze, dann wenigstens mit seinen Händen auf mir.

»Sieh, hier.« Er deutet auf die rechte Seite unter uns. »Catalina Island.« Er nimmt meine Hand, streckt meinen Finger und zeichnet mit ihm Kreise in die Luft.

An die Orte, die er mir zeigen will. »Und hier ist South Bay.« Mein Herz schlägt so schnell in meiner Brust, dass mir schwindelig wird und ich mich nur noch durch seine Hilfe auf den Beinen halten kann.

»Und hier -« Er führt meine Hand zur anderen Seite. »- siehst du den Santa Monica Pier, Malibu und Getty City.« Sein Atem trifft meinen Nacken, weil wir uns so nah sind. Mein immer noch ausgestreckter Finger zittert, was er bemerken muss.

Immerhin gleicht mein Körper in diesem Moment einem Wrack. Jede Pore in mir steht unter Strom, weil der Anblick mich high macht. Gepaart mit seiner Nähe erlebe ich gerade den ultimativen Kick.

»Weiter hier -« Er führt meine Hand in der Luft noch ein Stück herüber. »- findest du die Hollywood Hills.« Hunter nimmt unsere Hände herunter, bleibt aber direkt hinter mir stehen, während ich den Anblick verinnerliche. Hier oben fühlt man sich so frei. So ungezwungen. Als hätte man hier über der Stadt alles im Griff.

»Es ist wunderschön hier«, flüstere ich und drehe mich zu Hunter um. Er ist mir so nah, dass wir uns an jeder Stelle unserer Körper berühren. Seine Hände umfassen hinter mir das Geländer, sodass ich ihm und seinen Blicken schutzlos ausgeliefert bin.

»Und das Beste hast du noch gar nicht gesehen«, verkündet er feierlich, aber im selben Moment so leise, dass mir der Kontrast in seiner Stimme eine Gänsehaut über den Rücken jagt.

211

»Zeig es mir!« Ich klinge viel zu euphorisch, das weiß ich. Aber hier in diesem Moment ist es mir schlichtweg egal. Weil hier oben alles an Bedeutung verliert.

Hunter zerrt mich mit sich zu einer der großen Bänke. Er zieht sich seine Jacke aus und breitet sie darauf aus. Danach legt er sich auf sie und winkt mich zu sich.

»Du musst liegen, um es zu sehen.« Unsicher setze ich mich zwischen seine Beine und gleite nach hinten, sodass ich mit dem Rücken auf seiner Brust liege und in den Himmel starre.

»Normalerweise kann man die Sterne nicht gut sehen, weil die Stadt viel zu hell ist. Nur einmal im Jahr sind die Lichter egal.« Er nimmt wieder meine Hand in seine und deutet mit unseren ineinander verschränkten Händen nach oben.

»Heute haben die Perseiden ihren Höhepunkt. Man kann bis zu eintausend Sternschnuppen in der Stunde sehen, wenn man Glück hat.«

Und tatsächlich: Ich habe selten, wenn nicht sogar noch nie, einen schöneren Sternenhimmel gesehen. Zahlreiche helle und dunkle, kleine Punkte, die die Schwärze durchziehen.

»Ist das die Milchstraße?«, frage ich ihn atemlos, als ich etwas sehe, das der Milchstraße, die ich von Bildern kenne, am ähnlichsten sieht.

»Sieht ganz so aus.« Sein Brustkorb hebt und senkt sich so gleichmäßig, dass ich am liebsten die Augen schließen und zu dieser Bewegung einschlafen würde.

Aber ich weiß, dass ich nicht einschlafen darf. Weil er weg sein würde, wenn ich das nächste Mal aufwache. Weil ich den Abschied hinauszögern muss, so lange es geht.

»Wenn du eine siehst, musst du dir etwas wünschen.« Hunter fährt mit seinen Fingerspitzen über meine nackten Schultern und sorgt dafür, dass mich ein erneutes Zittern heimsucht. Alles an diesem Abend ist perfekt.

»Ich wusste nicht, dass du auch romantisch sein kannst«, kichere ich. Ich kichere. Und das erste Mal seit Ewigkeiten liebe ich diesen Ton.

»Ich kann alles sein, Sugar.« Ein unterschwelliges Lachen erklingt und ich fokussiere weiterhin den wunderschönen Himmel über uns. So viele Sterne. So weit weg. Und wir sind hier und ich war selten so unbefangen wie in diesem Moment.

Gerade als ich ihn etwas fragen will, rauscht eine Sternschnuppe über uns vorbei. Sie findet oben links ihren Anfang und rauscht in die untere rechte Ecke. Ich presse die Augen zusammen und wünsche mir etwas. Etwas, das ich vermutlich nie bekommen werde.

Und doch lege ich meine ganze Hoffnung in diesen kleinen Punkt da oben. In den Punkt, der mir meine Mom zurückbringen soll. Die Zeit zurückspult und sie nicht sterben lässt, damit ich leben kann.

Nachdem der Zauber vorbei ist, kämpfe ich mich hoch und drehe mich um, sodass ich mit meiner Brust auf seiner liege. Hunters Augen wirken aufgrund der Dunkelheit so schwarz, dass es mich erschaudern lässt.

»Wie lautet die Lektion?«, frage ich ihn und denke gar nicht daran, den Blick von ihm abzuwenden. Einen Moment lang sieht er mich noch stumm an, und als ich glaube, dass er mir antworten will, küsst er mich. Mit so viel Leidenschaft, dass alles um mich herum verschwimmt. Alles dreht sich, alles verliert an Bedeutung.

Seine Hände umfassen mein Gesicht, das er noch dichter an seines presst. Seine Zunge dringt in meinen Mund ein, umspielt meine mit Leichtigkeit. Und ich? Ich lasse mich fallen. Lasse mich treiben. Fühle mich freier denn je.

Hunter fährt mit seinen Händen von meinem Gesicht hinab, bis er am Saum meines Shirts innehält. Weil ich innerlich ohnehin schon entschieden habe, wie der Abend endet, helfe ich ihm, mir das Shirt auszuziehen.

Sobald ich in BH über ihm liege, nimmt meine Gänsehaut neue Dimensionen an. Ich setze mich auf und ziehe Hunter mit mir, sodass ich auf seinem Schoß sitze.

Seine Hände berühren mich, als wäre ich aus Glas. Seine Küsse hingegen sind so stürmisch, dass ich längst zerbrochen bin. Mit jedem Kuss reißt ein weiteres Stück in mir ein. Die Mauern, die ich all die Jahre um mich herum errichtet habe, bekommen Risse.

Unsicher kralle ich mich in seinem Shirt fest und zerre es ihm ebenfalls aus. Sobald ich es zu Boden geworfen habe, küssen wir uns wieder. Als würden sich unsere Lippen wie Magnete anziehen. Als wären wir sonst unvollständig. »Wir sollten hier aufhören«, keucht Hunter, als er sich von mir löst. Durch seine Jeans kann ich spüren, dass er eigentlich etwas ganz anderes will. So wie ich … Wir beide wollen es. Nur, dass sein Körper mir nichts vorspielen kann, auch wenn seine Worte etwas anderes sagen.

»Wieso?« Ich will seine Antwort gar nicht hören, lasse ihm aber die Wahl, ob er sich mir anvertrauen will. Alles ist perfekt. Und die Nacht wird nur perfekt enden, wenn er aufhört, uns auszubremsen.

»Du wirst es bereuen. Spätestens morgen. Wenn ich weg bin, wirst du dir wünschen, du hättest deine Unschuld nicht an mich verloren«, raunt er. Man kann seiner Stimme den inneren Konflikt anhören. Er will mich, hat aber Angst, mich zu verletzen. Dabei entscheide ich selbst, wem ich diese Macht über mich geben will.

»Ich kann nichts bereuen, das sich so gut anfühlt«, versichere ich ihm und senke meine Lippen erneut auf seine hinab. Man spürt anhand des Kusses, dass er mit sich kämpft. Dass er nicht weiß, was richtig und was falsch ist.

Doch als ich in seine Mundhöhle seufze, entspannt er sich. Hunter hebt mich hoch und legt mich auf die Bank, sodass ich jetzt wieder auf dem Rücken und unter ihm liege.

Danach fahren seine Hände über jede Stelle meines Körpers. Er streichelt mich, küsst mich, hält mich. Und mit jeder Sekunde verfalle ich diesem Mann mehr, als ich es zulassen sollte. Denn er hat recht: Niemand weiß, wie es mit uns weitergeht, wenn diese Nacht vorbei ist.

Und doch denke ich nicht daran, das hier zu verpassen. Ich habe schon zu vieles in meinem Leben verpasst, weil ich immer alle anderen glücklich sehen wollte. Mein Glück stand immer an letzter Stelle – damit muss Schluss sein.

»Schlaf mit mir, Hunter. Ich will, dass du mein Erster bist.« Ich kann spüren, dass seine Schultern sich anspannen, dass sich sein Brustkorb jetzt schlagartig hebt und senkt. Seine Augen wirken so hungrig, dass ich ihm am liebsten sofort alles von mir geben würde.

Und dann passiert etwas, das ich nie für möglich gehalten hätte: Er nickt. Sekunden später spüre ich seine Hände an dem Bund meiner Jeans, die er mir sachte nach unten streift.

Mein Slip folgt so schnell, dass ich innerlich allein beim Gedanken daran explodiere. Als mein Po auf das kalte Holz der Bank trifft, vergesse ich alles um mich herum. Ich bekomme nur verschwommen mit, wie Hunter sich auszieht und sich einen Schutz überstreift.

Nackte Haut trifft auf nackte Haut. Seine Haare kitzeln meine Brust, als er seine Lippen auf meinen Bauch senkt und mich küsst. Überall. Immer wieder. Ich biege den Rücken durch und genieße. Schweige und genieße. Weil ich weiß, dass Worte alles kaputtmachen würden. Manchmal ist ein Schweigen schöner als ein *Ich liebe dich*. Schöner als ein *Dankeschön*. Schöner als ein *Rette mich*.

Ich kralle mich in seinem Haar fest, während die Sterne am Himmel vor meinen Augen tanzen. Meine Lider öffnen und schließen sich flatternd, und als Hunter sich zwischen meine Beine schiebt, weiß ich, dass ich ihn nicht stoppen werde. Dass ich das hier nie bereuen könnte, auch wenn mein Herz anderer Meinung ist.

Unsere Lippen finden einander, als wären sie Schloss und Schlüssel. Als würden sie genau dort hingehören. Ich kralle mich weiterhin in seinem Haar fest, und als Hunter mit seiner Spitze gegen meine Mitte stößt, schlucke ich schwer. Nicht vor Angst, sondern vor Aufregung. Weil ich weiß, dass sich nach dieser Nacht alles ändern wird. Dass ich mich ändern werde … Ohne dass ich weiterhin darüber nachdenken kann, verschlucke ich mich an einem Keuchen, als Hunter langsam in mich eindringt. Bitterer Schmerz durchzuckt mich, findet seinen Ursprung an meinem Zentrum und strahlt in meine Glieder aus.

Einen Moment hält er inne und sieht mich an. Als würde er in meinen Augen nach der Erlaubnis suchen, weiterzumachen. Stumm nicke ich. Und bereue … nichts. Je öfter Hunter sich in mich schiebt, desto stärker verblassen auch die Schmerzen und werden durch etwas anderes ersetzt: Lust.

Er füllt mich aus, während ich mich in seinem Rücken festkralle. Je länger wir hier unter den Sternen liegen und uns nah sind, desto stärker lasse ich mich fallen. Denke nicht mehr über die Konsequenzen nach …

217

Lektion Nummer eins.

Hunter legt seine Hand an meine Wange und küsst mich, während er sich rhythmisch in mir bewegt. Mit jedem Stoß geht ein Stöhnen meinerseits einher. Und je stärker ich mich fallen lasse, desto schneller wird das Tempo.

Hunter legt seine freie Hand auf mein Knie und spreizt meine Beine, sodass er sich noch tiefer in mir versenken kann. Ich schließe die Augen und verdränge die Tränen, die in meine Augenwinkel schießen. Seine Hand fährt über meinen angewinkelten Oberschenkel, hoch zu meinem Bauch und anschließend zu meiner Brust.

»Eins solltest du wissen, Velvet«, sagt er so leise, dass mich erneute Schauder überrollen wie Sternschnuppen. Die Art und Weise, wie er mich ansieht, transportiert mich in andere Welten. Fernab von dieser ferngesteuerten. Hier oben mit ihm zählt nur das, was wir miteinander teilen.

Hunter verharrt in mir, alles in meinem Körper steht in Flammen. Flammen, die er entzündet hat. Ein Feuer, das er entfacht hat. Und das auch weiterbrennen wird, wenn er nicht mehr da sein sollte.

»Ich werde nicht der Letzte sein, aber ich bin der Erste. Und selbst in zwanzig Jahren wirst du immer noch an mich denken müssen, wenn jemand in dir ist.« Seine Worte sorgen dafür, dass sich die Tränen aus meinen Augenwinkeln befreien und über mein Gesicht rollen. Derweil greife ich erneut in sein Haar und küsse ihn. Sorge dafür, dass seine Worte wahr werden. Eines steht fest: An dieses Gefühl kann nichts herankommen.

Als würde Hunter verstehen, was ich ihm damit sagen will, bewegt er sich in mir. Dehnt mich, füllt mich aus, nimmt mich für sich ein wie eine Festung. Und je heftiger er sich in mich rammt, desto schneller versiegen auch meine Tränen.

Schweiß entsteht an jeder Stelle meines Körpers, ein Stöhnen jagt das nächste. Letztendlich passiert etwas, das ich nicht in Worte fassen kann: Ich erzittere. So stark, wie ich noch nie gezittert habe.

Wellen schwappen an den Rand meines Bewusstseins, als mich der Orgasmus wie ein Orkan mit sich reißt. Ein stummes Keuchen auf meinen Lippen. Lippen, die immer noch auf seinen liegen, als wir gemeinsam kommen.

Ich öffne flatternd die Augen, Hunter hat seinen Kopf an meinem Hals vergraben. Und alles, was ich sehe, sind die Sterne über mir. Die schwarze Unendlichkeit, die kleinen, hellen Punkte, die wie Glühwürmchen vor meinen Augen hin und her tanzen.

Und als schließlich eine Sternschnuppe über Los Angeles rauscht, weiß ich, dass es nur noch einen Wunsch gibt, der zählt: Ich will, dass diese Nacht niemals endet.

***

»Ist dir kalt?« Wir liegen immer noch auf der Bank, ich habe mich an seine Brust gekuschelt und blicke glücklich in die Ferne. Starre auf die Hollywood Hills und wünsche mir, für immer hierbleiben zu können.

Dabei weiß ich, dass das nicht geht. Dass wir nicht einmal hier sein dürften. Dass ich meinen Vater in diesem Moment in zweierlei Hinsicht enttäuscht habe.

»Mir geht es gut«, verspreche ich ihm und kann mein Grinsen nicht unterdrücken. Ich liebe es, hier mit ihm zu liegen und einfach alles zu vergessen. Zu vergessen, wo wir sind und wieso wir hier sind. Dass wir die Nacht nur zusammen verbringen, weil es unsere letzte sein wird.

Ich weiß, dass mein Dad das hier nie zulassen würde. Dass er einen Weg finden würde, uns Steine in den Weg zu legen. Auch wenn es heißt, dass er Hunter dafür ins Gefängnis bringen muss.

»Willst du jetzt mit mir reden?«, frage ich ihn und sehe ihn hoffnungsvoll an. Mit den Fingerspitzen fahre ich über seine nackte Brust und hoffe, dass er bereit ist, sich mir anzuvertrauen. Hunter hingegen sieht starr in den Himmel, während ich ihn ansehe.

Mir seine Gesichtszüge einpräge, damit ich mich später daran erinnern kann. An seine gerade, perfekte Nase, die schmalen und doch sinnlichen Lippen. An den leichten Bartschatten, der ihn noch markanter macht. Und letztendlich die Formen der Buchstaben über seinem rechten Auge.

Hope. Er muss mir nicht verraten, wofür das Wort steht, immerhin kenne ich jetzt den dunkelsten Teil seiner Geschichte.

»Alles fing mit einem Autounfall vor achtzehn Jahren an«, sagt er schluckend und weicht meinen Blicken aus. Stattdessen fällt er in eine Starre.

»Mein Vater hatte sich schwer verletzt, ich war gerade erst drei und kam mit leichten Verletzungen davon, genau wie meine Mom.« Einen Moment hält er inne, bevor er mir weitere Einblicke in sein Leben gibt. Einblicke in das, was ihn derart kaputtgemacht hat.

»Mein Vater hat seinen Job verloren und ist in ein Loch gestürzt. Das Einzige, was ihn seiner Meinung nach gerettet hat, war der billige Fusel, den er sich jeden Abend hinter die Binde gekippt hat, sobald wir nach Phoenix gezogen sind. Irgendwann … fing er dann an, seine Launen an mir auszulassen.«

Mein Herz verkrampft sich, Tränen schießen umgehend in meine Augen. Doch anstatt etwas zu sagen, schweige ich. Weil ich weiß, dass er mir ohnehin nicht zuhören würde, weil er im Moment ganz woanders ist.

»Meine Mom hat ihn regelrecht angefleht, dass er sich an ihr vergeht. Damit er mich in Ruhe lässt. Seitdem musste ich immer wieder mit anhören, wie er sie bricht. Er hat sie geschlagen, beleidigt … Als ich vierzehn war hat er sie dann das erste Mal vergewaltigt. Und seitdem hat er es immer wieder getan. Jeden Freitagabend.«

Hunter hält meine Hand und presst so fest zu, dass es mich schmerzt, aber ich ertrage den Schmerz stumm. Wenn er dieses Ventil braucht, werde ich es ihm geben.

»An diesem Abend ist das Fass übergelaufen. Ich … Gott, ich konnte einfach nicht mehr tatenlos zusehen. Also habe ich ihm eine Kugel verpasst und dem Ganzen ein Ende gesetzt. Die Bullen haben mir nicht geglaubt, dass es sich um Notwehr handelte, immerhin hat meine Mom nicht laut genug Nein gesagt, wenn er sich an ihr vergangen hat.« Ich sehe Hunter in die Augen und kann Tränen in ihnen entdecken, die mir das Herz brechen.

»Das Nein einer Frau reicht nicht aus, Velvet. Vor Gericht musst du dich körperlich gegen deinen Peiniger wehren, wenn dir geglaubt werden soll. Da dieser Wichser keine Verletzungen an sich hatte, gingen die Richter von einvernehmlichem Sex in der Ehe aus. Sie haben es darauf geschoben, dass ich stoned war.« Ein verbittertes Lachen erfüllt die Luft und jagt mir neue Schauder über den Rücken.

»Meine Mom kennt deinen Vater schon seit Ewigkeiten. Er war derjenige, der mich vertreten und vor meiner Strafe bewahrt hat.«

Endlich sieht er mich wieder an. Seine Lippen fest aufeinandergepresst, seine Augen zu Schlitzen verengt. »Und deshalb muss ich gehen, wenn er es von mir verlangt. Er hat mich in seiner Hand. So wie … du.« Ich stemme mich hoch und lege meine Hand auf seine Brust, an die Stelle, an der sein Herz gegen sein Brustbein donnert.

»Ich kann mit ihm reden«, schlage ich ihm vor. Insgeheim jedoch muss ich mir eingestehen, dass ich es nicht für ihn, sondern für mich mache. Weil ich Angst habe, was mit mir passiert, wenn er tatsächlich nach dieser Nacht aus meinem Leben verschwindet.

»Das hat keinen Sinn. Er will mich nicht in deinem Leben wissen. Und wer kann es ihm verübeln? Ich bin der denkbar schlechteste Mensch für dich.«

»Kann ich das nicht selbst entscheiden?« Unsere Blicke verkeilen sich ineinander. Ich würde gern sagen, dass er glücklich aussieht, aber etwas in seinen braunen Augen macht mir Angst. Ich habe Angst, dass er bereuen könnte, mich hergebracht zu haben. Etwas mit mir geteilt zu haben, das mein Leben ab jetzt prägen wird.

»Konntest du in deinem Leben je etwas selbst entscheiden?« Noch immer durchbohren mich seine Blicke, seine Worte folgen ihnen. Konnte ich? Oder konnte ich nicht? Im Prinzip habe ich immer das getan, was mein Vater wollte. Weil ich glaubte, dass ich es auch will. Dass es das Beste für mich ist.

»Seit meine Mutter nicht mehr bei ihm ist … bin ich alles, was er hat. Das hat mich blind werden lassen«, gestehe ich mir selbst ein. Als Antwort gibt Hunter mir einen Kuss auf die Stirn. Bevor ich ihm einen Kuss geben kann, reißt uns ein lautes Poltern aus unserer Welt.

»Ist da jemand?« Die Stimme eines Mannes erfüllt die stille Nacht. Panisch kralle ich mir meine Sachen und ziehe mich eilig an. »Wir müssen weg hier!«

Die Panik steht mir ins Gesicht geschrieben, und als Hunter nickt und sich ebenfalls anzieht, wird mir plötzlich kalt. Ich zittere am ganzen Körper, und je näher jetzt die Schritte des Mannes auf dem Boden kommen, desto panischer werde ich.

Hunter greift nach meiner Hand und zerrt mich zur anderen Seite der Dachterrasse. Als wir an einer Feuerwehrleiter ankommen und ich einen Blick auf das klapprige Gestell werfe, schüttle ich den Kopf.

»Ich werde mir die Beine brechen«, flüstere ich, denke aber nicht weiter darüber nach, als die Stimme des Mannes lauter wird. »Ihr braucht euch nicht verstecken, ich finde euch sowieso!«

Schneller als ich gucken kann, steige ich die klapprige Leiter hinab und mein Herz springt mir beinahe aus der Brust, als ich am Boden ankomme.

Hunter folgt mir lachend. Danach packt er mich erneut bei der Hand und rennt mit mir Richtung Mustang auf der anderen Straßenseite.

Unsicher blicke ich zurück, und als der Mann mit seiner Taschenlampe auf uns deutet, kann ich nicht aufhören, zu lachen. Wieso zum Teufel lache ich?

»Verschwindet, sonst werdet ihr das Sonnenlicht nie wieder sehen!«, ruft er uns drohend nach. »Diese blöden Kids«, setzt er noch mahnend hinterher.

Sobald wir den Wagen erreichen, sehe ich Hunter grinsend an. Er zeigt dem Mann auf dem Dach den Mittelfinger, und weil ich nicht immer an die Konsequenzen denken will, ziehe ich mit.

Danach steigen wir lachend in den Mustang ein und fahren los. Mit einem Lächeln auf den Lippen und einem Kribbeln im Bauch.

Als ich Hunter von der Seite beobachte, weiß ich, dass sich etwas verändert hat. Dass das Kribbeln in meinem Bauch nicht mehr von der Aufregung kommt, nein. Es sind Schmetterlinge ... Verräterische Schmetterlinge mit Flügeln aus Rasierklingen.

Ich verliebe mich gerade in ihn, obwohl ich weiß, dass wir keine Chance haben. In diesem Moment wird mir bewusst, dass ich mir etwas Falsches gewünscht habe. Links neben uns kann ich sehen, dass die Sonne aufgeht und die Nacht endet. Hätte ich mir doch bloß etwas anderes gewünscht ...

HUNTER

Die Sonne ist bereits aufgegangen, als wir das Haus erreichen. Velvet ist nach der Hälfte der Fahrt zurück vom Hotel eingeschlafen.

Ich parke den Mustang direkt vor dem Haus, anstatt auf die Einfahrt zu fahren, und schalte den Motor ab. Bleibe sitzen, lasse die Zeit verstreichen. Will nicht, dass sich der Abschied nähert.

Alles in mir sträubt sich beim Gedanken daran, sie jetzt gehen zu lassen. Nachdem sie mir ihr Vertrauen geschenkt hat … gemeinsam mit ihrer Unschuld.

In ihr zu sein, hat mich mich lebendig fühlen lassen. Lebendiger, als ich je war. Lebendiger, als ich mich gefühlt habe, wenn ich eine andere Frau in meinem Bett hatte.

Im Haus ist alles dunkel und doch weiß ich, dass meine Mom wach ist. Seit Jahren schon kann sie nachts nicht gut schlafen, weil sie Albträume hat, die ihr das Einschlafen unmöglich machen.

So, wie ich sie kenne, sitzt sie im Garten und starrt ins Leere. Versucht, zu vergessen. Vielleicht wird sie vergessen, wenn ich nicht mehr hier bin. Wenn sie mein

Gesicht nicht mehr an jene Nacht erinnert. Vielleicht hätte ich sie nie hierhin begleiten dürfen. Ich sitze versteinert in meinem Mustang und sehe Velvet beim Schlafen zu. Ihre Wimpern schlagen Schatten auf ihre Wangen, ihr Mund ist leicht geöffnet, ihre Hände liegen in ihrem Schoß. Ihre blonden Haare sind zerzaust, ihre Wangen gerötet. Sie sieht anders aus. Reifer. Als hätte sie das, was wir getan haben, verändert.

Ich greife über die Mittelkonsole und nehme ihre Hand, streiche mit dem Daumen über ihren Handrücken, aber sie schläft so tief und fest, dass sie nichts mitbekommt.

Ein Stich breitet sich in meiner Brust aus, weil ich weiß, dass es hier enden muss. Dabei hat sie mich schon um den Finger gewickelt, als sie die Tür vor zwei Wochen aufmachte.

Auch wenn ich es anfangs nie zugegeben hätte, hat sie mich gepackt und nicht mehr losgelassen. Und dabei hatte ich mir vorgenommen, sie zu hassen. Ihre grünen Augen haben meinen Plan wie ein verdammter Blitz durchkreuzt.

Weil ich weiß, dass ich nicht ewig hier sitzen kann, und dass ich sonst den Schwanz einziehe, lasse ich ihre Hand los, steige aus dem Wagen und gehe zu ihrer Seite herüber.

Sobald ich ihr aus dem Wagen geholfen habe, sieht sie mich aus verschlafenen Augen an. »Wo sind wir?«, fragt sie mich leise. Ich stütze sie am Wagen und schließe ihn ab. Danach greife ich in ihre Kniekehlen und hebe sie hoch, sodass ich sie ins Haus tragen kann.

Sofort legt sie ihren Kopf auf meiner Schulter ab und schließt wieder die Augen. »Ich bringe dich ins Bett«, antworte ich ihr, als ich die Einfahrt erreiche. An ihrem gleichmäßigen und tiefen Atem merke ich, dass sie schon wieder eingeschlafen ist.

Nachdem ich die Haustür geöffnet und sie die Treppen nach oben getragen habe, wird mir schlecht. Weil ich weiß, was jetzt kommen wird. Weil ich weiß, dass ich meine volle Kontrolle brauche, wenn ich das tatsächlich durchziehen will.

In ihrem Zimmer angekommen, lege ich sie auf ihre Matratze und setze mich neben sie. Sehe sie noch einen Moment lang verloren an. Das warme Licht des Sonnenaufgangs scheint in ihr Zimmer und taucht ihr Gesicht in goldene Töne. Sie sieht so glücklich aus. Als könnte ihr niemand etwas anhaben. In dieser Nacht ist sie die verdammte Perfektion. Eine Perfektion mit blonden Haaren und strahlend grünen Augen.

Ein letztes Mal fahre ich mit den Fingerspitzen über ihre Wange, hinab zu ihren Lippen. Lippen, die ich nach dieser Nacht nie wieder küssen darf. Weil ich, wenn ich hier fertig bin, woanders hinmuss. Ein Leben fernab von meiner Mom wartet auf mich. Fernab von ihr.

Ein Schmunzeln schleicht sich auf ihre Lippen, als ich mit dem Daumen auf ihnen verharre. Velvet dreht sich in meine Richtung, hält ihre Augen jedoch geschlossen.

»Wie lautet die Lektion?«, fragt sie mich seufzend. Ich beuge mich über sie, gebe ihr einen Kuss auf den Mundwinkel und atme noch einmal ihren Duft ein.

»Sei immer die beste Version von dir, Sugar. Egal, was andere dazu sagen.« Ihr Lächeln wird breiter. Dabei weiß sie nicht, dass diese Worte die letzten sind, die sie von mir hören wird. Als ihre Mundwinkel wieder nach unten sacken, weiß ich, dass sie wie ein Engel schläft.

Ich gebe ihr einen letzten Kuss auf die Stirn, bevor ich das tue, was ich schon immer am besten konnte: Ich renne weg. Ohne mich noch einmal umzudrehen.

***

Wie erwartet sitzt meine Mom auf der Terrasse und starrt in den Garten. Ich habe mir, nachdem ich Velvet zurückgelassen habe, meine Tasche geholt.

Jetzt stehe ich hinter ihr und sehe ihr zu. Sehe, wie sie gedankenversunken über den Rand ihres Wasserglases streicht und dem Sonnenaufgang zusieht.

»Wirst du jetzt fahren?« Sie sieht mich über ihre Schulter hinweg an, ihr Knie hat sie an ihre Brust gezogen, das andere Bein liegt auf dem Hocker vor ihr.

»Ich muss. Du hast Ryan gehört.« Ich stelle die Tasche am Boden ab und bleibe versteinert stehen, als meine Mom ihr Glas auf dem Tisch abstellt und aufsteht. Ihre Augen sehen müde aus. Müde und traurig. Man sieht ihr an, dass sie die ganze Nacht kein Auge zubekommen und geweint hat.

»Wo willst du hin?«, fragt sie mich. Sie spricht, als wäre sie gedanklich ganz woanders. Als wäre sie nur eine leblose Puppe und kein Mensch aus Fleisch und Blut. Dieser Wichser hat ihr alles genommen. Jetzt kann ich nur hoffen, dass dieser Kerl hier es wert ist. Dass Ryan ihr das wiedergeben kann, was sie verloren hat.

»Ich werde zurück nach Phoenix gehen.« Eine andere Wahl habe ich auch gar nicht. Ich habe keinen Job und somit auch keine Kohle. Also muss ich zurück dorthin, wo alles begonnen hat.

»Steve hat mir seine Couch angeboten, bis ich einen Job habe«, setze ich noch hinterher. Das Letzte, was ich will, ist, dass sie sich Sorgen machen muss. Ich bin mein Leben lang auf mich allein gestellt gewesen, das hier ist nichts Neues für mich.

»Es tut mir so leid, Hunt.« Ein Schluchzen überkommt sie. Schnell habe ich die Distanz überbrückt und sie in meine Arme gezogen. Haltlos weint sie an meiner Brust, während ein Teil in mir abstirbt. Der Teil, den Velvet zum Leben erweckt hat.

»Es muss dir nicht leidtun. Ich schaffe das schon. Du weißt, dass ich nicht hier hingehöre.« Ich gebe ihr einen Kuss auf den Scheitel und ziehe sie ein letztes Mal fest an mich, bevor ich sie loslasse.

Ich darf keine Zeit verlieren.

Jede Sekunde, die ich in diesem Haus verbringe, gleicht einer Versuchung. Jede Sekunde endet in einem Kampf gegen das, was ich will. Ich will nach oben gehen, Ryan sagen, dass er sich ficken soll, und seine Tochter von hier wegbringen.

Die Realität könnte kaum kränkender sein. Bevor ich etwas Unüberlegtes tun kann, stürme ich aus dem Haus, renne zu meinem Mustang und steige ein. Ich muss weg hier ... also starte ich den Wagen und fahre los. Auch wenn ich damit den letzten Teil Menschlichkeit unter einem Haufen Scheiße vergrabe. Ich wollte nie gerettet werden … Und doch habe ich gehofft, dass sie es schaffen würde.

Sternschnuppen.

Gewünscht habe ich mir, dass die Nacht nie endet.
Bekommen habe ich ein gebrochenes Herz, als die Sonne
letztendlich doch aufging.
Sternschnuppen sind kein Wunder der Natur. Nicht für
mich. Nicht mehr. Sie sind heimtückisch. Sie haben dich
mir entrissen.

Alles, was mir bleibt, ist, zu warten.
Zu warten und zu heilen.
Zu warten, bis ich dich vergessen habe. Und zu heilen, weil
du mich in dieser Nacht gebrochen hast.
Du warst mein Erster und in Gedanken mein Letzter.
Manchmal … in manchen Nächten wünschte ich mir,
meine Gedanken könnten Wunder bewirken.
Aber ich bin schwach.
Du hast mich gebeten, die beste Version meiner selbst zu
sein.
Du hast mir nicht gesagt, dass ich es ohne dich nicht schaffen würde.

Ich habe dir die Kontrolle über mich gegeben.
Du hast mich kontrolliert.
Ich habe dir Macht über mich gegeben.
Du hast sie gegen mich verwendet.
Ich habe dir mein Herz gegeben.
In jener Nacht hast du es liegen lassen.

Und doch … bereue ich nichts.

VELVET

Ich sitze an meinem Schreibtisch und starre ins Leere. Blicke auf die Digitaluhr der gegenüberliegenden Wand und warte, bis die Minuten verstreichen und ich Feierabend machen kann.

Dabei liegt auf meinem Tisch ein riesiger Stapel Akten, der abgearbeitet werden muss. Wäre diese Uhr nicht so verführerisch …

Wie die Zeit einfach an einem vorbeizieht. Seit einem Jahr zieht die Zeit schon an mir vorbei, ohne dass ich sie stoppen kann. Am Anfang vergingen die Tage überhaupt nicht.

Nachdem Hunter an diesem Morgen weg war, begann eine Phase meines Lebens, die ich nie wieder durchleben möchte. Tagelang habe ich mich in meinem Zimmer eingesperrt und versucht, die Scherben aufzusammeln. Sie zu kleben. Jetzt bin ich eine gesprungene Vase. Ein Mängelexemplar.

Nachdem die Sommerferien vorbei waren, habe ich mich in meinen Unterricht gestürzt. Habe nur noch gelernt, gegessen und geschlafen. Diese Tage vergingen am schnellsten. Auf einmal war Weihnachten um und

233

das neue Jahr stand vor der Tür. Plötzlich war der Winter um und der Frühling brachte die ersten Prüfungen mit sich.

Drei Monate lang glich ich einem Zombie. Zahlen, Buchstaben, Vektoren. Alles rauschte durch meinen Kopf und hinterließ noch mehr Trümmerhaufen. Ich dachte, das Chaos, das er hinterlassen hat, hätte kaum größer sein können. Aber ich habe mich getäuscht.

Und jetzt, ein Jahr später, sitze ich in meinem eigenen Büro in der Kanzlei meines Vaters und arbeite mich ein. Wenn er wüsste, wie schwer es mir fällt, mich auf diesen Job einzulassen, hätte er ihn mir nie angeboten. Aber ich war schon immer gut darin, ihm etwas vorzuspielen.

Schon als kleines Mädchen habe ich ihm gesagt, dass ich diesen Beruf machen möchte, dass ich mir nichts Schöneres vorstellen kann. Dabei war jedes meiner Worte von Beginn an gelogen.

Hunter hingegen … ihm konnte ich nichts vormachen. Er wusste, dass ich mir immer mehr gewünscht habe. Dass mein Leben ein Haufen trauriger Gedanken und Selbstverwirklichungsversuche war.

Das Telefon klingelt und reißt mich aus meinen Gedanken, bevor ich weiter in meinem Drama versinken kann. Seufzend nehme ich das Gespräch an, als ich die Nummer von Dads Sekretärin auf dem Bildschirm sehe.

»Was gibt es, Hillary?« Ich wickle die Schnur des Telefons um meinen Finger und starre weiterhin an die Wand. An die hübschen Ornamente auf der beigen

Tapete. Das Büro ist ganz nach meinem Geschmack: helle Wände, helle Möbel und ein auslandendes Fenster in meinem Rücken, sodass ich jederzeit einen Blick über den Rose Garden habe.

Oft stehe ich einfach nur hier oben und sehe den Menschen in dem Park zu. Sehe, wie Frauen und Männer vor dem großen Brunnen stehen und ihre Hände halten. Sich küssen. Sehe Kinder spielen und Hunde durch den Park laufen.

Sehe Brautpaare, die sich vor der Fontäne fotografieren lassen und ihre Liebe feiern. Ich sehe alles. Alles Schöne und alles Hässliche. Und jedes Mal, wenn ich den Brunnen sehe, schickt es mich in eine andere Zeit. Zurück in den Park und zu dem Brunnen, in dem er mich das erste Mal geküsst hat.

»Das ist eigentlich eine Information für deinen Vater, aber er ist außer Haus und ist auf dem Blackberry nicht zu erreichen«, sagt Hillary wie ein aufgeschrecktes Reh. Ich drehe mich auf meinem Stuhl in dem viel zu engen Bleistiftrock hin und her, während ich auf weitere Infos warte.

»Es geht um seine Frau. Sie hat gerade hier angerufen und war völlig aufgelöst.« Ich stoppe sofort und setze mich aufrecht hin.

Vivianna.

Seit Hunter nicht mehr bei uns ist, fällt es uns immer schwerer, ihr den Halt zu geben, den sie braucht. Es hat sechs Monate gedauert, bis ich sie überreden konnte, sich einen Therapeuten zu suchen. Hingegangen ist sie

235

nur zwei Mal. Seitdem igelt sie sich zu Hause ein und versucht, nicht in ihrem Leben unterzugehen.

»Geht es ihr gut?«, frage ich geradeheraus, weil ich bereits mit dem Schlimmsten rechne. Dad hat Vivianna ein halbes Jahr nach ihrem Einzug geheiratet, als in das Haus endlich wieder Ruhe eingekehrt war. Die Hochzeit war schön. Schön und doch unvollständig, weil er nicht da war.

Weil Dad ihn nicht dabeihaben wollte. Dass er mir damit das Herz ein zweites Mal brach, war ihm zu diesem Zeitpunkt egal. Tagelang habe ich ihn und Vivianna belauscht, weil ich gehofft hatte, er könnte seine Meinung ändern und Hunter doch zur Hochzeit einladen.

»Ich denke schon. Aber sie braucht jemanden, mit dem sie reden kann. Sie sagte, wenn Ryan nicht da ist, soll ich dir Bescheid geben.« Ich runzle die Stirn und nicke, auch wenn Hillary mich nicht sehen kann.

»Ich fahre zu ihr. Falls mein Vater wieder erreichbar ist, sag ihm, wo er mich findet.« Ohne auf ihre Antwort zu warten, lege ich auf und krame meine Sachen zusammen. Das Handy stopfe ich in meine Handtasche, genauso wie mein Portemonnaie und meine Autoschlüssel.

Danach fahre ich den PC herunter, knipse das Licht aus und verlasse mein Büro. Da es sich im dritten Stock befindet, nehme ich den Aufzug, um nach unten ins Foyer zu kommen. »Ich muss heute früher Feierabend machen«, rufe ich Isa am Empfang zu und gehe mit schnellen Schritten zum Hinterausgang. Ihre Antwort nehme ich nur noch verschwommen wahr, weil ich gedanklich längst woanders bin.

So schnell, wie es meine Pumps zulassen, renne ich zum Parkplatz. Sobald ich im Auto sitze, fahre ich los. Und kann nur hoffen, dass ich nicht zu spät bin, wenn ich ankomme …

***

Als ich meinen Volvo in der Einfahrt parke, fühlt es sich seltsam an. Ich wohne erst seit zwei Monaten allein und doch fühlt sich dieses Haus hier schon fremd an. Als hätte ich nicht mein halbes Leben in diesem Palast verbracht.

Ich atme tief durch, werfe einen letzten Blick in den Spiegel und richte meine weiße Bluse. Danach ziehe ich den Schlüssel ab und steige aus.

Als ich über den Hinterhof zur Eingangstür gehe, beschleicht mich ein Gefühl der Machtlosigkeit. Weil ich weiß, welche Gefühle und Gedanken da drin auf mich warten. Vielleicht konnte ich es deshalb nicht abwarten, endlich auszuziehen. Weil mich hier drin viel zu viel an ihn erinnert.

Er war nur wenige Tage Bestandteil meines Lebens und doch bekomme ich ihn nicht aus dem Kopf. Auch jetzt, ein Jahr später, nicht.

Unsicher hole ich den Ersatzschlüssel unter der Fußmatte hervor und schließe auf. Im Haus ist es so still, dass man eine Stecknadel fallen hören könnte. Viel zu still. Viel zu viel Raum für falsche Gedanken.

»Vivianna?«, rufe ich zaghaft, erhalte aber keine Antwort. Erst als ich dem Wohnzimmer und somit der Terrasse näher komme, kann ich ihr Schluchzen hören.

Schnell lasse ich meine Handtasche auf den Boden fallen und renne zur Tür. Vivianna sitzt am Boden, Mascara hängt aufgrund ihrer Tränen auf ihren Wangen. Ihr Telefon liegt neben ihr am Boden, ihre Hände zittern wie Espenlaub.

»Vivianna?« Ich falle vor ihr auf die Knie und nehme sie in die Arme, auch wenn ich nicht weiß, wieso sie so aufgelöst ist. Bei meinen letzten Besuchen hatte ich eigentlich das Gefühl, dass die Achterbahn endlich wieder bergauf fährt. Es reißt mich innerlich zu Boden, dass ich mich getäuscht haben soll.

»Velvet, i-ich weiß, dass ich dich nicht darum bitten dürfte, aber ich weiß nicht, was ich sonst tun soll. Ryan ist auf Geschäftsreise«, wispert sie unter Tränen. Ich streiche ihr über den Rücken und beruhige sie, so gut es geht.

Dennoch beben ihre Schultern ununterbrochen. Prüfend blicke ich an ihrem Körper hinab, kann aber zu meinem Glück keine Schnittstellen auf ihrer Haut sehen. Dad könnte es nicht verkraften, noch einmal seine Liebe an den Tod zu verlieren.

»Ich würde alles für dich tun, das weißt du doch.« Und es stimmt. Ich würde für diese Frau alles tun, immerhin habe ich im letzten Jahr eine Mutter in ihr gefunden. Auch wenn sie instabil ist und nicht immer für mich da war, wusste ich, dass sie mich liebt, so wie ich sie lieben gelernt habe.

»Du musst mich nach Phoenix fahren«, lässt sie die Bombe schließlich platzen. Ich räuspere mich und schiebe sie an den Schultern zurück, damit sie mich ansieht. Vivianna weicht meinem Blick jedoch weiterhin aus.

»Was ist in Phoenix?« Ich kann es mir denken, aber ein Teil in mir wehrt sich gegen die Erkenntnis. Wehrt sich gegen ihre Tränen, die wieder Stücke meiner Mauern einrcißen.

»Hunter«, schluchzt sie und kann nicht mehr an sich halten. Weitere Tränen rinnen über ihr Gesicht und tropfen auf meine Hände, die immer noch ihre Schultern umklammern.

»Was ist mit ihm?« Ich frage sie, obwohl ich die Antwort gar nicht hören will. Weil ich weiß, dass sie mich damit zurück in die Dunkelheit schickt, in der ich ein Jahr lang gesteckt habe. Gerade habe ich das Ende des Tunnels gesehen, jetzt werde ich mit voller Wucht zurück in die Schwärze gerissen.

»*Vivianna, was ist mit ihm?*« Ich setze mehr Druck in meine Stimme, und als sie mich schließlich aus erschrockenen Augen ansieht, zieht sich alles in mir schlingenhaft zusammen.

»Er hatte einen Unfall. E-Er hat bei einem Rennen mitgemacht und ist von der Bahn abgekommen. Das Krankenhaus hat mich angerufen. Ich weiß noch nicht, wie es ihm geht.«

Als ich realisiere, was sie mir sagen will, falle ich zurück auf die Fersen und fühle, wie mich die Leere von Innen auffrisst.

Unfall.

Krankenhaus.

Hunter.

All diese Begriffe rauschen durch meinen Schädel und sorgen dafür, dass etwas in mir explodiert. Seit einem Jahr haben wir uns nicht mehr gesehen. Jetzt zu erfahren, dass sein Leben in Gefahr ist ... macht alles noch viel schlimmer.

»Würdest du mit mir nach Phoenix fahren? Ich weiß, dass du zur Arbeit musst, aber Ryan wird es verstehen, wenn -«

»Ich fahre dich. Komm mit.« Ich packe ihre Hand und helfe ihr hoch. Gemeinsam gehen wir zum Wagen und ich zweifle meine Entscheidung in keiner Sekunde an.

Er braucht seine Mutter jetzt mehr denn je ... also werde ich sie zu ihm bringen. Auch wenn es die schwersten Stunden meines Lebens werden.

***

Nach der fast sechsstündigen Fahrt erreichen wir schließlich das Krankenhaus auf der West Thomas Road. Allein von außen ist das Gebäude erdrückend. Zu wissen, wieso wir hier sind, macht es nicht besser. Es ist mittlerweile dunkel und sicher schon kurz vor Mitternacht. Lediglich die Beleuchtung in einigen der Krankenzimmer erhellt den Parkplatz, auf dem wir stehen, weil die Laternen ausgedient haben.

»Ja, Ryan. Velvet hat mich gefahren. Ich weiß nicht, wie lange wir hierbleiben werden, aber ich melde mich später. Zur Not nehmen wir uns ein Hotel.« Vivianna hat endlich meinen Dad erreicht. Und ihren Antworten nach zu urteilen, war er nicht gerade begeistert von unserer Hals-über-Kopf-Aktion.

Dabei müsste er am besten wissen, wie Vivianna sich fühlt. Ich bin mir sicher, dass Dad für mich auch bis ans andere Ende der Welt fliegen würde. Nur, um zu sehen, wie es mir geht.

»Ich liebe dich auch.« Ein Blick in ihr gepeinigtes Gesicht zeigt mir, wie viel sie durchmachen musste. Sie hat versucht, auf der Fahrt zu schlafen, aber ihr Schlaf wurde von Albträumen geprägt, sodass sie kaum mehr als zwei Stunden geruht haben kann.

»Wollen wir dann?«, frage ich sie, sobald sie aufgelegt hat. Sie nickt starr und steigt aus. Ich folge ihr, doch mit jedem Schritt, mit dem ich mich dem Krankenhaus nähere, zieht sich die Schlinge um meinen Hals fester zusammen ... Ich werfe einen Blick in den wolkenlosen Himmel. Sehe die Sterne und bilde mir sogar ein, die Milchstraße zu sehen.

Und als schließlich eine Sternschnuppe durch das Bild rauscht, weiß ich, dass ich ihr nicht trauen sollte. Trotzdem schließe ich die Augen und wünsche mir etwas. Wünsche mir, dass es ihm gut geht. Schließlich hat jeder eine zweite Chance verdient ... Selbst die heimtückischen Sternschnuppen.

***

»Ihr Sohn hatte großes Glück, Mrs. Michaelsen. Er hat nur leichte Verletzungen davongetragen. Wäre er zwei Sekunden später von der Bahn abgekommen, hätte der Ast sein Herz durchbohrt.«

Der Mann, der sich uns zuvor als Dr. Randall und Hunters behandelnder Arzt vorgestellt hat, wirft Vivianna eindeutige Blicke zu.

»Wenn Sie irgendwie an Ihren Sohn herankommen, dann sorgen Sie dafür, dass er diese Rennen aus seinem Leben streicht. Alle paar Monate fordern sie Todesopfer und mehr als einmal hat ein junger Mann in seinem Alter mit schweren Schäden zu kämpfen.«

Vivianna krallt sich in meine Hand fest und ich presse meine noch dichter an ihre. »Kann ich schon zum ihm?«, ist alles, was sie erwidert.

Mittlerweile ist es weit nach Mitternacht. Die Zeit bis hierhin glich einer Tortur, weil uns niemand nähere Informationen zu seinem Zustand geben konnte. Dr. Randall klemmt sich seine Notizen unter den Arm und schüttelt bedauernd den Kopf.

»Ihr Sohn schläft gerade. Ich denke, es ist am besten, wenn Sie sich die Nacht ebenfalls ausruhen und morgen früh herkommen. Dann können Sie mit ihm sprechen.« Der Doc tätschelt ihren Arm und wirft mir einen aufmunternden Blick zu. Sekunden später presst Vivianna mir schon ihr verweintes Gesicht gegen die Brust.

»Er hätte sterben können«, schluchzt sie. Und ganz plötzlich kommt eine Erinnerung in mir hoch, die ich ganz vergessen hatte.

Glaub mir, Kleines: Ich sterbe lieber bei einem Rennen mit einem Lächeln auf den Lippen, als mein Leben an eine verfickte Scheinwelt zu vergeuden.

Er weiß gar nicht, was er seiner Mutter hiermit antut. Dass er sie damit noch näher an den Rand ihrer Existenz treibt. Schließlich weiß er auch nicht, wie gebrochen sie wirklich ist, immerhin spielt sie ihm eine heile Welt vor. Dabei glaubte ich immer, ihm könnte nie jemand etwas vormachen …

»Soll ich uns einen Kaffee holen?« Vivianna nickt aufgrund meines Vorschlages, also bugsiere ich sie auf den sterilen Stuhl im Wartebereich und vertrete mir die Beine bis zum nächsten Getränkeautomaten. Bevor ich meine ersten Münzen einwerfen kann, klingelt mein Handy.

»Hey, Dad«, begrüße ich ihn. Ich werfe noch einen Blick auf die Uhr und stelle fest, dass es schon zwei Uhr am Morgen ist. »Wieso bist du noch wach?« Ich klemme das Handy zwischen Ohr und Schulter ein, um das Geld einzuwerfen und einen Kaffee mit Milch für Vivianna zu wählen.

»Ich konnte nicht schlafen, also habe ich mich nützlich gemacht und euch ein Hotel für die nächsten zwei Nächte gebucht. Die Adresse schicke ich dir gleich aufs Handy.«

243

»Danke, Dad. Aber das wäre nicht nötig gewesen. Vivianna wird ohnehin kein Auge zubekommen«, antworte ich und nehme den ersten Kaffee an mich, bevor ich das Geld für den zweiten einwerfe.

»Wäre es. Ihr könnt unmöglich im Krankenhaus bleiben.« Mit dem Handy am Ohr und beiden Bechern voller heißem Kaffee in den Händen schlendere ich zurück zu Vivianna. Wir unterhalten uns noch kurz über die Arbeit und ich nehme mir spontan für die nächsten zwei Tage frei.

»Ach, und, Vel?« Bevor ich auflegen kann, horche ich auf.

»Danke, dass du Vivianna gefahren hast. Ich weiß, dass es nicht leicht für dich ist. Sie weiß es zu schätzen.« Ein warmes Gefühl in meiner Brust kollidiert mit der Kälte, die seine Worte in mir hinterlassen … Weil er mich daran erinnert, dass ich morgen eine folgeschwere Entscheidung treffen muss.

Will ich ihn sehen und somit vergessen, dass ich ein Jahr lang durch die Hölle gegangen bin? Oder sollte ich den sicheren Weg gehen?

Perfektion.

Erst hasste ich sie. Dann liebte ich sie.

Jetzt … fühle ich mich leer, wenn ich an sie denke.

An ihre grünen Augen. An ihre Fingernägel in
meinem Rücken.

Anfangs hasste ich sie, weil ein Mensch nur mit
Ecken und Kanten schön sein konnte.

Jetzt hasse ich sie, weil ein Mensch nur mit ihren
Augen und ihren Lippen schön sein kann.

Ich dachte an sie.

Tag für Tag. Nacht für Nacht.

Und als ich in meinen Wagen stieg und auf das
Gaspedal drückte … woran dachte ich wohl als letztes,
bevor mir schwarz vor Augen wurde?

An die Perfektion.

Ob ich im Himmel bin? Egal, wo ich gerade bin …

Ich fühle mich ihr hier näher als zuvor.

Ja, hier fühlt es sich fast an, als wäre sie bei mir.

Ich muss einfach im Himmel sein.

Und sie ist mein Engel.

HUNTER

»Ihre Mutter wartet draußen auf Sie.« Die süße Krankenschwester schmunzelt mir zu, während sie die Schläuche an meinen Armen überprüft und die Werte auf ihrem Klemmbrett festhält. Ich schiebe ihre Haare zur Seite, um ihren Namen auf der Brust zu entziffern.

»Okay, *Abigail*«, sage ich und zwinkere ihr zu. »Dann schick sie rein.« Die Kleine ist wirklich nicht von schlechten Eltern.

Ihre naturroten Haare trägt sie locker gewellt über ihre Schultern, unter dem viel zu engen Kittel kann man sehen, dass sie gut gebaut ist. Ihre braunen Augen schreien geradezu *Fick mich*. Aber ich ficke sie nicht.

Denn auch wenn sie hübsch ist, reizt sie mich nicht. Na ja ... ein Versuch war es wert. Abigail läuft rot an, bevor sie das Krankenzimmer verlässt, um meine Mom zu holen.

Allein dass sie hier ist, kotzt mich an. Sie darf mich nicht so sehen ... Ich fühle mich wie der letzte Versager in diesem sterilen Bett. Und dabei hätte mir das Rennen bei einem Sieg fünfzehntausend Dollar einbringen können!

Ich freue mich, meine Mom nach einem Jahr wiederzusehen, aber nicht hier. Nicht unter diesen Umständen. Ich hätte ihr lieber gezeigt, dass ich mein Leben endlich einigermaßen im Griff habe. Dass ich mir eine eigene Bude leisten kann und nicht mehr bei Steve auf der Pritsche schlafe.

Doch dann kam das Rennen und ich Vollidiot habe die Kurve unterschätzt und bin zu spät auf die Barrikaden gegangen. Den Preis trage ich jetzt in Form von Nadeln in meiner Haut und diesem ätzenden Krankenhausfraß, den die Leute hier als Essen verkaufen wollen. Ein Wunder, dass ich nach diesem Frühstück noch lebe.

Alles, was ich hoffen kann, ist, dass sie mit dem Flieger hier ist. Ich kann das Gesicht dieses Typen nicht mehr ertragen, seit ich L.A. ein zweites Mal verlassen habe. Er hat meine Mom gerettet und mich zur selben Zeit in die Hölle geschickt.

»Hunter.« Das schluckende Aussprechen meines Namens wird durch ein Schluchzen unterstrichen, und ehe ich sie ansehen kann, liegt meine Mom in meinen Armen.

Ihr Duft nach Rosen und Gardenie lässt mich für einen Moment vergessen, dass ich in diesem Scheißkrankenhaus bin, obwohl ich ganz woanders sein will. Ich will überall sein. Nur eben nicht hier.

»Hey, Mom.« Sie denkt gar nicht daran, von mir abzulassen, und so liegt sie eine halbe Ewigkeit in meinen Armen und weint. Sie weint. Und jede Träne killt mich. Schickt mich zurück in eine Zeit, in der ihre Tränen zu meinem Alltag gehörten.

In der ich jeden Abend heimkam und sie schluchzend vorfand. Weil er es sich zur Aufgabe gemacht hatte, ihr Leben zu zerstören.

Nicht auf einmal, nicht wie eine Bombe. Sondern langsam, Stück für Stück. Sodass sie gar nicht bemerken konnte, wie kaputt sie schon war. Wie viele Teile ihr schon fehlten.

»Hey, Mom. Es geht mir gut.« Ich schiebe sie an den Schultern zurück und sehe sie ernst an. Die Schatten unter ihren Augen zeigen mir, dass es ihr nicht nur meinetwegen schlecht geht. *Gott, ich kann nur hoffen, dass Ryan sie gut behandelt …*

»Ich habe nur ein leichtes Schleudertrauma und ein paar Schrammen. Gibt Schlimmeres.« Schulterzuckend klopfe ich auf mein Bett, sodass sie sich an den Rand setzen kann. Ihre Hand findet augenblicklich meine und ich muss zugeben, dass ich ihre Nähe vermisst habe.

»Ich habe mir solche Sorgen um dich gemacht, Hunt. Hätte Velvet mich nicht hergefahren, wäre ich umgekommen vor Angst.«

Meine Mom spricht weiter, ich sehe es an der Art und Weise, wie sie ihre Lippen bewegt. Doch alles, was ich höre, ist ihr Name.

Velvet. Velvet. Velvet.

Wie ein Mantra läuft dieser Name durch meine Gedanken, ohne dass ich es stoppen kann. Fuck, wie lange wurde dieser Name schon nicht mehr in meiner Gegenwart ausgesprochen?

»Hunter? Geht es dir gut? Soll ich die Schwester holen?« Meine Mutter will gerade auf den Notknopf neben dem Kopfende des Bettes drücken, als ich ihr Handgelenk umgreife und sie in ihrem Vorhaben stoppe. Das Letzte, was ich jetzt gebrauchen kann, ist Abigail, die mich mit ihren Blicken fickt.

»Mir geht es gut.« Äußerlich geht es mir gut, Mom. *Innerlich sterbe ich.* Dabei reißt jede Sekunde einen Stein meiner Mauer nieder. Nur so habe ich das letzte Jahr überstanden: indem ich versucht habe, sie zu vergessen.

Indem ich mich mit anderen Frauen ablenken wollte, die mir nicht ansatzweise das Gefühl der Lebendigkeit gaben wie sie. Ich habe sogar versucht, Frauen Lektionen zu erteilen. Alles ohne Erfolg. Weil ich immer an sie denken musste, wenn eine Frau unter mir kam.

Weil keine Frau so schön erzittert wie sie. Weil keine Frau so lustvoll meinen Namen aussprechen kann wie sie. Und jetzt sitzt meine Mutter hier und stürzt mich, indem sie ihren Namen so leichtfertig ausspricht, in die Tiefe. Als wäre es das Normalste auf der Welt. Fuck, weiß sie nicht, was das mit mir anstellt?

Natürlich nicht.

Meine Mutter wusste nie, dass mir dieses kleine Biest etwas bedeutet hat. Sie war sich sicher, dass ich nur mit ihr gespielt habe. Ich habe gespielt ... und verloren. »Bist du dir sicher? Du bist ganz blass.« Mom legt ihre Hand an meine Wange und streicht über meinen Bart.

»Wirklich. Mir geht es gut«, lüge ich. Dabei will ich nur eines wissen: WO IST SIE? Und wieso ist sie nicht hier? Tausend Fragen brennen auf meiner Zunge.

Fragen, die sich im letzten Jahr in mir gestaut haben, die ich aber nie freilassen durfte. Nachdem ich zurück nach Phoenix kam, habe ich mir eine neue Nummer besorgt und ihre gelöscht.

Ich konnte und wollte nicht in Versuchung kommen, doch zurück nach L.A. zu gehen. Dafür war mir meine Freiheit viel zu wichtig. Und Ryan hätte seine Drohung wahr gemacht, wenn ich seiner Tochter noch einmal zu nahe gekommen wäre.

Eine Weile unterhalten Mom und ich uns noch. Sie sagt mir, dass es Ryan gut geht, dass sie sich einen Hund zugelegt haben und dass sie mich vermisst. Velvet erwähnt sie mit keiner Silbe. Und dabei kreisen meine Gedanken seit dem Aussprechen ihres Namens nur noch um sie.

Meine Mutter fragt mich, wie es mir geht. *Ich will nur wissen, wie es ihr geht.* Meine Mutter sagt mir, dass sie einen neuen Job hat. *Ich will vor ihr auf die Knie fallen, weil sie Velvet zu mir bringen soll.*

Am Ende spreche ich aber keinen meiner kindischen Gedanken an sie aus. Weil ich weiß, dass unsere zwei Wochen nichts waren. Nichts im Vergleich zu den einundzwanzig Jahren, die ich ohne sie auskam. Sie war wie ein verfickter Sommerregen bei vierzig

Grad. Sie war nur von kurzer Dauer und doch hat sie mich geprägt. So kann ich nicht verhindern, immer tiefer in die Gedanken an sie abzudriften. Ich vergesse die Frauen, die ich in den letzten zwölf Monaten als Ablenkung genutzt habe. Vergesse, dass keine einzige mich so verrückt und wütend machte wie sie. Dass ich nicht ein einziges Mal dasselbe gefühlt habe wie bei ihr.

»Ich werde mit Ryan reden. Er kann dich nicht ewig für das bestrafen, was passiert ist«, sagt meine Mom, nachdem wir uns schon eine Ewigkeit unterhalten haben.

Ich rapple mich auf meinem Bett auf und sehe ihr in die Augen. Sie ist unglücklich … Und ich würde alles dafür geben, das zu ändern. Wenn ich nur wüsste, wie.

»Ich glaube nicht, dass er seine Meinung über mich ändern wird. Vor allem nicht, wenn er erfährt, wie ich mein Geld verdiene.« Dass ich Nacht für Nacht in meinen Wagen steige und die Scheine unter meinem Kopfkissen bunkere, weil ich bei der Bank keine Fragen aufwerfen will.

In dieser Sekunde verdränge ich einfach, dass mein Mustang nach dem Unfall einem Trümmerhaufen gleicht. Der Baum hat ihn wie ein Akkordeon zusammengefaltet. Ich hatte verdammtes Scheißglück. Der Doc meinte, dass sich fast ein Ast durch mein Herz gebohrt hätte.

Ist ohnehin egal.
Ich habe nämlich keines mehr.
Hatte ich je eines?

»Du siehst müde aus. Willst du dich ausruhen? Ich werde noch bis Morgen bleiben.« Meine Mutter streicht meine Bettdecke glatt und nickt, als ich nicht antworte. Sie steht auf und geht zur Tür.

Geh nicht, schreit alles in mir. *Geh nicht, ohne mir zu sagen, wie es ihr geht. Sag mir, dass sie glücklich ist. Dass sie von mir gelernt hat. Dass sie die Scheißwelt bereist und nicht in dieser Kanzlei versauert. Bitte sag mir, dass ich etwas in meinem Leben richtig gemacht habe, Mom.*

Doch sie sagt nichts dergleichen, schließlich kann sie meine Gedanken nicht lesen. Bevor sie die Tür öffnet, dreht sie sich noch einmal zu mir um. »Ich weiß, was du mich die ganze Zeit fragen willst, Hunt.« Sie zögert.

»Wenn du willst, frage ich sie, ob sie vorbeikommen möchte. Sie war noch im Hotel, als ich herkam. Ich denke … ja, ich denke, sie würde sich freuen.«

Sie würde sich freuen, *ich würde untergehen*. Und obwohl ich ihr sagen sollte, dass ich sie nicht schen will, nicke ich. Und unterschreibe in derselben Sekunde mein Todesurteil mit einem Lächeln auf den Lippen.

VELVET

»Ich war gerade bei ihm.« Es ist kurz vor Mittag, als Vivianna mich anruft. Ich bin seit einer Stunde in der Stadt unterwegs und versuche, meinen tosenden Gedanken zu entkommen. Ohne Erfolg.

»Wie geht es ihm?«, frage ich beiläufig, dabei schreit alles in mir vor Schmerzen. Vor Sehnsucht. Vor Angst. Weil ich mit dieser Art der Gefühle nicht mehr klarkomme. Wenn ich genau darüber nachdenke, kam ich nie wirklich damit klar. Ich habe mir einfach fröhlich etwas vorgespielt, so wie dem Rest der Welt.

»Ihm geht es gut. Er hat nur ein Schleudertrauma und einige Schrammen. Der Arzt meinte, dass er heute schon wieder herauskann. Aber er würde sich freuen, wenn du ihn besuchst, bevor wir wieder fahren.«

Ich lasse das Buch von Jane Austen, das ich gerade in der Hand halte, zurück auf den Stapel fallen. Unsicher gehe ich einige Schritte in der Buchhandlung zurück und setze mich auf die lederbezogene Bank. *Er würde sich freuen, mich zu sehen.* Würde ich mich freuen, ihn zu sehen? Oder würde es mich brechen?

253

»Hat er das gesagt?« Mein Verstand schreit mich an, die Idee schnell über Bord zu werfen. Mein Herz hingegen krallt sich voller Hoffnung in Viviannas Stimme.

»Nicht direkt, aber ich habe es ihm angesehen. Morgen müssen wir wieder zurück nach Los Angeles. Vielleicht … na ja, ich denke, ihr solltet noch einiges vor unserer Abreise klären.«

Ich kralle mich weiterhin in dem Leder der Couch fest und starre auf den Stapel neuer Bücher vor meiner Nase. Die ganze Nacht konnte ich nicht schlafen, weil ich nicht wusste, was ich tun sollte. Dass Vivianna mir meine Entscheidung abnehmen soll, bringt mich schier um den Verstand.

»Ich überlege es mir.« Das ist alles, was ich antworte, obwohl ich sie belüge. Denn ein Teil in mir, der ein Jahr lang im Koma lag, wird in diesem Moment wach.

Und dieser Teil will nur eines: ihn sehen. Ihm in die braunen Augen sehen und ihm das sagen, was ich nicht mehr sagen konnte, weil er mich im Schlaf zurückließ. Weil er mir nicht einmal die Chance gab, mich von ihm zu verabschieden.

Ich stemme mich vom Sofa hoch, bezahle das Buch, das ich mir vorhin ausgesucht habe, und mache mich auf die Suche nach meinem Auto. Mein Ziel: das Krankenhaus in der West Thomas Road.

***

»Du schaffst das.« Ich stehe vor dem Spiegel auf der Toilette im Krankenhaus und kralle mich am Rand des Waschbeckens fest. Meine Arme zittern, meine Beine geben jeden Moment nach. Bis hierhin habe ich es geschafft, jetzt kann ich unmöglich einen Rückzieher machen.

Ein Jahr.

Ein Jahr vergeht so schnell.

Viel zu schnell. In diesem Moment wünschte ich mir, es wäre langsamer vergangen. Dann würde ich jetzt nicht hier stehen und mir beinahe die Seele aus dem Leib kotzen, weil mir schlecht ist.

Ich zupfe meine Bluse und meinen Rock zurecht, bevor ich mir das Gesicht mit Wasser erfrische und es anschließend mit den Krepptüchern abtrockne.

Danach krame ich eine Haarnadel aus meiner Handtasche und stecke mir die Haare hinten zusammen. Wie er wohl aussieht? Ob ihn das Jahr so verändert hat wie mich? Ich sehe erwachsener aus. Nicht mehr wie das brave Töchterchen, das er kennengelernt hat.

Und plötzlich fällt es mir wie Schuppen von den Augen: Ich muss keine Angst vor ihm haben. Keine Angst davor, ihm gegenüberzutreten.

Immerhin habe ich ihm alles von mir gezeigt. Er kennt mich, kannte mich schon nach wenigen Tagen besser als andere, die mich mein Leben lang kennen.

Ich straffe die Schultern und verlasse die Toilette, um mich bei der Schwester als Besuch anzumelden. Die hübsche Rothaarige lächelt mich zwar freundlich an, als sie mich zu dem Zimmer führt, aber ihr Blick spricht Bände. Sie scannt mich regelrecht … »Hier ist es.« Etwas zerknirscht deutet sie auf das Zimmer links von uns. Ich bedanke mich bei ihr und klopfe an. Plötzlich fühle ich mich wieder in die Zeit zurückkatapultiert.

In die letzte Nacht, die wir zusammen verbracht haben. Hunter antwortet nicht und doch fasse ich meinen Mut zusammen und trete ein. Ein Déjà-vu jagt das nächste.

Unsicher schließe ich die Tür hinter mir und hebe den Blick. Seine braunen Augen durchbohren mich so intensiv, dass ich automatisch mit dem Rücken gegen die Tür stolpere. Ich kralle mich am Henkel meiner Handtasche fest und fühle mich taub. Unfähig, mich zu bewegen. Unfähig, etwas zu sagen.

Mein Blick wandert über sein Tattoo, das immer noch denselben Kontrast zu seiner hellen Haut bildet. Vorbei an seinen etwas zu langen Haaren und dem Bart, der nicht so voll war, als er mich verlassen hat. Alles in allem sieht er reifer aus. Als wären nicht nur zwölf Monate vergangen, sondern mehrere Jahre.

»Willst du da stehen bleiben?« Seine Mundwinkel zucken leicht, aber ein richtiges Lächeln bringt er nicht zustande. Ich versuche derweil, seinem Blick zu entkommen und sehe mich in seinem Zimmer um.

Ob die Blumen auf dem Tisch von Vivianna sind? Oder hat er eine Freundin? So viele Fragen brennen mir auf der Zunge, mit denen ich unmöglich das Gespräch beginnen kann.

Also stoße ich mich von der Wand ab und gehe zum Fenster herüber. Sein Blick verfolgt mich dabei wie ein Geist. Ein viel zu schöner Geist. Mit viel zu schönen Augen und viel zu intensiven Blicken.

»Ich hasse Krankenhäuser«, sage ich unsicher, um das Eis zu brechen. Ein leises Lachen aus seiner Kehle schafft es, dass ich mich entspanne.

Es ist so seltsam, in einem Raum mit ihm zu sein, nachdem ich über ein Jahr lang nichts von ihm gehört habe. Nicht einmal Vivianna hat in meiner Gegenwart von ihm gesprochen. Als hätte es ihn nie gegeben … Im Prinzip wusste ich nichts über sein neues Leben.

»Wer hasst Krankenhäuser nicht?«, stellt er als Gegenfrage. Während ich starr aus dem Fenster blicke und zur Ablenkung die Autos auf dem Parkplatz zähle.

»Du hast dich verändert.« Seine Erkenntnis trifft mich wie ein Schlag ins Gesicht, denn man hört ihm an, dass ihm die Veränderung nicht gefällt.

Ich blicke an mir hinab und weiß, was er meint. Immerhin schreien meine Klamotten vor Spießigkeit. Ich bin genau das, was er immer verabscheut hat.

»Du dich auch«, antworte ich mit zitternder Stimme und zähle weiterhin die parkenden Autos. Fünfzig … Einundfünfzig.

»Willst du mich gar nicht ansehen, *Sugar*?« Hunter betont diesen Namen so selbstverständlich, dass ich höre, wie das Eis in mir bricht. Neben meinem Herzen, das ich in den letzten Monaten sporadisch geflickt habe.

Tränen schießen in meine Augen, die ich nicht unterdrücken kann. Die erste findet schließlich ihren Weg über mein Gesicht.

Er tut so, als wäre keine Zeit vergangen, als wären wir immer noch dieselben wie in jener Nacht auf dem Dach des *Venice Hotel.* Aber das sind wir nicht. Wir haben uns weiterentwickelt.

»Sieh. Mich. An.« Klang er bis eben noch ruhig, knurrt er mich jetzt an. Ich straffe die Schultern, mache aber keinen Hehl aus meinen Tränen, als ich mich zu ihm umdrehe. Meine Tasche lasse ich auf der Fensterbank liegen.

Hunter scannt mein Gesicht, und als er meine Tränen sieht, runzelt er die Stirn. Ich will es leugnen, aber ich kann nicht: Sein Anblick macht mich immer noch schwach.

Weil ich seitdem nie wieder einem Mann begegnet bin, der mich mit seinen Blicken so aus dem Konzept bringen konnte wie er. Ich habe nach jemandem gesucht, wirklich. Aber ich habe nie jemanden gefunden.

»Wieso?« Das ist alles, was meinen Lippen entflieht. Tausend unausgesprochene Gedanken liegen auf meiner Zunge, aber nur dieses eine Wort schafft es.

»Wieso was, Velvet?« *Gott, wie ich den Klang meines Namens aus seinem Mund vermisst habe.* Eine Gänsehaut kriecht über meinen Körper und macht mich beinahe willenlos. Als hätte es die vergangenen dreihundertfünfundsechzig Tage nicht gegeben.

»Wieso hast du dich einfach aus dem Staub gemacht?« Noch jetzt zieht sich mein Herz bei der Erinnerung daran zusammen. Ich erinnere mich, wie er mich in mein Bett brachte und mir die Lektion zuflüsterte.

Als ich Stunden später wach wurde, stand sein Wagen nicht mehr in der Einfahrt. Er war weg. Ohne ein Wort. Ohne irgendetwas zu hinterlassen außer einem Scherbenhaufen.

»Du wusstest, worauf du dich an diesem Abend eingelassen hast. Ich habe dich gewarnt … bevor -« Ein hysterisches Lachen kriecht meine Kehle hinauf.

»Bevor du mit mir geschlafen hast, Hunter. Ja. Du hast mir gesagt, dass ich es bereuen würde. Ich dachte nur, dass du dich wenigstens verabschieden würdest.« Wie dumm ich war, wird mir erst jetzt bewusst. Jetzt, da ich das erste Mal seit einem Jahr die Erinnerung daran zulasse.

»Was willst du von mir hören? Dass es mir leidtut? Denn das tut es nicht. Ich musste verschwinden. Und das war die einzige Art, die für mich funktioniert hat«, antwortet er so kalt, dass sich alles in mir verkrampft. Derweil laufen neue Tränen über mein Gesicht.

»Es hat für dich funktioniert? Ich habe mir wochenlang die Augen aus dem Kopf geweint. Weil ich dich nicht einmal auf deinem Handy erreichen konnte.« Eines steht fest: Als ich herkam, habe ich etwas anderes erwartet. Dass wir uns in den Armen liegen würden. Das hier ist die dunkle Seite der Medaille. Weil Hunter nicht mehr antwortet, schüttle ich den Kopf und stürme in meinen hohen Schuhen und mit meiner Handtasche zur Tür. Ich will und darf ihm nicht weiterhin meine Schwäche zeigen.

»Warte, Sugar.« Wieder sorgt der Name dafür, dass alles in mir zerspringt. Vor Glück. Vor Trauer. Vor Sehnsucht. Leidenschaft. Alle Emotionen prasseln auf mich nieder und lähmen mich.

»Weißt du, wieso ich mich nicht verabschiedet habe?« Ich bleibe an der Tür stehen, meine Hand liegt auf der Klinke. Und doch will ich wissen, was er zu sagen hat. Das hier ist die einzige Möglichkeit, seine Sicht der Dinge zu hören, bevor ich zurück nach Hause fahre.

»Ich musste immer stark sein. Für meine Mutter. Ich konnte nie Schwäche zeigen. Ich *wollte* es nie.« Eine Pause setzt ein, in der ich die Augen schließe und auf den Rest warte. Weitere Tränen rinnen über mein Gesicht.

»Hätte ich mich von dir verabschieden müssen, hätte ich nicht gehen können. Weil ich, egal wie stark ich immer war, eine Schwachstelle hatte. Und die warst du«, erklärt er mir stockend. Ich drehe mich zu ihm um und sehe, dass seine Augen glänzen. Weint er etwa? Meinetwegen?

»Wir sind beide ziemlich kaputt, kann das sein?« Ein müdes Lächeln huscht über sein Gesicht, das mich ansteckt, obwohl ich stark bleiben wollte.

»Anscheinend habe ich auch eine Schwachstelle. Sonst wäre ich nicht hier«, setze ich noch hinterher. Meine Beine schreien mich an, zu ihm zu gehen und ihn zu spüren. Weil ich vergessen habe, wie gut er sich anfühlt. Doch mein Verstand wahrt den Sicherheitsabstand.

»Nur kaputte Menschen können sich heilen.« Seine Worte sorgen dafür, dass ich meine Mauern endgültig für ihn öffne. Ich lächle ihn warm an und spüre, dass meine Tränen in Sekundenschnelle versiegen. Nur Hunter schafft es, mich innerhalb kürzester Zeit so unterschiedlich empfinden zu lassen.

»Ich werde heute entlassen.« Er deutet auf die Schläuche in seinem Arm und sieht mich dann stechend an. Fast hatte ich vergessen, wie verrückt mich diese braunen Augen mal gemacht haben. Im Prinzip haben sie immer noch dieselbe Wirkung auf mich.

»Ich weiß. Deine Mom hat es mir am Telefon erzählt. Wir reisen morgen wieder ab«, antworte ich schwach, weil mich allein der Gedanke daran umbringt. Weil ich noch so viel zu sagen habe, aber mir die Zeit aus der Hand rinnt.

»Ich habe eine Wohnung hier in Phoenix. Willst du heute Abend zu mir kommen?« Sein Angebot lässt mich schlucken und doch zögere ich keinen Moment. Stattdessen nicke ich.

»Hat deine Mom die Adresse?« Wieder kralle ich mich an meiner Tasche fest und verdränge den Wunsch, ihn zu spüren. Zu kosten, ob seine Lippen immer noch süchtig machen. Ich habe alles darangesetzt, der Droge zu entkommen, aber ein Jahr hat nicht gereicht, um mich zu heilen.

»Ich kann sie ihr geben.« Ein letztes Mal treffen sich unsere Blicke, bevor ich die Flucht ergreife. Schnell reiße ich die Tür auf und stürme auf den Flur …

Ich werde ihn wiedersehen.

Und mich beschleicht das Gefühl, dass sich die Geschichte wiederholen wird. Alles wird mit einem Abend anfangen und mich am Ende mein Herz kosten, wenn die Sonne aufgeht.

***

Um kurz vor neun stehe ich in völlig neuen Klamotten vor der Adresse, die Vivianna mir im Hotel gegeben hat. Den Bleistiftrock habe ich durch eine schwarze Jeans getauscht und die Bluse durch ein Top und einen dunklen Cardigan.

Die Pumps habe ich ebenfalls durch Turnschuhe getauscht. Das ganze Outfit hat mich einhundert Dollar gekostet. Und wofür? Um ihm zu beweisen, dass immer noch ein Teil der alten Velvet in mir steckt, auch wenn ich ihn durch meine neue Kleidung verstecke.

Ich stehe auf dem Treppenabsatz zu seinem Wohnhaus und balle die Hände zu Fäusten. Der kleine Teufel auf meiner Schulter schreit mich an, will, dass ich das Weite suche und einfach zurück ins Hotel gehe, bevor es morgen zurück nach L.A. geht.

Doch dann wäre da noch ein anderer Part in mir, der etwas ganz anderes will. Der das letzte Jahr vergessen und dort weitermachen will, wo wir an jenem Morgen aufgehört haben.

»Willst du noch lange da unten stehen oder willst du reinkommen?« Erschrocken blicke ich nach oben und mir steigt die Röte ins Gesicht, als ich sehe, dass Hunter mich von seinem Fenster im zweiten Stock aus beobachtet.

»Machst du auf? Ich glaube, die Klingel ist kaputt«, jammere ich, aber es hat keinen Sinn, ihm diese Story aufzutischen. »Du bist immer noch eine miserable Lügnerin, Sugar. Ich mach dir auf.«

Sekunden nachdem er am Fenster verschwunden ist, wird die Tür schließlich summend geöffnet. Ich stoße sie auf und gehe rasch die beiden Etagen nach oben, bevor ich seine Wohnung erreiche.

Jede Faser meines Körpers schreit mich an und befiehlt mir, nicht den Fehler meines Lebens zu machen. Dennoch übertrete ich die Türschwelle und stehe in seinem Apartment.

Etwas unbeholfen verharre ich in der Tür und sehe ihn an. Ohne mich zu begrüßen, geht Hunter weiter ins Innere der Wohnung und ich folge ihm unbeholfen. In einem großzügigen Wohnbereich angekommen, bleibe ich stehen und lasse alles auf mich wirken.

Die Poster meiner Lieblingsbands, die Originalschalplatten auf den Schränken und die morbide, zusammengewürfelte Einrichtung, die mir zeigt, dass er noch nicht lange hier wohnt. Alles in allem liebe ich die Wohnung schon jetzt. Als wäre sie ein Abbild seiner Persönlichkeit. Mit Ecken und Kanten. Und einfach … einzigartig.

»Du hast dich umgezogen«, stellt Hunter fest, der wieder an seinem Fenster steht und den Rauch seiner Kippe nach draußen katapultiert. Er trägt ein dunkles Shirt mit V-Ausschnitt, das mir einen Blick auf schwarze Linien auf seiner Brust verschafft. Definitiv hatte er vor einem Jahr noch kein Tattoo auf seiner Brust …

Was es wohl ist? Etwas, das ich an diesem Abend nicht erfahren werde, wenn ich rational handeln will. Doch etwas sagt mir, dass ich dieses Vorhaben bereits durchbrochen habe, als ich seine Einladung annahm.

»Die anderen Sachen waren von gestern. Außerdem fühle ich mich so viel wohler«, erkläre ich ihm und sehe mir derweil die Schallplatten genauer an. Mit dem Finger fahre ich über die Rahmen. Kein Staub. Ob Hunter putzt? Entweder hat er sich verändert oder es gibt doch eine Frau in seinem Leben.

»Falls du wissen willst, ob ich eine Freundin habe -«

»Will ich nicht!«, presche ich dazwischen und verrate mich damit sofort. Hunter nickt wissend und ascht die Zigarette aus dem Fenster. Seine Jeans sitzt so tief, dass ich den Ansatz seiner Shorts darunter sehen kann.

»Die Sachen stehen dir viel besser.« Er lenkt vom Thema ab. Etwas, das mich innerlich sofort erstarren lässt. Ganz sicher hat er eine Freundin.

Die Frage ist nur: Wieso bin ich dann hier? Wieso wollte er, dass ich herkomme? Hunter war schon damals ein Blatt mit sieben Siegeln, die ich nicht entziffern konnte. An einigen Tatsachen ändert sich nichts.

Ich gehe weiter zum nächsten Schrank und entdecke die einzigen Fotos im Wohnbereich. Es sind Bilder von ihm und seiner Mom aus der Zeit in Phoenix.

Allein beim Anblick ihrer traurigen Augen wird mir speiübel. Anschließend gehe ich zu dem schwarzen Sofa herüber und fahre mit den Fingerspitzen über den weichen Stoff.

»Die anderen Sachen muss ich in der Kanzlei tragen.« Ich schiele zu ihm herüber, um zu sehen, wie er auf meine Worte reagiert.

Ich hatte mit allem gerechnet. Einem Lachen, einem spöttischen Blick, Wut … Aber er starrt mich einfach nur an. Und das macht mich nervöser, als ich sein sollte.

»Du bist also tatsächlich in die Fußstapfen deines Vaters getreten?«, hakt er unnötigerweise nach. Ich gehe weiter und sehe mir die Volbeat-Poster an der Wand genauer an, um seinen Blicken auszuweichen.

»Noch nicht. Ich habe erst die Schule beendet und jetzt mache ich ein halbjähriges Praktikum, bevor ich Recht studieren gehe.« Ein Blick zu ihm verrät mir, dass ihn meine Antwort nicht zufriedenstellt.

Eine ganze Weile steht er noch am Fenster und beobachtet mich wie einen Eindringling in seinem Haus. Als würde er mich gar nicht hierhaben wollen. Ich verschränke die Arme vor der Brust und sehe ihn herausfordernd an.

»Warum sollte ich herkommen? Ich habe nicht das Gefühl, erwünscht zu sein«, werfe ich trotzig in den Raum. Hunter schließt das Fenster hinter sich und nimmt sich im Vorbeigehen einen Schluck aus seinem

Whiskeyglas. »Warum bist du hergekommen?«, stellt er eine Gegenfrage, die mich aus dem Konzept bringt. Vor mir bleibt er stehen, sodass wir uns viel zu nah sind. Wieder huscht mein Blick zu den schwarzen Linien unter seinem Shirt, die der Stoff vor mir verbirgt.

»Ich weiß es nicht.« Und so sehr ich auch wünschte, ich würde lügen: Ich weiß wirklich nicht, wieso ich mir das hier antue. Wieso ich absichtlich ins offene Messer renne, an dem ich mich bereits einmal geschnitten habe. Reichen mir die Narben noch nicht?

»Du weißt genau, wieso du hier bist.« Seine Unterstellung lässt mich kurz auflachen. »An manchen Sachen ändert sich wirklich nichts: Du bist immer noch genauso herrisch wie damals«, knurre ich ihn an. Nur die Couch in meinem Rücken gibt mir Halt, sodass ich seinem Blick standhalte, ohne die Flucht zu ergreifen.

»Du bist hier, weil du etwas vermisst hast. All die Monate, in denen ich nicht da war?« Hunter stellt sein Glas neben mir auf den Beistelltisch, wobei er mit seinem Arm meinen streift.

»Du hast dich taub gefühlt. Du hast vermisst, wie du dich in dieser Zeit gefühlt hast. Hast vermisst, dass dich jemand herausfordert. Ich konnte dich immer durchschauen, Sugar. Du hast den Kick geliebt. Hast geliebt, wie es sich hier drin angefühlt hat, mit mir zusammen zu sein.«

Bei seinem letzten Satz legt Hunter seine Hand auf meine Brust. Sofort schnellt meine Atmung in die Höhe und ein Kribbeln breitet sich auf meiner Haut aus.

»Vielleicht hast du recht. Vielleicht habe ich in den Monaten aber auch gemerkt, dass ich dich nicht brauche, um glücklich zu sein«, wispere ich, will ihm Kontra bieten. Aber meine Stimme ist zu schwach und bricht zum Ende hin ganz ab.

»Wärst du dann bei deinem Vater in der Kanzlei? Hättest du dann diesen Job angenommen, der dich nie glücklich machen wird? Sag mir, Velvet: Hast du aus meinen Lektionen nichts gelernt?«

Feuer und Wut lodern in seinen Augen, die mir einen Schauder über den Rücken jagen. Und auch wenn seine Iriden anders wirken als vor einem Jahr, sind es immer noch seine Augen. Auch wenn sein Bart dichter ist, sind es immer noch seine Züge. Er ist immer noch derselbe … Auch wenn ich nicht weiß, was in dem vergangenen Jahr passiert ist.

»Du sagtest, ich soll die beste Version von mir werden«, erinnere ich ihn an seine letzten Worte an mich, bevor er mich verlassen hat.

Bevor er mich einfach zurückließ, nachdem ich mich ihm hingegeben hatte. Seine Hand liegt immer noch an meiner Brust, wir sind uns so nah, dass ich mich nur auf die Zehenspitzen stellen müsste, um ihn zu küssen.

»Ich war in dieser Nacht die beste Version von mir.« Mein Geständnis treibt mir die Tränen zurück in die Augenwinkel. Hunter bemerkt sie, lässt sie aber unkommentiert. Stattdessen tackert er mich mit seinen Augen am Boden fest.

»Das weiß ich«, sagt er stockend. »Wieso bist du es jetzt nicht mehr?« Seine Lippen sind zu einer harten Linie verzogen, während mein Herz weiterhin aufgrund seiner Berührung aus meiner Brust springt.

»Weil du gegangen bist. Und ich seitdem taub war.« Ich senke die Lider, um mich unter Kontrolle zu behalten, aber als Hunter seine Hand unter mein Kinn legt und es anhebt, ist es um mich geschehen.

In dieser Sekunde bin ich wieder die Velvet, die ich vor einem Jahr in jener Nacht war. Lebendiger, wacher, glücklicher. Und zur selben Zeit dümmer und naiver als je zuvor.

»Darf ich dich etwas fragen?« Seine Augen fahren über mein Gesicht, als würde er in ihm nach etwas suchen, es aber nicht finden. Ich nicke schwach und spüre, sodass meine Knie weich wie Butter werden.

»Hast du einen Freund?« Seine Frage lässt mich die Stirn runzeln. Erst überlege ich, ihn anzulügen und ihm etwas vorzumachen, doch dann verwerfe ich den Gedanken wieder.

»Nein.«

»Wieso nicht?«

»Weil ich niemanden getroffen habe, der -«

»Der was?« Noch immer hypnotisieren mich seine schokobraunen Augen so stark, dass ich alles mit mir machen lassen würde. Dabei hatte ich mir geschworen, nie wieder jemanden mit mir spielen zu lassen. Und erst recht nicht Hunter Smith. »So war wie du. Ich habe niemanden getroffen, der war wie du«, antworte ich wispernd. In diesem Augenblick mache ich mich angreifbar. Und zur selben Zeit weiß ich, dass er der einzige Mensch ist, dem ich diese Macht über mich geben will.

»Hast du mit jemandem geschlafen?« Seine nächste Frage trifft mich härter als erwartet. Ich schüttle den Kopf und reiße mich von ihm los. »Du spinnst, Hunter. Es war dumm, herzukommen.« Bevor ich das Wohnzimmer verlassen kann, hat Hunter mich zurückgerissen und gegen die Wand gestoßen. Mit den Händen hält er mich hier wie eine Gefangene.

»Antworte mir, Sugar. Hast du oder hast du nicht? Ich muss es wissen.« Für einen unscheinbaren Moment blitzt Unsicherheit in seinen Augen auf, die er schnell wieder unter Kontrolle hat. Viel zu schnell.

»Du sagst mir nicht einmal, ob du eine Freundin hast«, halte ich gegen und ignoriere, dass mich die Nähe zu ihm verrückt macht. Dass ich mir mehr wünsche. Mehr Nähe. Mehr von allem, bevor ich morgen wieder abreise. Ich will eine Nacht lang wieder die Alte sein und das fühlen, was ich damals gefühlt habe. Bevor ich mich in diese Version verwandelt habe.

»Ich habe keine Freundin«, sagt er schließlich. »Und jetzt antworte mir.« Geduld war schon damals nicht seine Stärke und so treiben mich seine Blicke beinah in den Wahnsinn.

»Ich muss wissen, ob du an mich gedacht hast, wenn jemand anderes in dir war«, setzt er noch rau hinterher. Seine Stimme, die in den vergangenen Monaten noch dunkler und elektrisierender geworden ist, geht mir durch Mark und Bein.

269

»Es war niemand in mir«, antworte ich ihm schließlich und gebe mich geschlagen. Gebe ihm alles preis, obwohl ich mir vorgenommen hatte, ihm nicht mehr die Kontrolle zu geben. Nie wieder. Hunter zieht die Luft ein und hält dann den Atem an.

»Wieso nicht? Was hat dich davon abgehalten?« Seine Hände, die bis eben noch auf der Wand lagen, wandern jetzt zu meinen Hüften.

Als er mich kraftvoll an sich zieht, verschwimmt alles um mich herum. Oben wird zu unten, rechts zu links. Schwarz zu weiß und bunt zu grau. Ich weiß nicht, wohin mit mir und meinen Gefühlen, als ich mir die passenden Worte zurechtlege.

»Du. Du hast mich davon abgehalten.«

HUNTER

»Du. Du hast mich davon abgehalten.« Verdammte Perfektion. Die Art und Weise, wie sie vor mir steht und mich ansieht. Mit diesem Funkeln in den Augen und dem Hunger im Blick.

Perfekt.

Das ist alles, was mir dazu einfällt.

Meine Hände liegen immer noch auf ihren Hüften. Mein Herz spielt immer noch verrückt und alles in mir schreit nach ihr. Danach, sie zu schmecken.

Sie an mich zu ziehen und zu halten. In sie einzudringen und ihr die Taubheit zu nehmen, die ich letztes Jahr in ihr gesät habe. Ich will das Kaputte in ihr heilen. Will aus unerfindlichen Gründen wiedergutmachen, was ich mit meiner Flucht zerstört habe.

Ihre blonden Haare sind dunkler, als ich sie in Erinnerung hatte, aber ihre Augen … ihre Augen sind immer noch dieselben. Sie trägt mehr Make-up, aber die Reinheit in ihrem Gesicht ist immer noch dieselbe. Ihre Lippen sind sinnlicher und doch weiß ich, dass sie immer noch den gleichen Geschmack haben wie damals. »Ein Jahr kann unfassbar lang sein, wenn man versucht, jemanden zu vergessen«, durchbreche ich die Stille, die uns wie ein Schleier umgibt. Ich blende alles aus. Die vorbeifahrenden Autos vor der Wohnung, die Sirenen von den Krankenwagen in der Stadt.

Alles, was ich höre, ist ihr Atem. Alles, was ich sehe, ihre Augen. Ihre hungrigen Augen. Ihre geöffneten Lippen und das stumme Flehen in ihrem Blick. Sie will, dass sich die Geschichte wiederholt. Will ich es auch?

»Noch länger, wenn es einem nicht gelingt.« Sie antwortet mir flüsternd, wobei mich ihr süßer Duft um den Verstand bringt. Blut schießt in alle Stellen meines Körpers, die sich ohne sie leer angefühlt haben.

Leer und unvollkommen. Egal, wie viele Frauen ich gesucht habe, um sie zu vergessen, ich war machtlos gegen das hier. War immer machtlos und werde immer machtlos sein, wenn sie mich so ansieht.

»Was tun wir hier eigentlich?«, fragt sie mich wispernd. Wir sind uns immer noch so nah, dass die Wärme ihres Körpers auf meinen übergeht. Alles brennt in mir, alles stirbt. Und gleichzeitig belebt mich ein Blick aus ihren Augen wieder. Pure Folter.

Ich packe sie stärker an den Hüften, und als sie mit ihrem Becken gegen mich stößt, werde ich hart. Härter als ich es in den letzten zwölf Monaten je war.

»Wir brechen Regeln«, antworte ich ihr und sehe, dass sie meine Antwort aus dem Konzept bringt. »Oder hast du schon vergessen, wie es sich anfühlt? Weißt du noch, wie man frei sein kann, Sugar?« Ich suche in ihren Smaragdaugen nach der Wahrheit, aber etwas hindert mich daran, sie zu durchschauen. »Ich glaube, ich habe es verlernt.« Sie schluckt. Weil sie genau weiß, was dieses Geständnis in mir wachruft. Gefühle und Gedanken, die ich ein Jahr lang unter Verschluss hielt, strömen jetzt an die Oberfläche und reißen alles nieder. Zerdrücken mich, machen mich machtlos.

Ohne zu zögern, lege ich meine Lippen auf ihre. Und dann steht diese Welt still. Scheißperfekte Welt. Ich halte das perfekte Mädchen in den Armen und vergesse, dass ich mir geschworen hatte, stark zu bleiben. Sie war schon von Beginn an meine Schwachstelle. Das Leck in meinem Schiff. Mit jedem Tag, an dem sie nicht da war, lief weiteres Wasser hinein und sorgte dafür, dass ich jetzt untergehe.

Ich schiebe meine Zunge in ihren süßen Mund, umspiele ihre mit meiner. Knabbere an ihrer Unterlippe und reiße sie noch stärker an mich, als sie in meine Mundhöhle seufzt.

Velvet lässt ihre Tasche zu Boden fallen und krallt sich an mir fest. Sekunden später umklammern ihre Schenkel mein Becken und ich trage sie in mein Schlafzimmer.

Das hier ist es, was mich Nacht für Nacht von meinem Schlaf abhielt. Was mich davon abhielt, einfach abzuschließen und hier ein neues Leben anzufangen.

In meinem Schlafzimmer angekommen, lege ich sie auf dem Bett ab und schäle sie quälend langsam aus ihren Klamotten. War ihr Körper vor einem Jahr noch kindlicher, ist er jetzt eindeutig der einer Frau. Leichte Bauchmuskeln zeichnen sich unter ihrem Bauchnabel ab und verschwinden unter ihrem Slip. Velvet schließt die Augen, genießt es, von mir angesehen zu werden. Ohne dass ich sie darum bitten muss, wandern ihre Hände zum Bund ihres Slips, den sie sich abstreift. Danach wandert ihre linke Hand zu ihrer Mitte.

»Fuck, Velvet«, knurre ich, als sie beginnt, sich zu streicheln. Sie fährt mit den Fingerspitzen über ihren Venushügel, hinauf zu ihrem Bauch und anschließend zwischen ihre Beine, die sie für mich spreizt.

Während ich vor dem Bett knie und die Show genieße. Mein Schwanz ist härter als je zuvor, als sie einen Finger in sich schiebt und keucht.

»Dir gefällt es, mich in der Hand zu haben«, stelle ich raunend fest und fahre mit den Fingern über ihre Knie hoch zu ihren Schenkeln. An ihren Hüften halte ich inne und sehe ihr dabei zu, wie sie es sich selbst besorgt.

Und wieder schießt mir nur ein Wort in den Sinn: Perfektion. Wie sie auf meinem Bett liegt und sich selbst verwöhnt, während ich vor ihr knie und alles mit ansehe … ist Perfektion.

Ein Stöhnen entflieht ihren Lippen und ihre Lider flattern, als sie kurz davorsteht, durch ihre eigenen Berührungen zu kommen. Ich packe ihre Hand und presse sie in die Matratze, während ich mich über sie beuge.

»Vergiss es.« Ich drehe ihr Kinn in meine Richtung und warte, bis sie die Lider öffnet und mich ansieht. Ihre Wangen vor Lust gerötet, ihr Mund halb geöffnet.

»Wenn du kommst, dann mit mir in dir.« Velvet will protestieren, aber als ich meine Hand zwischen ihre nassen Schenkel schiebe, verstummt jeglicher Widerstand. Sie schließt die Augen und genießt. Genießt, wie mein Finger über ihren Kitzler fährt. Genießt es, dass ich meinen Daumen in sie schiebe. Ihre Knie zittern, je schneller ich die Nässe auf ihrer Haut verteile.

»Ich will nicht sagen, dass ich keinen Sex hatte … seit ich gegangen bin.« Velvet schlägt die Augen auf und sieht mich gekränkt an. »Lass mich ausreden.« Ich fahre erneut aus ihrer Mitte heraus, um mich danach noch stärker in sie zu schieben.

»Aber ich musste jedes Mal an dich denken«, gestehe ich ihr und liefere mich ihr schutzlos aus. Ich habe versucht, sie zu vergessen. Ich habe Frauen gefickt und den Kick im Rennen gesucht … aber nichts konnte mir das Gefühl der Vollkommenheit geben, die ich jetzt verspüre.

Velvet beugt sich zu mir und küsst mich, während ich mich weiter mit dem Daumen in ihr bewege. Je ekstatischer sie wird, desto härter werde ich. Als ich es selbst nicht mehr aushalte, lasse ich mich auf den Rücken fallen und überlasse ihr die Führung. Velvet greift nach meiner Jeans, knöpft sie auf und zieht mich aus, bis ich nackt neben ihr liege.

Sekunden später spüre ich ihre perfekten Lippen an meinem Schwanz. Wie sie an meiner Spitze saugt und mich in sich aufnimmt, als hätte sie das schon zum hundertsten Mal getan.

275

Mein Schwanz zuckt, als sie mir ihren süßen Mund schenkt. Ihre Zunge fährt über meine Adern, und weil ich weiß, dass ich nicht länger warten will, stoppe ich sie und ziehe sie zu mir hoch.

»Vertraust du mir?«, frage ich sie raunend. Velvet nickt und weicht meinem Blick das erste Mal an diesem Tag nicht aus. Stattdessen steht pure Entschlossenheit in ihr Gesicht geschrieben.

Ich lege meine Hände auf ihre Hüften, hebe sie hoch und setze sie anschließend auf mir ab. Dabei gleitet sie so quälend langsam auf meinen Schwanz, dass ich allein beim Gedanken an sie kommen könnte.

Velvet hält wieder ihre Augen geschlossen, bewegt sich sinnlich auf mir. Verdammt. Sie ist verdammt perfekt. Wie sie mich in sich aufnimmt, mich mit ihrer Nässe umgibt. Sie ist einzigartig. Die Art, wie sie in eine andere Welt abtaucht, wie sie alles um sich herum ausblendet.

Je öfter sie mich in sich aufnimmt, desto quälender wird es für mich. Ich kralle mich in ihr süßes Fleisch, stoppe ihre Bewegung und drehe mich mit ihr auf meinem Schwanz um, sodass sie unter mir liegt.

Wie in dieser Nacht auf dem Dach des Hotels … Wie in der Nacht, in der sie mir die restliche Frauenwelt ruiniert hat, weil sie besonders ist. Weil niemand so schön aussieht, weil niemand so sinnlich ist. Weil verdammt noch mal niemand *sie* ist.

»Ich habe dich vermisst«, flüstere ich ihr ins Ohr, als ich mich weiter in ihr bewege. Sie so langsam ficke, dass jede Faser meines Körpers vor der Detonation steht.

Ich will ihr alles von mir geben und alles von ihr nehmen. »Ich habe dich auch vermisst«, antwortet sie und krallt sich in meinem Haar fest. Je schneller ich mich in sie stoße, desto abwesender wird sie. Ihre Wangen brennen wie Feuer, ihr Körper ist mit einer dünnen Schweißschicht bedeckt und bringt mich endgültig um den Verstand, als sie ihre Nägel in meinen Rücken krallt.

Ihr Gang legt sich zuckend um meine Härte, und als ich sehe, dass Velvet die ersten Tränen über das Gesicht laufen, ergieße ich mich in ihr.

Sekunden später spüre ich die Wellen ihres Höhepunktes auf mich übergehen. Sie liegt unter mir und weint. Doch als sie mir schließlich in die Augen sieht, weiß ich, dass es so sein muss. Dass sie genau das perfekt macht. Weil sie doch Ecken und Kanten hat. Und kaputt genug ist, sich das Herz ein zweites Mal von mir brechen zu lassen.

***

»Wann hast du dir das stechen lassen?« Velvet legt ihren Kopf schief und fährt mit ihren Fingerspitzen über die Linien meines Tattoos. Ich greife ihr Handgelenk und stoppe ihre Bewegungen.

»Einen Monat, nachdem ich herkam.« Ich brauchte Schmerzen. Und ich wollte etwas für mich haben, das mich prägt, so wie mich die wenigen Tage mit ihr geprägt haben. Also ging ich zu dem Tattoostudio meines Vertrauens und habe es mir stechen lassen. Bis heute bereue ich es nicht. »Life consists of lessons«, liest sie den Spruch vor, der auf meiner linken Brust beginnt und sich bis zum Ansatz meines Sixpacks zieht. Ich fahre mit der freien Hand durch ihr Haar und suche ihren Blick.

»Nichts, was dir nicht schon vorher klar war, oder?« Ein stummes Lachen huscht über ihr Gesicht, als sie ihren Kopf auf das Tattoo bettet und sich an mich presst.

Sie ist immer noch nackt. Und perfekt. Und wunderschön. Viel zu schön für mich. Und zu nackt sowieso. Denn ich weiß, dass wir reden müssen, obwohl ich so viel lieber etwas anderes mit ihr anstellen würde.

»Ich will nicht zurück nach L.A.« Man hört ihr an, wie traurig sie ist. Eine Tatsache, die mich mit Wut erfüllt. Wut auf diese hässliche Welt, auf ihren Vater und den Job, der ihr aufgezwungen wurde, als sie noch nicht alt genug war, es selbst in die Hand zu nehmen.

»Niemand zwingt dich, dort zu bleiben«, sage ich geradeheraus. Immerhin kann sie bestimmen, was sie mit ihrem Leben anstellt.

»Ich weiß nicht, was ich sonst tun soll. Ich weiß nicht, was ich kann.« Und ich habe selten etwas Traurigeres aus dem Mund eines so schönen Mädchens gehört.

»Ich weiß, was du gut kannst«, widerspreche ich ihr und kassiere dafür ein herzerwärmendes Lachen. »Das meine ich doch nicht! Ich weiß nur nicht, was ich will. Aber ich werde es schon noch herausfinden.« Velvet kuschelt sich wieder an meine Brust, und ich halte sie. Halte sie und verspüre das Bedürfnis, sie nie wieder gehen zu lassen. Dabei weiß ich, dass es wieder enden wird.

Dass es einen Abschied geben wird. Ihr Leben spielt in L.A., meines hier. Wie zwei Welten, die kollidieren. Und doch lasse ich es zu, mich für diesen Moment zu entspannen … und einfach zu vergessen, dass ich sie vergessen wollte.

VELVET

Es ist mitten in der Nacht. Nur das Licht des Mondes erhellt den Raum. Ich liege auf seinem Bett, sehe ihm beim Schlafen zu und weiß, dass ich mir gleich das Herz brechen werde.

Dass ich gehen muss. Und dass ich nicht besser bin als er, wenn ich jetzt einfach verschwinde. Aber es geht nicht anders. Ich muss … weil ich sonst nicht gehen könnte.

Ich kann dabei nicht vor ihm stehen und ihm in die Augen sehen. Deshalb muss ich den einfachen Weg wählen, den, den er vor einem Jahr gegangen ist.

Eine Weile liege ich noch stumm neben ihm, fahre über das Tattoo auf seiner Brust und präge mir sein Profil ein. Sauge alles auf und speichere es in den hintersten Winkeln meines Gedächtnisses ab.

Letztendlich liege ich so lange neben ihm, bis die Sonne aufgeht und die ersten Strahlen in das Zimmer schickt. Leise krame ich meine Sachen zusammen und sehe ihn ein letztes Mal an. Er sieht glücklich aus. Ob er immer so glücklich aussieht, wenn er schläft?

Ich beuge mich über ihn und gebe ihm einen Kuss auf den Mund. So leicht, dass er davon nicht einmal wach wird. »Ich habe aufgegeben, dich vergessen zu wollen.« Und mit diesem Satz verabschiede ich mich von ihm, so wie er sich von mir verabschiedet hat.

Tränen rinnen über mein Gesicht, als ich mich aus seinem Schlafzimmer und anschließend aus seiner Wohnung schleiche. Vor meinem Auto breche ich schließlich zusammen. Wie oft kann ein Herz brechen, bis es tot ist?

***

Es ist ein Wunder, dass wir am selben Tag unversehrt in Los Angeles ankommen. Die ganze Fahrt über hatte ich einen Tränenschleier vor den Augen, den Vivianna zwar bemerkt, aber nicht angesprochen hatte.

Sechs Stunden lang war es still im Auto. Das Einzige, was ich immer lauter hören konnte, waren meine rasenden Gedanken. Ich habe mich aus dem Staub gemacht, als es am einfachsten war. Wieso fühle ich mich schuldig deshalb? Wieso bereue ich es?

»Ich kann dir nicht sagen, wie dankbar ich dir bin, dass du das für mich getan hast. Nicht jeder hätte diese Fahrt auf sich genommen.«

Ich parke gerade meinen Volvo in der Einfahrt, als Vivianna unser Schweigen bricht. Sah sie gestern noch müde vom Leben aus, geht es ihr jetzt schon deutlich besser.

Vielleicht war die Sehnsucht nach ihrem Sohn einfach zu groß, vielleicht hat sie einfach nur einen Blick in seine Augen gebraucht, um zu bemerken, dass das Leben doch schön sein kann.

»Ich habe es gern gemacht. Außerdem wollte ich auch wissen, ob es ihm gut geht.« Und noch so viel mehr … Vivianna weiß, dass ich die Nacht nicht im Hotel verbracht habe, ihre Blicke bei der Abreise haben sie verraten.

»Werde ich je verstehen, was das zwischen euch ist?« Kleine Falten entstehen auf ihrer Stirn, während sie meine Hand in ihre nimmt und mich abwartend ansieht. Wird sie?

»Ich verstehe es ja selbst nicht«, lache ich verzweifelt. Weil mich alles in meinem Körper zurück zu ihm zieht. Zurück nach Phoenix.

Mein gesunder Menschenverstand weiß, dass es falsch war, die Nacht bei ihm zu verbringen, aber mein Herz ist anderer Meinung. Solange man sich aussuchen kann, von wem man verletzt wird, kann man den Schaden abschätzen. Das glaubte ich jedenfalls. Sicher bin ich mir nicht mehr.

»Du musst wissen, dass Hunter kein Beziehungsmensch ist. Er hat so viel in seinem Leben mit ansehen müssen, dass er in dieser Hinsicht abgestumpft ist. Aber als ich im Krankenhaus bei ihm war und in seine Augen gesehen habe … Sobald dein Name fiel, war er so anders, als ich ihn kenne. Das solltest du wissen.«

Sie gibt mir einen Kuss auf den Handrücken. »Willst du noch kurz mit reinkommen?«

Eigentlich will ich nur noch eines: nach der schlaflosen Nacht in mein Bett fallen und meinen Gedanken nachhängen, aber dann denke ich daran, dass Vivianna jemanden braucht. Und dass es mir vielleicht guttut, über das zu sprechen, was letzte Nacht passiert ist.

»Ich komme noch mit rein.« Gemeinsam steigen wir aus dem Volvo aus und gehen ins Haus. Der Erste, der mich begrüßt, ist Balou, der braune Labrador meiner Eltern. Er ist erst ein halbes Jahr alt und so tollpatschig, dass er auf den glatten Fliesen ausrutscht und vor mir auf den Rücken fällt.

Dad wollte nie einen Hund, geschweige denn etwas Haariges in seinem Haus haben, aber seine Liebe zu Vivianna ist stärker gewesen. Und so haben wir zwei es gemeinsam geschafft, ihn zu überreden.

»Hey, Dicker.« Ich gehe in die Knie und streichle seinen weichen Bauch. Keine Ahnung, wieso, aber ihn zu streicheln, ist wie die beste Therapie der Welt. Sein wohliges Seufzen, wenn man ihn krault, lässt mich jedes Mal Höhenflüge erleben. Ich erinnere mich noch an den Tag, als Balou zu uns kam.

Er war so klein, so unbeholfen … jetzt ist er einfach nur mein Teddybär. Mit dem einzigen Unterschied, dass er mir mittlerweile bis zu den Knien reicht und vierzig Pfund wiegt.

»Ich mache uns einen Kaffee. Dein Vater müsste auch schon zu Hause sein, er hat seine Reise früher abgebrochen.«

Vivianna tätschelt im Vorbeigehen meine Schulter und macht sich auf den Weg in die Küche, während ich meine Sachen abstelle, Balous Lieblingsball aus seinem Schrank fische und mit ihm im Wohnzimmer spiele. Schon nach wenigen Wochen bei uns konnte der Kleine apportieren wie ein Weltmeister.

Nachdem Balou mir den Ball zurück zum Sofa gebracht hat, werfe ich ihn erneut durch den Raum. Dabei treffe ich die Tür zu Dads Büro, das sonst immer abgeschlossen ist.

Da der Ball in seinem Zimmer verschwunden ist und Balou sich nicht in das neue Terrain traut, stemme ich mich von der Couch hoch und betrete Dads Büro.

Hier hat er damals schon so viele Stunde verbracht, dass ich ihn teilweise Tage nicht gesehen habe. Seit er die Kanzlei hat, dient das Zimmer nur noch als Stauraum für seine Unterlagen.

Sobald ich den Raum betrete, fühle ich mich in die Zeit zurückversetzt. Der Duft nach altem Papier und vergangenen Büchern steigt mir in die Nase, gepaart mit dem Geruch nach frisch poliertem Holz.

Das Zimmer hat nur ein Fenster zur Südseite hinaus und durch die Veranda und den damit gespendeten Schatten ist es hier drin immer am dunkelsten gewesen.

Ich weiß noch, dass ich es geliebt habe, Dad beim Arbeiten zuzusehen. Zuzusehen, wie er in Gesetzestexten versunken ist und alles um sich herum ausgeblendet hat. Man hat ihm immer angesehen, dass er seinen Job liebt. Das Einzige, was er noch mehr liebte, war ich.

Ohne auf den Ball von Balou zu achten, gehe ich zu seinem Bücherregal herüber und sehe mir die Gesetzesbücher an. Fahre mit den Fingern über die staubigen Buchrücken und weichen Einbände. Schon als Kind hat mich das Gefühl an meinen Fingern fasziniert.

Ich gehe weiter zu seinem Schreibtisch herüber und sehe mir das Bild von Dad und mir an, das auch in seiner Kanzlei steht. Dad mit seinen stürmischen Augen und den damals noch dunklen Haaren.

Ich mit meinen grünen Smaragden und dem wilden blonden Chaos auf dem Kopf. Zufrieden sehe ich mir das Foto an, und als ich es zurück auf seinen Platz stelle, entdecke ich etwas, das meine Aufmerksamkeit auf sich zieht.

Es ist eine Geburtsurkunde. Meine Geburtsurkunde. Bisher habe ich sie noch kein einziges Mal gesehen, weil ich sie nie brauchte. Immerhin war Dad es, der alle formellen Sachen für mich geklärt hat.

Mit den Fingerspitzen fahre ich über das weiche Papier der Urkunde und überfliege die Zeilen. Meinen Geburtsort hier in Los Angeles, meinen Geburtstag am zweiten Dezember und die Uhrzeit.

Gerade als ich nach dem Namen meiner Mutter suche, falle ich zurück und lande mit dem Hintern auf dem Stuhl meines Vaters. Meines ... Vaters. Meine Augen huschen über das Papier, versuchen, zu verstehen, was sie sehen. Aber egal wie lange ich diese mir unbekannten Namen ansehe: Es ergibt keinen Sinn.

»Elizabeth Michaelsen«, lese ich den Namen der Frau vor, die als Mutter aufgeführt ist. Meine Mom hieß Carol. Meine Mom hieß nicht Elizabeth! Ob sie einen Zweitnamen hatte? Doch dann würde er auf meiner Geburtsurkunde stehen …

Mein Blick wandert eine Zeile hinab zu dem Namen meines Vaters. Doch so sehr ich versuche, das Rätsel zu lösen, ich knacke es nicht. Denn in der Zeile, in der Ryan Michaelsen stehen sollte, steht ein anderer Name.

Richard Michaelsen.

Alles um mich herum beginnt, sich zu drehen, während ein Stechen meine Brust heimsucht und mir die Luft zum Atmen nimmt. Etwas stimmt hier nicht und ich kann nicht sagen, was all das zu bedeuten hat. Selten habe ich mich so hilflos gefühlt. So machtlos. Verloren.

»Velvet?« Mein Vater betritt das Büro, und als er sieht, was ich in der Hand halte, entweicht ihm die Farbe aus dem Gesicht. In Sekundenschnelle ist er bei mir und entreißt mir die Geburtsurkunde. Panik liegt in seinem Blick, die mich um den Verstand bringt.

»Dad … w-was ist das?« Ich deute zitternd auf das Blatt Papier in seiner Hand, das er schnell in seinem Schreibtisch verstaut. Vivianna taucht derweil hinter ihm auf. Ihrem Blick nach zu urteilen, weiß sie, dass etwas nicht stimmt. *Was* hier nicht stimmt. Ich scheine die Einzige im Haus zu sein, die nicht weiß, was all das zu bedeuten hat.

»Dad, was zur Hölle hat das zu bedeuten?« Ich stemme mich von dem Drehstuhl hoch und baue Distanz zu ihm auf. Er sieht mich aus seinen reuevollen Augen an. Reue. Er bereut etwas. Aber was? Schwindel sucht mich heim und Kopfschmerzen bringen meinen Schädel zum Platzen.

»Jetzt beruhige dich, Velvet. Setz dich und ich erkläre dir alles«, sagt mein Dad unsicher und reicht mir seine Hand, aber ich denke nicht daran, sie zu ergreifen. Mein Blick wandert zwischen Vivianna und Dad hin und her …

»Mom hieß Carol, Dad. Du hast immer gesagt, dass Mom Carol hieß. Und w-wieso steht dort ein anderer Name als deiner?« Meine Knie zittern, und wenn ich nicht gleich meinen Halt in etwas finde, kippe ich um.

Tränen stehen in den Augen des Mannes, der mir nie wirklich ähnlichsah. Des Mannes, der zwar immer alles für mich gegeben hat, mir aber nie etwas aus seiner Vergangenheit erzählt hat. Jedes Mal, wenn ich ihn etwas über Mom gefragt habe, hat er mich abgeblockt.

Ich habe es darauf geschoben, dass er nicht über sie sprechen konnte, ohne in Trauer zu versinken. Doch jetzt … weiß ich nicht mehr, was ich denken soll. Alle Gedanken und Gefühle fahren Achterbahn in mir.

»Bitte lass es mich erklären.« Er will erneut nach meiner Hand greifen, aber ich kann und will diese körperliche Nähe nicht ertragen. Nicht solange ich nicht weiß, was all das zu bedeuten hat. Was diese Urkunde zu bedeuten hat. Wem diese Namen gehören …

»Fass mich nicht an«, wehre ich ihn ab und stürme zur Tür. Vivianna hält mich an den Schultern zurück. »Bitte, Vel. Lass es dir von ihm erklären. Dann wirst du verstehen, wieso er es getan hat.« Auch ihre Augen schreien vor Reue.

»Du weißt also, was hier vor sich geht?«, frage ich sie mit gebrochener Stimme. Was zur Hölle passiert hier? Wieso nimmt mein Leben innerhalb kürzester Zeit diese Wende?

»Lass mich durch«, knurre ich sie an, weil ein Blick in ihre braunen Augen genügt. Sie wissen es beide und haben mich die ganze Zeit belogen.

»Velvet, warte!« Ich versteife mich, als ich höre, dass mein Vater eine Schublade öffnet und etwas aus ihr herausholt. Danach tritt er hinter mich und hält mir einen Umschlag entgegen.

»Wenn du es nicht von mir hören willst, höre es dir von *ihnen* an.« Mein Vater klang noch nie so am Boden zerstört wie in diesem Moment. Noch nie.

Ich entreiße ihm den Umschlag, dränge mich an Vivianna vorbei und stürme aus dem Haus, ohne Balou zu beachten, der mir seinen Ball vor die Füße wirft. Ich muss einfach nur weg hier. Weg von allen. Weg von dem Abgrund.

***

Meine Knie zittern, als ich die Feuerleiter nach oben steige. Mittlerweile ist es wieder nach Mitternacht und das Hotel und die Bar sind geschlossen.

288

Das Gerüst der Leiter quietscht und verrät mich vermutlich in der gesamten Straße, aber das ist mir egal. Ich brauche Zeit für mich. Zeit, um meine Gedanken zu sortieren und mir darüber klar zu werden, was ich jetzt tun soll. Ob ich den Umschlag öffnen oder einfach wegwerfen soll.

Sobald ich auf der Dachterrasse des *Venice Hotel* stehe, fühle ich mich freier als im gesamten letzten Jahr. Unsicher gehe ich zum Geländer und blicke hinab auf die kleine Stadt zu meinen Füßen.

Sehe die Hollywood Hills und South Bay. Erinnere mich daran, wie gut es sich hier oben mit ihm angefühlt hat. So frei. So still. Und einfach perfekt. Ein Blick in den Himmel zeigt nichts als Schwärze, weil er wolkenverhangen ist. Es wäre kein Wunder, wenn es gleich anfängt, wie aus Eimern zu gießen.

Eine Weile stehe ich noch am Geländer und sehe mir das Straßennetz an. Verfolge die Linien der fahrenden Autos, zähle die Dächer und Parks, die ich von hier aus beobachten kann.

Als ich das Gefühl habe, endlich einen klaren Kopf zu haben, gehe ich zu der Bank herüber, die mich so viele Nächte wachgehalten hat. Die Bank. Auf der ich ihm alles von mir gegeben habe, bevor er spurlos verschwand.

Ich setze mich auf das klamme Holz und ziehe den Umschlag aus meiner Jackentasche. Mit den Fingern fahre ich über den Namen meines Vaters, der in verblichener Schrift auf die Vorderseite geschrieben wurde. Meiner Erfahrung nach zu urteilen, gehört die Schrift einem Mann.

Stundenlang war ich mit dem Auto unterwegs, habe immer wieder mit dem Gedanken gespielt, den Brief zu verbrennen und heimzufahren. Aber ich weiß, dass ich es bereuen würde, sobald die Flammen das Papier zerstören. Die einzige Erklärung für all das.

Entschlossen reiße ich den Umschlag auf und ziehe einen Brief hervor. Tränen schimmern bereits in meinen Augen, als ich beginne, zu lesen. Zu lesen und zu verstehen. Zu verstehen und … zu sterben.

Ryan.

Du weißt nichts von diesem Brief und wenn es nach mir ginge, sollst du ihn auch nie in der Hand halten. Wenn es nach mir ginge, wären meine Worte hinfällig, weil es nie dazu kommen wird, dass du ihn lesen musst.

Wenn du ihn allerdings liest … heißt es, dass wir nicht mehr da sind. Du warst immer der Bessere von uns. Hast immer rational gehandelt, wenn ich den Faden verloren habe. Du warst immer der Denker, ich der, der Dinge aus dem Bauch heraus entscheidet.

Und auch wenn ich dich so oft verflucht habe, habe ich dich insgeheim doch eigentlich genau dafür bewundert. Ich habe zu dir aufgesehen, obwohl ich der größere von uns war. Und ich sehe immer noch zu dir auf, obwohl du der jüngere von uns beiden bist.

Du fragst dich sicherlich, was das alles soll. Wieso ich dir im Namen von uns einen Brief schreibe, wenn wir uns doch fast wöchentlich auf einem unserer Familienwochenenden sehen.

Tja, der Grund liegt gerade neben mir. Der Grund hat die schönsten Augen, die ich je gesehen habe, und die kleinsten Hände, die mir den größten Halt geben.

Ich weiß, dass du sie genauso sehr liebst wie wir.

Dass du alles für sie geben würdest.

Ich wusste es schon, als du sie das erste Mal im Arm gehalten hast. Ja, ich erinnere mich sogar noch gut an deine ersten Worte: Sie ist das Schönste, was ich je gesehen habe. Das war das Erste, was dir in den Sinn kam, als du unser Kostbarstes in der Hand gehalten hast. Und genau das war der Moment, in dem Liz und mir klar wurde, dass du viel mehr als nur ein Onkel für sie bist.

Du warst immer der bessere Bruder von uns. Wenn ich ehrlich bin, glaube ich selbst jetzt, mit meiner Tochter neben mir, dass du der bessere Vater wärst. Dass du so vieles so viel besser machen könntest als ich.

Und deshalb wollen wir, dass es ihr gut geht, falls uns etwas zustoßen sollte. Du weißt, dass ich dir am liebsten für den Rest deines Lebens den Nerv rauben will, aber du weißt auch, wie das Leben manchmal spielt.

Und für den Fall brauchen wir dich.

Ryan, Bruderherz. Ich weiß, dass du nicht so genannt werden willst, aber das, worum wir dich in diesem Brief bitten, fällt uns schwer. Dabei wissen wir, dass du ohne zu zögern Ja sagen würdest, wenn wir dich einfach Auge in Auge fragen würden.

Falls uns etwas passiert, wollen wir unsere Prinzessin in guten Händen wissen. Und keine Hände könnten unser Leben besser beschützen als deine.

Sie liebt dich. Und du liebst sie. Das ist so viel mehr, als viele Menschen auf der Welt besitzen. Du bist viel mehr, als Velvet sich wünschen kann, wenn wir nicht mehr da sind.

Wenn du diesen Brief liest, habe ich bereits alles vorbereitet. Es liegt also an dir, eine Entscheidung zu treffen. Ich weiß, dass du die richtige wählen wirst.

Gott, ich wünsche mir wirklich, dass du diesen Brief nie lesen musst. Dass du nie dabei zusehen musst, wie ich mich seelisch vor dir ausziehe. Aber eines sollst du wissen: Liz und ich lieben dich. Wir lieben deine Art, lieben deine Persönlichkeit. Und wir lieben dich als Patenonkel für unser Herz.

Egal, was kommt, eines steht fest: Wir werden dir auf ewig dankbar sein. Für alles, was du für uns getan hast und in Zukunft noch tun wirst.

PS: Ich weiß, dass du weinst. Mach dir nichts draus, auch echte Männer können Schwäche zeigen.

In Liebe,

Liz und Richard.

Ein Schluchzen erschüttert mich, als die Worte vor meinem Auge verschwimmen. Die ersten Tränen treffen auf die verblichene Tinte auf dem alten Papier. Worte werden zu einem undurchsichtigen Brei und ich kann nicht mehr an mich halten. In meinem Leben stand ich noch nie so nah am Abgrund wie in dieser Sekunde. Noch nie war ich dem Fall so nah wie jetzt. Meine Schultern beben, meine Arme zittern und meine Augen produzieren so viele Tränen, dass ich mich nicht beruhigen kann.

Wie kann all das sein? Wie kann das hier mein Leben sein? Ich wuchs immer mit meinem Vater auf. Es gab nur ihn und mich. Dass ich keine Mutter mehr habe, hat er mir früh auf seine Weise erklärt.

Er sagte immer, dass der Himmel Engel braucht und dass Mom der schönste Engel auf Erden war. Je älter ich wurde, desto klarer wurde mir auch, dass er mich anlog. Aber es war okay für mich. Ich wusste, wieso er es tat. Er wollte mich schützen, also hat er ihren Tod in etwas Schönes verwandelt. In etwas … Sinnvolles.

Aber das hier? Mein Leben lief immer in geregelten Bahnen, alles war vorherbestimmt. Und jetzt zerstört ein Brief alles, woran ich einst geglaubt habe.

Weitere Tränen befreien sich und begraben mich unter einem Haufen Schutt und Asche. Wieso hat Dad mir nie erzählt, was wirklich passiert ist? Wieso hat er mich belogen, obwohl er wusste, dass er mir alles erzählen kann?

Mein Herz zieht sich so schmerzvoll zusammen, dass ich mich in dieser Sekunde nicht mehr lebendig fühle. Ich fühle mich ausgebrannt, leer. Unvollkommen. Erst das Quietschen der Feuerleiter reißt mich aus meinem Strudel der Enttäuschung und Verwirrung heraus. Ich stopfe den Brief zurück in den

293

Umschlag und will gerade aufspringen, als ich seine Umrisse entdecke.

»Ich bin es nur, Sugar.« Hunter tritt ins Licht und ein müdes Lächeln liegt auf seinen Lippen. Seine Hände hat er in den Hosentaschen vergraben, sein Haar ist vom Wind zerzaust.

»Was machst du hier?« In diesem Moment wundert es mich nicht einmal, dass er da ist. Immerhin habe ich gerade erfahren, dass ich mein ganzes Leben lang in meinem Onkel meinen Vater gesehen habe. Dass man niemandem vertrauen kann. Dabei hätte ich meine Hand für ihn ins Feuer gelegt, wenn er mich darum gebeten hätte.

»Mom hat sich Sorgen um dich gemacht, weil sie dich nicht erreichen konnte. Also bin ich hergefahren.« Hunter kommt dichter an mich heran und setzt sich schließlich neben mich. Er ist tatsächlich vierhundert Meilen gefahren, um mich zu finden.

Eine Weile sitzen wir einfach stumm nebeneinander, keiner wagt es, etwas zu sagen. Keiner will etwas Falsches sagen. Bis jetzt habe ich diesen Ort immer mit etwas Schönem verbunden. Jetzt verleiht die Wahrheit allem einen bitteren Beigeschmack.

»Wie hast du mich gefunden?« Ich umklammere den Umschlag in meiner Hand so fest, als würde mein Leben davon abhängen. Derweil versuche ich, dem Drang zu widerstehen, meinen Kopf an seine Schulter zu lehnen und alles zu vergessen.

»Nenn es Intuition. Ich weiß, wo ich am liebsten war, wenn mir damals alles zu viel wurde.« Hunter wahrt Sicherheitsabstand zu mir, den ich viel zu gern über den Haufen schmeißen würde.

»Wusstest du es auch?« Ich deute auf den Umschlag, der mein Leben um einhundertachtzig Grad gedreht hat und sehe ihm ins Gesicht. Alles, was er erwidert, ist ein stummes Nicken.

»Jeder wusste Bescheid, nur ich nicht«, stelle ich sarkastisch lachend fest. Wie kann das sein? Er war ein Fremder, als er vor einem Jahr in unser Leben geplatzt ist!

»Es lag nicht in meiner Macht, dir etwas zu sagen, sonst hätte ich es getan, das musst du mir glauben.«

»Du musst dich nicht rechtfertigen. Der Einzige, der mit mir hätte reden müssen, ist er.« Sein Bild flackert vor meinem Auge auf und ich spüre neue Tränen in meine Augen schießen.

»Weißt du auch, wie es passiert ist? Wie sie … gestorben sind, meine ich?« Ich zittere am ganzen Leib, aus Angst, mir zu viel aufzuzwingen. Zu viele schlechte Gedanken. Zu viele schlechte Gefühle. Ich kannte sie nicht und doch zerreißt es mir das Herz, dass Gott sie von uns genommen hat. Viel zu früh.

»Es war ein Autounfall. Zwei Wagen sind außerhalb von South Bay frontal zusammengestoßen. Man geht davon aus, dass dein Vater müde war und in einen Sekundenschlaf gefallen ist. Sie waren … sofort tot.«

Hunter starrt ins Leere und runzelt die Stirn, während er mir einen Teil meines Lebens offenbart, der mir völlig fremd ist. Wie eine Geschichte, die er mir vorliest. Nur, dass ich darin die Hauptrolle spiele.

»Woher weißt du das so genau?« Allein der Gedanke daran, dass sie bei einem Unfall gestorben sind, bringt mich innerlich um. Langsam, aber sicher stirbt jedes Stück in mir ab.

Hunter greift nach meiner Hand, den Blick richtet er starr auf den Boden vor uns. Etwas an seinem angespannten Körper sagt mir, dass mir seine Antwort den Boden unter den Füßen entreißen wird.

Manchmal denkt man, dass man nicht tiefer fallen kann. Manchmal glaubt man, den Abgrund bereits zu kennen. Hunter belehrt mich eines Besseren. »Ich war in dem anderen Wagen.«

HUNTER

»Mom, wann sind wir endlich da?« Es ist dunkel im Wagen, vermutlich weil es Nacht ist. Mommy sagt ständig, dass ich die Augen zumachen und Schafe zählen soll, aber ich kann nicht. Ich kann nur in meinem Bett schlafen.

»In wenigen Minuten, Schatz. Marius, sag ihm, wie lange wir noch fahren.« Mommy tätschelt Daddys Arm und deutet auf den Bildschirm in unserem Wagen. Daddy wirft mir in dem Spiegel oben ein Grinsen zu.

»Noch zehn Minuten, Kumpel. Und jetzt ruh dich noch ein bisschen aus.« Ich liebe es, wenn Daddy mich Kumpel nennt. Ich habe im Kindergarten nicht viele Freunde, aber das ist mir egal, solange ich Daddy habe. Er ist der beste Kumpel von allen!

»Siehst du, Schatz. Gleich sind wir zu Hause und dann kannst du mit Mr. Spider kuscheln.« Beim Gedanken an mein Lieblingskuscheltier muss ich grinsen. Ich liebe Mr. Spider. Daddy hat ihn für mich auf einem Flohmarkt gewonnen. Seitdem kann ich nicht mehr ohne ihn schlafen, auch wenn Mommy immer sagt, dass Spinnen eklig sind. Für mich sind sie toll.

»Okay, Mommy«, gebe ich mich geschlagen und will gerade die Augen schließen, als ich nach vorn gerissen werde. Ein Schrei erfüllt den Wagen. Mommys Schreie.

297

»Marius, pass auf!«

Doch dann geht alles viel zu schnell.

Ich sehe Lichter auf der Straße vor uns. Lichter, die viel zu schnell sind und uns keinen Platz machen. Und dann wird mir schwarz vor Augen. Es kracht, etwas bricht, etwas schreit. Und ich schlafe endlich. So, wie Mommy es gewollt hat.

***

Als ich meine Augen aufschlage, ist es immer noch dunkel. Wieso ist es immer noch dunkel? Ich taste nach Mr. Spider, kann ihn aber nirgends finden. Ich schluchze, weil ich Angst habe, er könnte weg sein.

»Marius, hol Hunter aus dem Wagen.« Mommys Stimme. Wieso bin ich immer noch im Wagen? Und was riecht hier so komisch? Ich kenne den Geruch aus Mommys Küche, wenn sie etwas kocht und vergessen hat, den Topf von der Platte zu nehmen.

»Hey, mein Schatz. Komm raus.« Der Wagen wird geöffnet und Daddy hebt mich aus meinem Sitz. Er sieht müde aus. Etwas Rotes klebt an seinem Gesicht. Ob es Farbe ist?

Ich sehe mich um, kann Mommy aber nirgends entdecken. Dafür sehe ich etwas anderes: ein Auto. Ich habe viele Autos zu Hause, und ich weiß, dass Autos normalerweise anders aussehen.

Ich erinnere mich wieder an die Lichter auf der Straße, die uns keinen Platz gemacht haben. An den Knall und die Schmerzen. An Mommys Schreie. Tränen rinnen über mein Gesicht, während ich mich an Daddys Shirt festkralle.

»Ruf einen Krankenwagen, Vivianna!« Mein Vater setzt mich am Boden ab und sieht mich an. »Hör zu, Kumpel. Ich muss schnell diesen Menschen helfen. Du bleibst bitte genau hier stehen, okay?« Ich nicke. Auch wenn ich nicht verstehe, was er mir sagen will. Welche Menschen? Und wobei helfen? Und wer sagt mir endlich, wo Mr. Spider ist?

Dad stürmt zu dem Auto, aus dem Qualm aufsteigt, und reißt die zerbeulte Tür auf. Danach zerrt er eine Frau mit blonden Haaren auf die Straße und legt seine Hand an ihren Hals. Danach schüttelt er den Kopf. Er sieht so traurig aus. So verletzt und traurig.

Ich laufe auf den Wagen zu, auch wenn ich Daddy versprochen hatte, hierzubleiben. Jemand muss Daddy doch helfen und ihn trösten! Mommy ruft derweil jemanden an und weint dabei. Wieso weinen alle? Wieso weine ich? Was passiert hier?

Daddy lässt die Frau am Boden liegen, nachdem er seine Hände mehrere Male auf ihr Herz gedrückt hat. Danach geht er zurück zum Wagen und holt ein Baby heraus. Es schreit und weint und schreit und weint. So laut, dass es in meinen Ohren schmerzt.

Das Baby hat blondes Haar und hört einfach nicht auf, zu weinen. Als mein Vater das Mädchen in dem rosa Kleid auf dem Arm zu meiner Mom trägt, kann ich das Gesicht des Babys sehen.

Kann ihre Augen sehen.

Sie sind grün.

Und ich habe noch nie so traurige Augen gesehen.

VELVET

»In den Nachrichten hat man dich das Wunderkind genannt. Normalerweise hättest du bei einem Aufprall dieser Kraft tot sein müssen. Aber du hast es überlebt.«

Alles in mir ist taub. Ich habe mich noch nie in meinem Leben so kraftlos und ausgelaugt gefühlt. So gelähmt. So starr.

Hunter spricht mit mir, aber ich bin nicht in der Lage, zu reagieren. Ich sitze einfach nur hier und starre ins Nichts, während mir Tränen über das Gesicht rinnen und meine Seele verätzen.

»Es hat Jahre gedauert, bis ich die Albträume loswurde.« Hunter hält meine Hand in seiner, aber seine Haut, die sonst so warm ist, gefriert. Und ich weiß nicht, was ich sagen soll. Weiß nicht, wie ich mit der Wahrheit umgehen soll.

»Was ist danach passiert?« Das sind die ersten Worte, die ich seit einer Ewigkeit herausbekomme. Das Einzige, was ich sagen kann. Jedes Wort raubt mir noch mehr Kraft. »Meiner Mutter und mir ging es gut. Aber mein Vater hatte Schäden von sich getragen. Wenige Wochen später hat er dadurch seinen Job verloren und wir sind später nach Phoenix gezogen. Da fing dann die Phase an, in der er getrunken hat«, erklärt Hunter verbissen.

»Deshalb hast du mich gehasst?« Plötzlich ist alles so viel klarer. Plötzlich ergibt alles einen Sinn. Und ich schäme mich, auch wenn ich viel zu jung war. Zu hilflos.

»Ich habe immer dir und deiner Familie die Schuld an dem Unfall gegeben. Wäre dein Vater nicht eingeschlafen … hätten wir den Unfall nicht gehabt. Dann hätte mein Dad nicht seinen Job verloren und er hätte nicht angefangen, zu trinken. Ich habe jemanden gebraucht, den ich hassen kann. Du warst die Einzige, der ich noch die Schuld geben konnte.« Er sieht mich nicht an, stattdessen starrt er immer noch auf die Stadt unter uns.

»Woher kennt deine Mom Ryan?« So viele Fragen, die noch unbeantwortet sind. Und so wenig Zeit, um sie zu stellen. Immerhin ist es mittlerweile schon wieder kurz vor Sonnenaufgang.

»Meine Mom hat sich nach dem Unfall erkundigt, sie wollte wissen, wie es dir geht. Deshalb hat sie Kontakt zu deinem Vormund aufgenommen. Ryan.«

Innerlich stirbt alles in mir ab. Ich sacke zusammen und weine. Lasse alles heraus. Denke an den herzzerreißenden Brief und die Worte meines leiblichen Vaters. Der, der mich bedingungslos geliebt hat und den ich nie kennenlernen konnte. Diese Welt ist so ungerecht. Hunter zieht mich an sich und wiegt mich wie ein Kind hin und her.

»Es war unfair, dir die Schuld zu geben. Ich war unfair. Immerhin hast du in dieser Nacht alles verloren«, flüstert er mir ins Haar und hält mich. Hält mich fest in seinen Armen und gibt mir so etwas wie Sicherheit.

»Als ich gesagt habe, dass wir kaputt sind … Gott, da wusste ich ja noch nicht, wie kaputt wir wirklich sind«, lache ich schluchzend. Hunter drückt mich noch fester an sich und streicht mir die Tränen aus dem Gesicht.

»Als ich heute Morgen wach wurde und du weg warst … Fuck, ich habe mich wie der kleine Junge von damals gefühlt. Hilflos. Allein.« Er streicht über meine Unterlippe. »Damals habe ich deine grünen Augen gehasst, weil ich dir die Schuld gegeben habe.« Er haucht mir einen Kuss auf den Mundwinkel und lässt mich somit alles vergessen.

»Heute Morgen habe ich deine grünen Augen gehasst, weil sie nicht mehr da waren. Ich weiß, dass wir kaputt sind. Und dass es völlig dumm ist, mir zu wünschen, dass wir uns eines Tages heilen könnten. Aber heute Nacht hatte ich das erste Mal seit Ewigkeiten das Gefühl, dass nicht alles scheiße ist. Und das habe ich dir zu verdanken. Dir und deinen verdammt perfekten Augen.«

Hunters Worte berühren mich so tief, dass ich nichts anderes tun kann, als mich dichter an ihn zu schmiegen. Mir den Halt zu nehmen, den ich sonst in meinem Dad gefunden hatte. Ich inhaliere seinen herben Duft, spüre seine Muskeln an meinem Körper und fühle mich … frei. »Ich weiß, dass ich ihm eine Chance geben muss, mir alles zu erklären. Aber ich kann nicht. Noch nicht.« Dabei würde ich so gern viel stärker für ihn sein. Immerhin hat er sein Leben für ein Kind gegeben, das nicht seines ist. Dem Brief nach zu urteilen, hätte er alles für seinen Bruder und mich getan.

»Er wird dir Zeit lassen«, versichert er mir.

»Soll ich dich nach Hause bringen?« Hunter deutet auf mein Zittern, weil der Wind hier oben so beißend ist, dass ich schier erfriere. Dazu kommen die Gedanken und Gefühle, die mich immer noch lähmen.

»Musst du wieder zurück nach Phoenix?« Alles in mir verkrampft beim Gedanken daran, dass ich die Nacht allein verbringen muss. Allein mit tosenden Gedanken an ein Leben, das ich nie hatte.

»Ich muss nirgendwo hin.« Und mit diesen Worten und einem Kuss von seinen Lippen habe ich das erste Mal das Gefühl, langsam, aber tatsächlich zu heilen. Ganz ohne Sternschnuppe.

***

»Er hat schon wieder angerufen.« Seit dem Tag, an dem sich mein Leben auf den Kopf gestellt hat, sind Wochen vergangen. Wochen, in denen ich nicht in der Kanzlei war, um ihm aus dem Weg zu gehen. Wochen, in denen er Tag für Tag angerufen hat, um zu wissen, wie es mir geht.

Er bereut alles.

Und ich bereue, dass ich ihn an jenem Tag nicht angehört habe. Der Einzige, der mir in den letzten Wochen Halt gegeben hat, ist Hunter. Er hat mich seitdem nicht mehr aus den Augen gelassen.

»Ich weiß nicht«, murmle ich in eine Decke gekuschelt und sehe Hunter an. In den letzten Tagen habe ich mich so an seine Anwesenheit gewöhnt, dass ich mir ein Leben ohne ihn gar nicht mehr vorstellen kann.

Als wäre er schon immer irgendwie da gewesen. Und man sieht ihm an, dass es ihm genauso geht. Dass er mich genauso sehr braucht wie ich ihn. Wir sprechen nicht aus, was das zwischen uns ist. Aber wir heilen mit jedem Tag ein Stück mehr durch den anderen.

Wir schlafen nebeneinander ein und wachen nebeneinander auf.

Wir lachen zusammen.

Wir weinen sogar zusammen.

Wir heilen zusammen.

Ja, für mich ist eindeutig, was das zwischen uns ist. Aber ich muss es nicht aussprechen, um zu wissen, dass es wahr ist. Das Jahr hat nicht nur mich verändert, sondern auch ihn.

Er ist erwachsener geworden. Weiß, was er will. Und ich weiß, was ich will. Und das sieht mir gerade intensiv in die Augen. Hunter beugt sich über mich und gibt mir einen Kuss auf die Stirn.

»Ich glaube, du solltest zu ihm fahren.« Sein Vorschlag lässt mich erst innehalten, doch als ich genau darüber nachdenke, weiß ich, dass er recht hat.

Weglaufen hat uns schon einmal in die Sackgasse getrieben. »Begleitest du mich?« Ein Blick aus seinen Augen ist die beste Medizin der Welt.

»Immer.«

***

Ich sitze nervös auf der Terrasse und warte auf meinen Dad. Auf das Gespräch, das längst überfällig ist. Seit vier Wochen weiß ich bereits, dass er nicht mein Vater ist und doch hat sich an meinen Gefühlen zu ihm nichts verändert. Er war derjenige, der mir das Fahrradfahren ohne Stützräder beigebracht hat. Er hat bei meiner Einschulung Tränen vor Stolz in den Augen gehabt. Er war immer mein Anker.

»Du bist gekommen.« Erschrocken drehe ich mich um und sehe ihm in die müden Augen. Augen, die immer so gestrahlt haben, wenn wir zusammen waren.

»Ich kann mich nicht ewig verstecken, oder?« Ich zucke mit den Mundwinkeln, was Ryan erwidert. Danach setzt er sich wortlos neben mich. Eine Weile sitzen wir einfach nur da und sehen auf den Garten hinaus. Es regnet seit Tagen. Als wäre der Himmel traurig, weil wir keinen Weg zueinander gefunden haben.

Der Regen prasselt auf die Markise über unseren Köpfen und rinnt an den Seiten nach unten ins Blumenbeet. Hunter und Vivianna sind im Wohnzimmer, um uns nicht zu stören. Es ist ein

Wunder, dass er Hunter nicht direkt aus dem Haus geschmissen hat, als wir hier ankamen.

»Hast du den Brief gelesen?«

Ich nicke.

»Dann weißt du ja, was ich als Erstes gesagt habe, als ich dich gesehen habe.«

Ich nicke wieder.

»Es war mein Ernst. Als es hieß, dass Richard ein Kind erwartet, war ich der glücklichste Kerl der Welt. Manchmal konnte man denken, ich würde ein Baby erwarten und nicht er.« Ryan schwelgt in Erinnerungen, während ich versuche, stark zu bleiben.

»Eines musst du wissen, Velvet. Ich hätte für meinen Bruder alles getan. Ich habe ihn und deine Mutter geliebt. Als …« Seine Stimme bricht. »Als die Nachricht von der Polizei kam, ist meine Welt zusammengebrochen. Ich war ein Wrack. Das Einzige, was mich vom Aufgeben abgehalten hat, warst du. Weil ich den Brief gelesen habe und wusste, dass du mich brauchst. Weil ich wusste, dass es sein letzter Wille war, dass ich auf dich aufpasse.«

Ich nicke wieder.

Und weine dabei.

Stumme Tränen sind schlimmer als laute.

»In den ersten Jahren wusste ich, dass es keinen Sinn hätte, dir eine Wahrheit zu erzählen, die du nicht verstehen kannst. Und dann wurdest du immer älter und es fühlte sich nicht mehr so fremd an, dein Vater zu sein. Irgendwann waren wir ein so gutes Team, dass ich Angst hatte, dich zu verlieren, wenn du erfährst, dass ich dir nicht die Wahrheit gesagt habe. Es war ein Teufelskreis, aus dem ich nicht entkommen konnte. So oft habe ich vor deinem Zimmer gestanden und wollte es dir sagen, aber ich habe es nicht geschafft.«

Dad greift nach meiner Hand und ich lasse es geschehen. Weil ich weiß, dass er gerade die Hölle ein zweites Mal durchlebt. Ich habe ihn schon einmal gerettet, so wie er mich.

»Ich verstehe es.« Ich klinge so müde, so unendlich müde. Weil ich weiß, dass ich ihn trotz allem immer lieben werde. Dass er trotz allem mein Dad ist.

»Ich verstehe dich und ich verzeihe dir«, setze ich noch hinterher. Es dauert keine zehn Sekunden, bis ich in seinen Armen liege.

In seinen Armen habe ich mich immer am sichersten gefühlt. An manchen Tatsachen ändert sich nie etwas. Und an meiner Liebe zu ihm wird sich auch nie etwas ändern.

»Wirst du mich auch noch lieben, wenn ich dir sage, dass ich nicht mehr in die Kanzlei kommen werde?« Ich schiebe Dad an den Schultern zurück und sehe ihm in die Augen.

»Das dachte ich mir schon. Ich werde dich immer lieben, Vel. Ganz egal, wie du dich entscheidest.« Er gibt mir einen Kuss auf die Stirn.

Im selben Moment öffnet Vivianna zaghaft die Tür. Hunter steht direkt hinter ihr und lächelt mich stolz an. Ohne ihn wäre ich nicht hier. Ohne ihn würde ich immer noch in meinem Bett liegen und die Wände anstarren.

»Und da wäre noch etwas«, räuspere ich mich. Vivianna hat ihre Arme um Dad geschlungen, während Hunter gesunden Sicherheitsabstand zu mir hält. Dabei kann uns nichts mehr voneinander trennen. Selbst vierhundert Meilen konnten unser Band im letzten Jahr nicht cutten.

»Hunter wird zurück nach L.A. ziehen«, lasse ich die Bombe platzen. Beschlossen haben wir die Sache schon einen Morgen, nachdem er mich mit dem Brief auf dem Dach des Hotels gefunden hat. Nur hat mir bis jetzt der Mut und der richtige Zeitpunkt gefehlt, es ihm zu sagen.

»Stimmt das, Hunt?« Vivianna nimmt ihren Sohn in ihre Arme und schluchzt an seiner Schulter. Während mein Blick zu Dad wandert.

»Du bist alt genug, um selbst zu entscheiden, was gut für dich ist, Vel. Aber eines sage ich dir -« Er sieht Hunter starr an. »Solltest du ihr jemals wehtun, bringe ich dich in den Knast.«

Erst als Dads Mundwinkel nach oben gehen, entkrampft sich mein Herz. Hunter antwortet etwas, aber ich verstehe nicht, was. Weil ich mich in seinem Anblick verliere. Er sieht mich an. Ich sehe ihn an.

Und in diesem Moment wird mir klar, dass es nur einen Menschen gibt, der mir das Herz immer und immer wieder brechen darf: Und das ist er.

HUNTER

12 Monate später

»Geh weiter.« Velvet legt mir von hinten ihre Hände auf die Schultern und führt mich weiter. Meine Augen sind verbunden, sodass ich nicht sehen kann, wo wir sind.

»Wenn du mich umbringen willst, kannst du das auch zu Hause machen, Sugar«, sage ich und versuche, cool zu bleiben. Dabei macht mir die Geheimniskrämerei wirklich Angst.

»Ach, halt die Klappe und lauf weiter!« Der Geruch nach Karamell steigt in meine Nase und Musik beschallt uns von allen Seiten. Normalerweise bin ich gut darin, Pläne zu durchschauen, aber dieses Mal muss ich zugeben, dass ich machtlos bin.

»Seit wann habe ich eine Schwäche für herrische Frauen?«

»Seit ich eine Schwäche für Arschlöcher habe«, kontert sie und schiebt mich weiter nach vorn.

Es ist Sommeranfang und somit ist es trotz anbrechender Nacht noch schwül draußen. Seit einem Jahr wohne ich wieder in Los Angeles.

Dieses Mal denke ich nicht daran, je wieder hier wegzugehen. Vielleicht lag daran der Fehler: Meine Eltern haben die Flucht ergriffen, nachdem der Unfall passiert ist. Phoenix hat uns zerstört, L.A. mich wieder geheilt.

Sie hat mich geheilt.

Wäre ich Diabetiker, wäre sie mein Insulin.

»Achtung, Stufe«, warnt sie mich, also hebe ich ein Bein und taste mich langsam voran. »Okay und jetzt nur noch geradeaus.« Ihre Hände gleiten von meinen Schultern, stattdessen nimmt sie meine Hand und zerrt mich weiter. Seit sie die Kanzlei verlassen hat und Anglistik studiert, ist sie so viel freier. So viel glücklicher. Ich wusste, dass ihr nur der Anstoß gefehlt hat.

Je weiter wir gehen, desto lauter wird die Musik und desto penetranter der Geruch nach karamellisiertem Popcorn. »Du warst mir schon immer ein Rätsel, Sugar.« Ein verführerisches Rätsel, das ich bis heute nicht lösen konnte. Und wenn ich ehrlich bin, will ich es auch gar nicht.

Ich brauche den Kick, den sie mir täglich gibt. Gott, unser Leben ist nicht perfekt. Wir streiten uns. Oft. Wir schreien uns an. Oft. Wir werfen Teller zu Boden. Jeden zweiten Tag. Und am Ende haben wir jedes Mal Sex, weil wir nicht die Finger voneinander lassen können.

»Und du warst schon immer eine Nervensäge. So haben wir alle unsere Laster«, neckt sie mich und hält mich schließlich am Arm zurück. Kleine Tropfen treffen auf meine Haut, aber ich weiß, dass es kein

Regen ist. »Bist du bereit?« Ihre Stimme zittert. Mein Mädchen ist tatsächlich nervös. Und ich liebe es, sie zittern zu sehen. Auf so viele verschiedene Weisen.

»Immer«, antworte ich. Velvet stellt sich hinter mich und öffnet den Knoten an meinem Hinterkopf, sodass ich endlich nicht mehr im Dunkeln tappe. Beißendes Licht empfängt mich, und als ich mich an die Helligkeit gewöhnt habe, muss ich lachen.

Wir stehen vor dem Brunnen. In dem Freizeitpark. Aus dieser einen Nacht … Velvet stellt sich grinsend neben mich und deutet auf die bunten Lichter und Menschen, die ans uns vorbeigehen.

»Der Park ist schon seit zwei Jahren offen und wir waren nicht einmal hier.« Sie hat recht. Wie kann es sein, dass wir nicht auf die Idee kamen? Noch jetzt erinnere mich an diese perfekte Nacht.

Erinnere mich daran, sie aus dem Riesenrad beobachtet zu haben. Wie sie unter dem Brunnen stand und zu ihren Gedanken tanzte. Sie braucht keine Musik, ihr Leben gibt die Töne vor. Erinnere mich an den ersten Kuss. An ihre nasse Haut an meiner. Diese Nacht war nicht nur perfekt, sie war mehr.

»Soll ich dir sagen, wieso wir nie hier waren?« Ich greife nach ihren Händen und sehe sie an. Auch wenn es kitschig klingt: Für mich wird sie von Tag zu Tag unwiderstehlicher. Am Anfang konnte ich die Finger nicht von ihr lassen, weil ich sie brechen wollte. Jetzt kann ich die Finger nicht von ihr lassen, weil ich sie liebe.

»Wieso?« Sie sieht mich erwartungsvoll an, während ich mich ihrem Ohr nähere und ihr die Erklärung zuflüstere.

»Weil es nicht dasselbe ist, jetzt hier zu sein. Weil du es vermisst, die Regeln zu brechen. Indem wir hier sind, brechen wir keine Regeln. Ich bin mir sogar sicher, dass du vorhin Eintritt bezahlt hast«, erkläre ich ihr schulterzuckend und ziehe sie damit auf.

Velvet denkt einen Moment über meine Worte nach, bevor sie mich erneut an den Schultern packt und mich an den Rand des Brunnens schiebt. »Setz dich.« Das Wasser tropft in meinen Nacken und doch setze ich mich wie aufgetragen an den Rand.

»Du hast mir so viele Lektionen erteilt. Jetzt bin ich dran.«

»Und seit wann erteilst du mir Lektionen, Sugar?« Gott, sie wirkt wie ein Huhn auf MDMA. Was ist nur los mit ihr? Sie hat sich schon den ganzen Tag so seltsam verhalten.

»Lass mich aussprechen!«, mault sie mich an. »Also. Meine Lektion ist folgende.« Sie räuspert sich und läuft vor mir auf und ab.

Dass sie den anderen Besuchern dabei in den Weg rennt, ist ihr egal. Gott, ich liebe sie. Und wie ich sie liebe. So perfekt, wie meine Liebe eben sein kann. Meine kaputte Liebe.

»Ich werde dir jetzt etwas erzählen und du musst mir versprechen, die Nerven zu bewahren, okay?« Ich nicke. »Okay«, wiederholt sie sich.

»Und egal, was passiert, du darfst nicht ausflippen. Immerhin sind hier Tausende Menschen.« Wieder nicke ich und warte, dass sie endlich auf den Punkt kommt.

»Also.« Velvet greift in ihre Jackentasche und zieht etwas heraus. Danach tritt sie auf mich zu und legt mir ihr Geheimnis in die Hand. Automatisch öffne ich sie und sehe auf das kleine Stäbchen hinab.

Ich sehe Striche.

Einen.

Einen zweiten.

Und plötzlich treten Tränen in meine Augen, ohne dass ich es kontrollieren kann. Velvet knabbert an ihren Fingernägeln, als ich mich hochstemme und sie sprachlos ansehe. Ihr perfektes Gesicht.

»Fuck, ist das dein Ernst, Sugar?« Meine Hände zittern, meine Beine ebenso. Meine Brust steht in Flammen und mein Herz donnert lauter als je zuvor. Sie nickt. Und ein Nicken konnte noch nie so schön sein.

Ich behalte den Schwangerschaftstest in der Hand, reiße mein Mädchen an mich und hebe sie hoch. Es ist mir egal, dass wir nicht allein hier sind. Egal, dass uns alle beobachten können. In diesem perfekten Moment bin ich der glücklichste kaputte Mensch der Welt.

Velvet klammert sich an mir fest, als ich sie ohne Umschweife zum Brunnen trage und mit ihr ins Wasser steige. Wie in dieser Nacht. Sie küsst mich. Wie in dieser Nacht. Das Wasser durchnässt unsre Kleider bis auf die Haut. Wie in dieser Nacht. Mit nur einem Unterschied: Jetzt sind wir zu dritt.

Ich küsse sie, ich halte sie. Und als ich meine Hand auf ihren noch flachen Bauch lege, weiß ich, dass es nicht schlimm ist, kaputt zu sein. Es ist nicht schlimm, fehlerhaft zu sein. Nur kaputte Menschen können sich heilen.

Und in diesem Moment – mit ihr und meinem Baby in meinen Armen – fühle ich mich das erste Mal in meinem Leben vollkommen.

Ich sehe sie an und fühle mich frei. Spüre sie und fühle mich lebendig. Ich halte mein Leben in den Händen und kann nicht verhindern, dass ich wie ein Baby heule. Velvet stellt sich auf die Zehenspitzen und küsst meine Tränen einzeln weg. Das hier. Das hier ist verdammte Perfektion.

Ende

Danksagung

Perfektion. Es gibt keine „perfekten Bücher".
Keine „perfekten Protagonisten". Aber eins hat mir
dieses Buch gezeigt: Dinge müssen nicht perfekt sein,
um zu glänzen.

Ich danke jedem, der Hunter nach Thunder eine
Chance gegeben hat. Jedem, der *Blue Thunder* in der
Welt geteilt, gelesen und rezensiert hat. Selten gab es
bei einer Veröffentlichung so viel Liebe! Jetzt kann ich
nur hoffen, dass Hunter euch auch gefallen hat, und
dass wir ihn genauso empfangen haben wie seinen
Vorgänger.

Ich danke meiner Crew, dafür, dass sie das Buch
vorab auf Herz und Nieren geprüft hat. Meiner
Lektorin Sabine, ohne die all meine Männer blaue
Augen hätten. Meiner Designerin Sarah, ohne die
meine Bücher nie ganz wären. Und meinen Mädels aus
dem Palace of Pain, die jedes Mal an die Decke
gegangen sind, wenn ich einen neuen Schnipsel aus
diesem Buch vorgestellt habe. Für euch nehme ich
gern schlaflose Nächte, Selbstzweifel und mehr als
anstrengende Buchmessen in Kauf.
Ich hab euch lieb.

Eure Sara(h)

Ihr süßer Duft verpestet das Innere des Wagens, als ich aufs Gaspedal drücke. Normalerweise wäre ich längst über alle Berge und hätte die Bullen abgehängt, aber etwas in mir hat sich gesträubt, sie da alleine stehen zu lassen.

Sie sieht sich im Wagen um, ihre Finger fahren über die Scheine, die überall verteilt sind. Ich biege in eine unscheinbare Gasse ab, und hoffe, dass die Bullen die Spur verlieren …

Währenddessen fährt mein Blick immer wieder über die Kleine mit den blauen Haaren. Diese grässlich braven Klamotten passen nicht zu ihrem interessanten Gesicht. Vielleicht ist sie mir deshalb aufgefallen. Vielleicht …

»Wieso?«, unterbricht sie meine Gedanken. Sie hat diese Frage jetzt bereits zum zweiten Mal gestellt. Sollte ich ihr antworten? Oder sollte ich sie einfach ignorieren und in einem sicheren Viertel aussetzen, damit sie sich ein Taxi rufen und nach Hause gehen kann?

Wenn ich erst einmal mit der Kleinen spreche, wird sie mir später am Arsch kleben, weil sie glaubt, ich wäre ihr Ritter. Erwartungsvoll sieht sie mich an, ihre Unterlippe zittert und ich kann meinen Blick nicht von ihrem Mund lassen.

Da ich Lu des Öfteren von der Uni abgeholt habe, kenne ich sie bereits vom Sehen. Nie hätte ich vermutet, dass sie eines Tages hier auftauchen könnte. Sie passt eher in einen Club der Zeugen Jehova anstatt in unsere Straßen.

»Wieso ich dir den Arsch gerettet habe, meinst du?« Meine Stimme wirkt kühl, weil ich nicht will, dass sie sich falsche Hoffnungen macht.

Die Art und Weise, wie sie mich vorhin angesehen hat, hat Bände gesprochen. Sie hatte definitiv ein Kopfkino der Extraklasse … Und ich spielte die Hauptrolle in diesem Porno.

»Ja«, ist alles, was sie krächzend erwidert. Ihre Wangen färben sich rosa, ihre sonst blasse Haut sticht durch die dunkle Haarfarbe deutlich hervor.

»Ich hätte dich auch genauso gut den Bullen zum Fraß vorwerfen können«, sage ich schulterzuckend und starre auf die Straße.

Immer wieder blicke ich hinter mich, kann diese Spielverderber aber nicht mehr sehen. Vermutlich haben sie die richtige Gasse verpasst und irren jetzt durch die Innenstadt. Während ich die Kleine neben mir umherkutschiere, als wäre es mir wichtig, dass sie heile nach Hause kommt.

»Wieso hast du es nicht getan?« Sie nimmt einen der Scheine zwischen die Finger und betrachtet ihn ehrfürchtig, als hätte sie noch nie so viel Geld in der Hand gehabt. Dass sie nicht aus reichem Haus stammt, sieht man ihr an. Ihre Klamotten schreien nahezu nach Secondhandläden.

»Du hättest einen von uns auf dem Revier verraten können. Nenn es Vorsichtsmaßnahme«, antworte ich knapp, auch wenn die Wahrheit anders aussieht.

Sie hält den Atem an, ihr Ausdruck wirkt verletzt. Und doch war es richtig, ihr diese Lüge aufzutischen. Sie hätte uns wirklich zum Verhängnis werden können, wenn die Bullen sie aufgesammelt und ausgequetscht hätten. Sie wäre gewiss nicht die erste Schlampe, die alles ausplaudert und uns Schwierigkeiten einbringt.

»Sind sie weg?« Sie lenkt vom Thema ab, vermutlich um ihre Demütigung zu verschleiern, und blickt sich nach hinten um. Dabei streifen ihre Haare meine Schulter und ihr Duft steigt mir noch ätzender in die Nase. Sie riecht süß, nach einer Mischung aus Vanille und Rosenblüten. Dieser Duft killt mich.

»Sieht so aus, *Blue*.« Ein Schmunzeln liegt auf meinen Lippen, als sie ihre Stirn krauszieht und den Kopf schief legt. Währenddessen fährt ihr Blick über mein Gesicht, hinab zu meinem Körper.

»Mein Name ist Be-« Ich unterbreche sie, bevor das hier eine Ebene annimmt, die ich nicht zulassen sollte. »Blue. Dein Name ist Blue.« Ihr Mund steht offen, ihre tiefblauen Augen weiten sich, genau wie ihre Pupillen. Dass sie scharf auf mich ist, ist nicht zu übersehen. Die Kleine will mich. Und ein Teil in mir ist nicht einmal abgeneigt … Und doch dürfte sie nicht einmal hier sein. Dieses Küken ist viel zu brav für einen Typen wie mich. Viel zu belanglos. Daran ändern auch die blauen Haare nichts. Auf den ersten Blick macht sie die Farbe exotisch, doch auf den zweiten erkennt man, dass all das nur Fassade ist.

Dass sie mehr aus sich zu machen versucht, als sie ist. Wem sie damit etwas vormachen will? Bei vielen Typen hätte es vielleicht sogar funktioniert. Nur eben nicht bei mir. Immerhin bin ich der König der Fassaden.

»Wieso *Blue*?« Interessiert hebt sie die Brauen, lehnt ihren Kopf gegen den Sitz und dreht sich in meine Richtung, während ich einen Zahn zulege.

Dennoch drossle ich meine Geschwindigkeit, als ich sehe, dass ihr die Schnelligkeit unangenehm ist. Wieder wandert mein Blick an ihr hinab, über ihre Titten, die von diesem grässlich langweiligen Pulli verdeckt werden, obwohl sie nackt sicher nicht von schlechten Eltern ist.

Was für eine Verschwendung! Blue presst ihre dünnen Beine in den Röhrenjeans zusammen, vermutlich, weil sie geil ist. Weil sie das Verlangen stillen muss, das dank ihres Kopfkinos entstanden ist.

»Das ist der erste Name, der mir eingefallen ist, als ich dich gesehen habe«, erwidere ich gelangweilt. Sie soll nicht wissen, dass ich sie schon einmal gesehen habe. Mehrere Male … Viel zu oft, um genau zu sein.

Zu meinem Glück ist die Kleine nicht so widerspenstig, wie ich dachte, sodass sie meinen Spitznamen für sie einfach hinnimmt.

Ich entferne mich immer weiter von den Straßen Bunker Hills, als ich wieder zur Besinnung komme. Immerhin werde ich sie nicht mit zu mir nach Hause nehmen können, ohne die Kontrolle zu verlieren.

»Wo wohnst du?« Ihr Blick verrät mir, dass sie gehofft hatte, ich könnte weiterhin mit ihr durch die Nacht fahren. Dabei wüsste ich nicht einmal, worüber wir uns unterhalten sollten, schließlich wird sie andere Interessen haben als ich. Sie weiß sicher nicht einmal, wie man Nitro buchstabiert.

»In der Mall Street«, antwortet sie mit geschürzten Lippen. Da ich mich in meiner Stadt besser auskenne als ein beschissenes Taxi, weiß ich sofort, wo ich lang muss, um sie nach Hause zu bringen.

»Wieso warst du heute bei dem Rennen?« Ich sollte mir auf die Zunge beißen, aber diese Frage musste einfach raus. Jeder Blinde sieht, dass sie nicht in die Straßen passt. Dass sie lieber hinter ihren Büchern versauern sollte, weil das nun mal ihr Leben ist.

»Lu wollte, dass ich komme. Also bin ich gekommen.« Allein dieses eine Wort sorgt dafür, dass ich sie auf ganz andere Art und Weise kommen sehen will. Ich will sie unter mir kommen sehen. Über mir … In diversen Positionen. Mit meinem Namen auf ihren süßen Lippen.

»Du siehst nicht aus, als würdest du dich für unsere Rennen interzu mir ist. Und weil ich die Gedanken an einen Orgasmus auf ihren Lippen verdrängen muss, bevor ich hart werde.

»Eigentlich wollte ich meinen Eltern eins auswischen, mehr nicht. Du hast recht, ich halte nicht viel von eurer Art, Geld zu verdienen.«

Ihre Worte sind ein Schlag ins Gesicht, den ich ohne Probleme einstecke. Sie ist nicht das erste Weib, das meinen Job infrage stellt. Seltsamerweise sind diese Frauen genau die, die es sich auf meine Kosten gut gehen lassen. Zu meinem Glück interessiert mich die Meinung anderer einen Scheiß.

»Also hat es dir nicht gefallen?« Meine Augen suchen ihre, doch sie weicht meinem Blick aus. Ihre geöffneten Lippen schreien mich an, sagen mir, dass es ihr gefallen hat, am Rand zu stehen und sich zu wünschen, ich würde gewinnen.

Denn das hat sie, da bin ich mir sicher. Die anderen Kerle sind zwar in gewisser Hinsicht meine Freunde, aber sie sind auf der Straße meine Feinde. Und sie sind schwach.

»Einmal reicht mir«, ist alles, was sie mir flüsternd antwortet. Sie krallt sich mit den Nägeln in den Sitzen fest und starrt nach draußen. Innerlich hingegen will sie nur eines ansehen. Und das bin ich. Nackt. Auf ihr. In ihr.

»Du passt auch nicht zu uns.« Wieso ich ihr absichtlich wehtun will? Weil das meine Natur ist. Weil ich kein netter Mensch bin, der anderen Honig ums Maul schmiert.

Ich verletze Menschen, genauso, wie ich einen Scheiß auf Gefühle gebe. Etwas, das die Kleine gleich lernen sollte. Am besten noch bevor sie die Hochzeitsglocken läuten hört.

»Schönen Dank auch«, knurrt sie mich an und bringt mich damit aus der Fassung. Ihre Stimme klingt in diesem Ton viel zu verführerisch. Wie es sich anhört, wenn sie meinen Namen stöhnt? Wenn sie sich in mein Fleisch krallt und mir ins Ohr keucht? Herausfinden werde ich es nie. Dazu darf es nicht kommen.

In den nächsten Minuten schweigen wir, stattdessen stelle ich das Radio lauter, um die Stille zu vertreiben. Sie lehnt sich entspannt auf dem Sitz zurück und starrt nach draußen, während ich sie hin und wieder ansehe. Etwas an der Kleinen gefällt mir viel zu gut.

Und dabei sollte eine ganz andere Frau in diesem Moment neben mir sitzen. Leyla sollte hier sein, damit ich sie mit zu mir nach Hause nehmen und sie im Pool vögeln kann.

Ich habe mich für die Falsche entschieden, als die Bullen kamen. Nach weiteren fünf Minuten biege ich schließlich in ihre Straße ein und warte, dass sie mir neue Anweisungen gibt.

»Halt hier an«, wispert sie und muss schwer schlucken, als ich ihrem Befehl folge, den Wagen am Straßenrand vor einem mintgrünen Haus parke, und den Motor abstelle.

Weil sie nicht weiß, wie sie sich verhalten soll, greift sie wortlos nach dem Türgriff und öffnet sie. Bevor sie aussteigen kann, beuge ich mich über sie, knalle die Tür wieder zu und verharre in der Position. Ihr Duft hüllt mich ein, ihr Atem trifft mein Gesicht. Ich kann mir an einer

Hand abzählen, wieso ihr Atem so stockend geht. Wieso sich ihre Titten so schnell gegen den Stoff des Pullis pressen.

Ihre Haare fallen auf meinen Arm hinab, der immer noch den Griff der Tür umklammert. Langsam nähere ich mich ihrem Gesicht, überlege, sie zum Abschied zu küssen und ihre Welt aus den Angeln zu reißen, entscheide mich letztendlich aber dagegen. Wie sollte ich mich davon abhalten, sie zu ficken? Sobald mein Atem auf ihren Hals trifft, erzittert sie.

»Soll ich dir einen Tipp geben?«, frage ich sie raunend und kann sehen, dass ich sie komplett aus der Fassung bringe. Sie krallt sich stärker im Sitz fest und ihre Brust hebt und senkt sich noch schneller.

»Wel-chen?«, fragt sie abgehackt. Es kostet mich jegliche Beherrschung, meine Lippen nicht auf ihr Schlüsselbein zu senken und sie hier im Auto vor dem Haus ihrer Eltern zu nehmen.

Wie alt die Kleine wohl ist? Ich atme noch einmal tief ein und aus, bevor ich ihr antworte. »Halte dich künftig von unseren Rennen fern. Wir haben auf den Straßen keinen Platz für eine Frau wie dich.« Meine Worte treffen sie so hart, dass ich Tränen in ihren Augen aufblitzen sehe, als ich die Tür wieder aufstoße und mich von ihr entferne.

Bevor sie aussteigen kann, starte ich bereits den Motor. Fuck, ich sollte dringend nach Hause fahren, bevor ich auf noch dümmere Gedanken komme! Schluckend springt sie aus meinem Wagen und schmeißt die Tür hinter sich zu.

Damit ich sie noch mehr auf die Palme bringen kann, fahre ich das Fenster herunter und halte sie auf.

»Schlaf gut, *Blue*«, säusele ich und kassiere als Antwort einen Mittelfinger ihrerseits. Lachend lasse ich sie hier zurück, lege den Gang ein und fahre los. Endlich kann ich wieder Gas geben, ohne mich bremsen zu müssen …